彼女はたぶん魔法を使う

樋口有介

元刑事で，刑事事件専門のフリーライター・柚木草平は，月刊誌への寄稿の傍ら元上司の吉島冴子が回してくれる事件の調査も行なう私立探偵である。今回冴子からもち込まれたのは，女子大生・島村由実が轢き逃げされた事件。車種も年式も判別したのに，車も犯人も発見されないというのだ。さっそく被害者の姉・香絵を訪ねた柚木は，轢き逃げが計画殺人ではないかとの疑惑を打ち明けられる。柚木が調査を始めたとたん，次の殺人事件が発生した。調査で出会う女性はみな美女ばかりで，事件とともに柚木を深く悩ませる。人気私立探偵シリーズ第一弾。

彼女はたぶん魔法を使う

樋　口　有　介

創元推理文庫

A DEAR WITCH

by

Yusuke Higuchi

1990

彼女はたぶん魔法を使う

1

七月も末だというのに、やけに雨の日がつづく。

雨粒の浮いている窓ガラスの向こうに遊園地のスカイフラワーが紙風船のように霞《かす》んで見える。タワーハッカーやらスピニングコースターやら、それからビッグなんとかやら、どう考えても悪魔がつくったとしか思えないそれらの乗り物に俺は、半日もつき合わされたのだ。

加奈子《かなこ》は、ハンバーガーとフレンチフライとマックシェイクを一列に並べ、それを代わり番こに口に運びながらときたまちらっと、窓の外に視線を走らせる。出てきたばかりの遊園地にまだ未練が抜けきっていない表情だ。

「塾のこと、いつお母さんに話すんだ」

「そのうちわかるもの、自然に」と、マックシェイクのストローを上唇にひっかけたまま、加奈子が答える。

「そういうことは、きちんとしておいたほうがいいな」

「ママ、怒るもの。そうでしょう？」

「塾へ行きたいと言ったの、おまえのほうだろうに」

生意気《なまいき》な鼻の曲げ方をして、ずるっと、加奈子がストローをすする。

「パパから言ってくれないかなあ」

「俺の口出しすることでは、ないさ」

「子供の教育のことだよ。パパにだって責任、あると思うけどな」

「そのパパっていうの、やめろと言ったじゃないか」

空になった煙草《たばこ》の箱を握りつぶして新しいパッケージの封を切り、一本を取り出して俺は火をつけた。

加奈子が四年生になる前の春休み、そのときはまだ『パパ』などという下品な呼び方はしていなかった。一緒に暮らした七年間は一度もそんな呼び方はさせなかったし、知子《ともこ》にもそれだけは守らせていた。加奈子の親権が知子にある今、知子が自分のことをママと呼ばせようがマリア様と呼ばせようが、そんなことはいい。ただ俺のほうはあくまでも『お父さん』でいたかったし、『パパ』などという高級な生き物には、金輪際《こんりんざい》なりたくない。

「塾へ行かないで、それで、どこに行ってるんだ」と、とりあえず話題を戻して、また俺が訊いた。

「友達の家。勉強したり、漫画を読んだり」

「いつから」

「一ヵ月ぐらい前」

加奈子の頭の上に煙を吹き、灰皿で煙草をはたいてから、ついでに俺はコーラで口を湿らせた。

「塾、なんでいやなんだ」

「だって……」

「俺だって勉強は嫌いだった。でも嫌いなら嫌いで、お母さんには言ったほうがいいな」

「そういうことじゃないの」

ストローで紙のコップをつつきながら、ちらっと、加奈子が俺の顔色をうかがう。

「あのね、勉強がね、いやなんじゃないの……そういうんじゃないよ」

「塾でなにかあったのか」

ストローをいじくったまま、こっくんと加奈子がうなずいた。

「お母さんには言えないことか？」

前よりはすこし小さく、また、こっくんと加奈子がうなずいた。

俺は煙草を灰皿でもみ消し、躰《からだ》を椅子の背にあずけて、一つ溜息《ためいき》をついた。

加奈子がこの秋で十歳になることぐらい、俺だってちゃんと覚えている。ただ十歳の少女がなにを考え、人生においてどんな問題を抱えているかということになると、見当もつかない。だいたい一緒に暮らしていたときでさえ碌《ろく》に相手をしてやれなかった娘なのだ。今さら母親に話せないような秘密を打ち明けてもらっても、俺のほうが困ってしまう。父親としての俺の能力を見限ったからこそ知子は俺と別れて暮らす生活を選んだわけだし、俺自身知子のその判断は正しかったと確信している。加奈子だってたぶん、子供心にも両親の出した人道的な結論には、納得している。

「パパに言っても、仕方ないんだよね」と、ハンバーガーを見つめたまま、そのハンバーガーに話しかけるように、加奈子が言った。

仕方がないことは加奈子以上にわかってはいたが、親子の義理で一応、俺が訊いた。

「一応、その、言ってみたらどうだ」

「だって……」

「ものは試しってこともある」

諦めたのか、決心したのか、ぷくっと、加奈子が頬《ほお》をふくらませる。

「塾のね、先生がね、わたしの頭を撫《な》でるの」

一瞬、頭の中がまっ白になったが、次の瞬間には俺にもどうにか、加奈子の言った言葉の意味は理解できていた。

「撫でるって、その、どういうふうに」

「ふつうにだよ。決まってるじゃない」

「だから、つまり、男の先生なわけだ」

ハンバーガーを齧《かじ》りながら、こっくんと、加奈子がうなずいた。

「他の子の頭は、撫でないのか」

「撫でる……けど」

「おまえにだけ、特別に？」

今度はうなずきはしなかったが、ハンバーガーをもぐもぐやる口の動きに、加奈子が肯定の意思表示をしていることは感じられた。

加奈子が『パパに言っても仕方ない』と思ったのは、残念ながら、的を射た判断だ。言われてみても、たしかに仕方はない。言葉の意味も母親に無断で塾を休んでいる状況も理解はできるのだが、それを子供の立場からどう解決するかなど、俺には百年かかってもわからない。俺だって三年前までは刑事をやっていたから、そういう事件もそういう人間も、腐るほど見ている。しかし塾の教師が子供の頭を撫でたからって、そいつを死刑にするわけにもいかないではないか。

「おまえの、その、考えすぎってことは、ないのか」

しばらく、加奈子は、俺を無視してハンバーガーを齧りつづける。

そのハンバーガーを飲み下して、溜息をつくように、加奈子が言った。

「だからさ、パパに言っても、やっぱり仕方ないんだよね。ママにだって言えないしなあ」

親のできが悪いと子供はその倍ぐらい馬鹿になるか、あるいはとんでもない天才になる。こいつはたぶん天才の部類だろうと、加奈子の形のいい額を眺めながら、つい俺は感心してしまう。

塾の教師が特別に自分の躰をさわりたがるというのは、もしかしたら本当かもしれないし、もしかしたら、加奈子の思いすごしかもしれない。しかしどちらにしてもたしかにそれは、知子に言える内容ではない。たんに知子の気が狂うというだけではなく、へたをすると社会問題にまでなりかねないのだ。たった十歳でそこまで理解できればやはりそれは、一種の天才だろう。

もともと俺と知子が知り合ったのは、当時俺が勤めていた所轄《しょかつ》の記者クラブに、知子が新米のさつ回り記者として現れたのが最初だった。若い女の記者は、若いということと女だということだけで、だいたいは所轄のアイドルになってしまう。当然知子も順調にアイドルの座に納まったわけだが、知子の栄光がつづいたのはたったの二年間で、三年めにはもう奈落の底に身を転落させた。ノンキャリアの、しがない刑事の女房に成り下がったのだ。

そんな知子が社会評論家としてカムバックできたのは、一般にいうところの向上心と、もちろん一般にいうところの、才能の為せるわざだった。

加奈子が幼稚園に通いはじめたころから、一度はやめた新聞社系の週刊誌にコラムやエッセイを書きはじめ、知らないうちにテレビにまで顔を出す社会評論家に出世してしまった。彼女のお得意は『女の社会進出』関係ではあったが、なぜか芸能関係にも才能があって、だいたいはあらゆる分野であらゆる論争に首をつっ込んでいた。最近その才能が枯渇《こかつ》したという話も聞かないから、相変わらずの健筆と健舌なのだろう。

その知子にとって、少女の頭にそっと手を置くことぐらいしかできない気の弱い塾の教師を社会的に抹殺することなど、ゴキブリにキンチョールをかけるようなものだろう。知子の潔癖性と職業的な道徳観は間違いなく、教師の上に天誅《てんちゅう》の鉄槌《てっつい》をふり下ろす。他人事《ひとごと》ではあったが、なんとなく俺は、背筋が寒くなる思いだった。

「おまえの言うことは、わかった」と、二つばかり咳払《せきばら》いをしてから、俺が言った。「そのうちなんとかする。お母さんに話すのは、待ったほうがいいな」

たいして期待もしていないような顔で、加奈子が、ふんと鼻をふくらませる。

「パパにできるかなあ」

「そりゃあ……そのパパっていうの、やめろと言ったじゃないか」

「ママにちゃんと話せる？」

「一応は夫婦だ。おまえの教育に関しては、俺にだって責任がある」

「無理しなくていいんだよ」

「あのなあ、大人ってのは、無理だとわかっていてもやるときはやるんだ。おまえは自分のことだけを心配していればいい。とにかく、夏休みが終わるまでには、なんとかする」

吸っていた煙草を灰皿でつぶし、立ち上がって、俺が加奈子をうながした。

マックシェイクの紙コップをテーブルに置き、加奈子も立ち上がって、うんと一つうなずいた。しかしもちろんそれは『期待などしていないが、とりあえずは頑張《がんば》ってみたら』という程度の、妙に冷めたうなずき方だった。

2

加奈子を総武線《そうぶせん》の改札口まで送り、俺のほうはそこからタクシーを拾って四谷《よつや》のマンションへひき返した。自分の子供でもなんでも、子供という生き物と半日もつき合えるほど、俺の神経はタフにできていない。殺人犯でも追いかけて一週間徹夜するほうが、どれほど楽か。

俺は妙に疲れた気分で、ソファにぐったりと身を投げ出した。体調が悪いのは雨のせいではなく、見栄《みえ》で抱え込んでしまった時限爆弾のせいなのだろう。加奈子の教育問題に関して知子と正面から対決する勇気など、最初からありはしないのだ。だからといって、例によって知子にあの神経症的な正義感をふり回されたのでは、塾の教師と一緒に加奈子までが週刊誌の晒《さら》しものになる。その理屈をどうやって知子に納得させるか、考えただけでも気が滅入る。

「まあ、いいか……」と、俺は無理やり独りごとを言い、溜息《ためいき》をついて、ゆっくりとソファから起き上がった。加奈子の夏休みが終わるまでには、まだ一ヵ月はある。天変地異でも起こって人間界の瑣末《さまつ》な問題など、ある朝目をさましたらきれいさっぱり片づいていたと、そういうことだって、まあ、なくはない。

俺は冷蔵庫へ行って缶ビールを取り出し、仕事机に戻って、『留守』にセットしてあった電話を再生にした。伝言は三件で、一件は編集者から原稿の催促。二件めは吉島冴子《よしじまさえこ》からの連絡。そして最後の一件は冴子が連絡してきたとおり、島村香絵《しまむらかえ》という女からの仕事依頼だった。

俺は缶ビールを半分ほどあおり、椅子に腰かけて、壁の時計に目をやってみた。まだ六時にはなっていないがこの雨と今日の体調を考えると、仕事に燃えてみたい気分にはならなかった。

俺は椅子に座ったままビールの残りを飲み干し、煙草《たばこ》をくわえて、しばらくぼんやりと電話機を眺めていた。警察をやめて以来の肩書は、一応刑事事件専門のフリーライターということになってはいるが、そんなもので食えるほどこの業界も人生も、甘くはない。実際は冴子から回ってくる仕事で食いつないでいるわけで、それを考えると気分だの体調だの哲学だの、贅沢《ぜいたく》を言っていられる身分ではないのだ。

煙草を二本、空ぶかしし、自分自身にえいっと気合いを入れて、俺は電話機に腕をのばした。三回のコールの後、留守番電話に入っていたのと同じ女の声が出て、それが島村香絵だった。

「吉島さんという方からご紹介いただいて、それで、ご連絡しました」と、いくらか不安そうではあるが、それでも落ち着いた声で、女が言った。

「条件は聞きましたか」と、俺が訊いた。

「詳しいことは直接柚木《ゆずき》さんからお聞きするように、とのことでした。よろしければ、これからそちらへ伺いますが」

「お宅、どちら？」

「石神井《しゃくじい》です、練馬《ねりま》の」

俺はまた壁の時計をのぞき、時間を計算してから、島村香絵には聞こえないように溜息をついた。非合法ではあるが商売は商売、それぐらいの礼儀は俺だって心得ている。

「わたしのほうでこれから伺います。池袋線《いけぶくろせん》の石神井で、いいわけですか」

「石神井公園という駅に……わたくし、迎えに出ております」

「それでは七時半に。黒いTシャツにグレーのジャケットを着ていきます」

電話を切り、立ち上がって、俺はそれまで着ていた服を床の上に脱ぎ散らしはじめた。四谷から石神井公園ぐらい一時間もかからないが、その前にシャワーを浴びて、髭ぐらい剃っていきたい。相手が堅気《かたぎ》の女らしいとなれば、なおさらのことだ。

＊

三十分で身支度《みじたく》をととのえ、俺は部屋を出た。外は相変わらず、靄《もや》とも霧ともつかない鬱陶《うっとう》しい空気にとり囲まれていた。水不足の心配がないとはいえ夏がこう陰気臭くて、いいものか。ふだんなら日焼けした若い女たちが大股で行きすぎる繁華街も、湿気と雨の色でどことなく無気力に感じられる。

俺はJRで新宿から池袋へ回り、西武線《せいぶせん》に乗り換えて石神井公園駅に向かった。着いたのはきっかり七時半だった。刑事やらフリーライターやらという商売のお陰で都内ならどんな場所でも、だいたいは計算どおりの時間に着くことができる。

改札口を出ると、正面に立っていた女がゆっくりと近づいてきて、俺の顔をうかがいながら会釈《えしやく》を送ってきた。歳は二十七、八。水色の地味なワンピースを着ていたが、顔立ちもスタイルも本人さえその気になれば雑誌のモデルぐらいには、じゅうぶん使えそうな女だった。

「近くですから、家においでになりません？」と、お互いに名のり合ってから、整った顔に気弱そうな微笑《ほほえ》みを浮かべて、女が言った。

まだ相手の素性《すじよう》はわからなかったし、仕事を引き受けると決めていたわけではなかったが、とりあえず俺は同意した。部屋を見れば女の生活環境もわかって、経済状況も把握できる。俺たちは肩を並べて石神井公園の駅を南口に出た。

島村香絵が『家』と言ったのは、商店街をすこし外れた細い道ぞいにある、飾りけのない平凡なマンションだった。それでもエレベータはついていて、島村香絵の部屋はその五階にあった。

リビングの低いソファに俺を座らせ、コーヒーをいれてきてから、島村香絵も膝を揃えて向かいのソファに腰を下ろした。

「元刑事さんだとお聞きしていたので、もっと怖い方だと思っていました」

警官にだっていろんな顔をした人間がいるし、それが警察をやめなくてはならなかった人間となれば、なおさらのことだ。島村香絵が言うほど自分の躰《からだ》から警官の臭気《におい》が抜けきっていないことは、俺自身が一番よく知っている。

儀礼的に、微笑むだけ微笑んでから、俺が訊いた。

「吉島さんからはわたしのこと、どんなふうに聞きました？」

「警察が手をつけない事件を解決してくださる、と伺いました」

「かならず解決できるとは約束できません。話を聞かないうちは、引き受けるかどうかも決められない」

肩をすくめて、島村香絵が小さくうなずいた。

「それに費用の問題もある。どんな事件かは知らないが、一週間やるとしても一日十万円プラス必要経費。たぶん百万ちかくになると思う。一週間で百万円の出費は、軽いものではないでしょう」

「お金のほうは、なんとかなると思います。貯金もあります」

「君の、仕事は？」

「広告代理店で企画をやっています。小さい会社ですけど……今日は、休みました」

「最初から金の話なんかはしたくないんだ。だけど商売だし、事件によってはこっちの身に危険がおよばないとも限らない。それに料金をもらっても領収書は出せない。それでいいわけですね」

最初から心を決めていたように、島村香絵が、また小さくうなずいた。

「それからもう一つ。吉島さんの名前を、外部には出さないように」

唇の形で了解したことを示し、島村香絵がそっとコーヒーのカップに腕をのばした。俺も自分のコーヒーを取り上げ、二人して黙って、二口三口コーヒーをすすり合った。

「どこから、お話ししましょうか」と、カップを受け皿に戻しながら、上目づかいに俺の顔をのぞいて、島村香絵が言った。

「都合のいいところから。聞きたいことがあったら口を挟みます」

長く一つ息をつき、ソファに座り直して、島村香絵が華奢《きゃしゃ》な顎《あご》を胸のほうへひきつけた。

「先月の二十一日、妹が死にました……」

俺のところへ持ち込まれる仕事なんて、どうせ殺したの殺されたのという事件ばかりだから、驚きはしなかった。

「交通事故だったんです。いえ、警察では、交通事故ということで処理しようとしています。でもわたし、どうしても、ただの事故だったとは思えません」

「君がただの事故ではないと思う、理由は？」

「それは、その、勘みたいな……」

「君に霊感があるならわたしに金を払う必要はない」

島村香絵の口の端が、神経質にひきつり、潤《うる》んだ目に一瞬、怒りのような表情が走った。

「でも妹は、あんなふうに、急に道から飛び出すような性格ではありませんでした。元気のいい子だったけど、そういうところはしっかりしていました」

「元気がよくてしっかりした性格の人間が、何人ぐらい交通事故で死んでると思う？」

「でも……」

心のどこかに、まだなにかのわだかまりがあるのだろう。島村香絵はそれを素直に吐き出す気になっていないのだが。もちろん初対面の人間に心の内をすべてさらけ出せる人間など、いるはずはないのだが。

「交通事故の具体的な状況を、聞かせてもらえますか」

「夜の十一時ごろだったそうです。わたしは会社の旅行で、群馬県の伊香保《いかほ》温泉に行っておりました。夜中に警察から旅館へ電話があって、それで、会社の人のクルマで東京へ戻ってきました」

「妹さんの名前は？」

「由実《ゆみ》。島村由実です。恵明《けいめい》大学の四年生でした。両親がいないので妹とわたし、このマンションで二人暮らしでした」

「道から飛び出したということは、轢《ひ》き殺されたということだ。それは、この近くで？」

「駅に行く途中の狭い道でした」

「妹さんは帰るところだったのかな。それとも、出かけようとしていたのか」

「そこまでは、わかりません」

「服装は？」

「ジーンズに白いトレーナーでした。妹はだいたい、そんな服装でした」

「財布は持っていましたか」

「バッグの中に。でも、わたしたち二人だけでしたから、近くへ出るときもかならず鍵を掛けて、お財布も持っていくようにしていました。ですから服装や持ち物では、行きか帰りかまではわかりません」

「君が部屋へ戻ったとき、電気はついていたのかな」

首をかしげて、しばらく考え、それから思い出したように、ふと島村香絵が顔を上げた。

「ついていました。そういえば、リビングの電気が」

「君が戻る前に警察の人間が部屋へ入ったりとか」

「聞いていません。バッグの中には学生証やアドレス帳も入っていましたから、わたしのことは、そこからわかったんだと思います」

「妹さんを轢いた人間は……」

唇を嚙んで、島村香絵が、強く首を横にふった。

「警察はそれを、なぜ偶然の事故と判断したんだろう」

「状況で、そういうことに決めたらしいんです。詳しいことは、わかりません」

「六月二十一日……」と、口の中で呟《つぶや》いて、俺はざっと日にちを計算した。今日が七月二十五日だから事件後すでに、一ヵ月以上にもなる。

だいたい事件捜査の中で単純な轢き逃げほど、警察にとって楽な仕事はない。クルマの塗料が一かけらでも残っていればそこから車種も年式も販売店も所有者も、かんたんに割り出せる。人間を一人轢き殺せばクルマも相当に破損するはずで、それが一ヵ月以上たった今もまだ犯人が挙《あ》がらないというのは、どういうことか。

「煙草、吸ってもいいかな」と、目でテーブルの上に灰皿を探しながら、俺が言った。

小さく声を出して立ち上がり、島村香絵が流しからガラスの灰皿を持ってきた。

煙草に火をつけ、一つ煙を吐いてから、俺が訊いた。

「その事故、目撃者は、いなかったのかな」

「現場を見た人はいなかったそうです。でもちょうどその時間、白い乗用車が駅とは反対の方角に走っていくのを見た人はいます。時間的に、警察ではそのクルマが怪しいと言ってますけど」

「白い乗用車、か」

「わたし、最近、白いクルマを見るたびに気分が悪くなります……煙草、一本いただけます?」

俺が煙草の箱を差し出し、島村香絵が不慣れな手つきで、一本を抜き出す。

「ふだんは、わたし、吸わないんです」と、形のいい額に自嘲的な皺を寄せ、俺のライターで火をつけてから、島村香絵が言った。「妹が吸っているのを見つけると、いつも叱っていたのに……」

「ご両親は、いつごろ亡くなられました」

「父は五年前に。母はわたしが、高校生のときでした」

「君が妹さんの母親がわりだったわけか。大学も君が働いて、通わせていた」

「父の保険金がありましたから、妹が大学へ行くことに問題はありませんでした。本人もアルバイトをしていました。マンションも二人の名義ですし、両親はいませんけど、経済的には苦しくありません。だけど、妹が、こんなことになってしまって……」

目に涙が浮いてきたが、島村香絵はその涙を頬《ほお》に伝わらせはしなかった。見かけよりはたぶん、芯の強い女なのだろう。

「さて、そろそろ勘以外に、ただの事故ではないと思う理由を聞かせてもらいたいな」

碌《ろく》に吸ってもいない煙草をていねいにもみ消し、唇をなめて、島村香絵が俺のほうに目を見開いた。

「あの子、大学を卒業したら、結婚することになっていました」

俺も灰皿で煙草をつぶし、目で先をうながした。

「それがこの春あたりから、様子がおかしくなりました。でも、訊いても言わないんです。気の強いところがあったし、わたしには言いにくかったのかもしれません。相手の人は知ってましたから、わたし、その人に会って確かめてみたんです。別な女性との縁談があるとのことでした。その人が勤めている会社の、部長のお嬢さんだそうです」

「つまり、妹さんと婚約者の間で、別れ話がもち上がっていた」

「具体的にどういう話になっていたのか、そこまではわかりません」

「その婚約者の男が邪魔になった妹さんを殺した……君は、そう思ってる」

返事もうなずきもしなかったが、まっすぐ前を見つめた島村香絵の目には、その男に対する複雑な思いが、隠しようもなく表れていた。

「男の名前は？」

「上村英樹《うえむらひでき》。東亜商事の第二営業部に勤めています」

「一流の商事会社の社員で、上司の娘と結婚すれば出世コースに乗れる。そのこと、警察にも話したんだろう」

うなずいてから、震えを抑えるような声で、島村香絵が言った。

「アリバイがあったそうです。でもそんなもの、どうにだってなると思います。テレビでもやってるでしょう？　警察が本気で調べればアリバイぐらい崩せるはずです。それを担当の刑事さんは、最初から轢き逃げ事故だと決めてかかっているんです」

俺のほうに顔を上げ、光る目で、島村香絵が肩を前にのり出させた。この女がどこにこれほどの怒りを隠していたのか、理解できないほどの緊張感だった。

俺はコーヒーの残りを飲み干し、新しい煙草をつけて、しばらく頭の中で島村香絵の台詞《せりふ》をいじくり回す。サラリーマンが出世のために女との関係を清算しようというのは、よくある話ではある。しかしだからといって殺人まで犯すケースは、そうはない。だいいち上村英樹という男のアリバイは、警察でも調べている。テレビドラマや推理小説とはわけがちがうのだ。犯人が素人《しろうと》となればかんたんに警察の裏をかけるはずもなく、今のところ島村香絵の勘以外に由実の事故を故意の殺人とする理由は、なにもない。

「その男との関係以外に、妹さんがなにか問題を抱えていたようなことに、心当たりは？」

膝の上で手を組み合わせながら、かしげた首を、島村香絵が小さく横にふった。

「漠然《ばくぜん》としすぎていて、期待に応えられるかどうか、判断ができない」

「引き受けてはいただけませんの」

「そうは言っていません」

「料金は前払いでもけっこうです。とにかくやってみてください。このままうやむやで終わるなんて、わたし、気が済まないんです。柚木さんに調べていただいて、本当にただの交通事故だというのなら、それで諦めます。わたしの気持ちなんです。引き受けてください。結果については、いっさい文句は言いません」

手を組んだままソファに座り直し、長い髪をさらっと揺らして、島村香絵が俺のほうに深く頭を下げた。一瞬ワンピースの襟元から白い背中がのぞいて、不覚にも俺は、唾を呑んだ。こういう病気はちょっと歳をとったぐらいでは、まず治らない。

「頭を上げてください。仕事をさせてもらうのは、俺のほうだ」

「それでは、お願いできるんですね」

「やるだけはやってみましょう。金はもちろん、後払いでいい」

島村香絵がソファに背中をあずけて、肩の力が抜けたような長い息を吐いた。涙のたまっていた目に温《あたた》かみが戻ってきて、いくらか俺も救われた気分になった。いい女にはやはり、むずかしい表情は似合わない。

「妹さんの写真とアドレス帳と、それから、コーヒーをもう一杯」

髪をふって立ち上がり、二つあるドアの一つへ入っていき、しばらくして戻ってくると香絵は小型のアドレス帳と写真をテーブルに置き、また流しのほうへ歩いていった。

俺はアドレス帳の上から写真を取り上げ、煙草に火をつけて、それを眺めはじめた。写真には女が二人写っていて、一人が香絵だからもう一人の背の高いほうが、妹の由実だろう。髪は短く、どこか少年ぽい雰囲気で、写真だけでも活発さがわかる素直な印象の女の子だった。

年間でも交通事故では一万人しか死なないのだ。なにもこんなに若くて元気のいい子が死ぬことはないではないか。それが俺の正直な感想だった。年寄りなら死んでもいいとは言わないが、若い人間の、特に若い女の理不尽な死というやつには、どうにも腹が立つ。

島村香絵が新しくいれたコーヒーを持ってきて、俺の前に置き、また元のソファに腰を下ろした。

「去年の冬、北海道へスキーに行って、ホテルで写したものです」

「可愛い子だ。俺がデートに誘っても、OKはしてくれなかったろうな」

「そういう言い方は奥様に嫌われます」

「君が女房の幼なじみでないことは、調べてある」

俺の台詞を首をかしげてしばらく考え、それから、くすっと島村香絵が笑った。

「妹は、スポーツはなんでもできる子でした。テニスのプロになると言い出したこともありました。でも気が多いというのか、飽きっぽいというのか……わたしが甘やかしすぎたのかもしれません」

「明るい活発な女の子だったらしい。写真を見ただけで、そんな感じがする」

俺は煙草を消し、コーヒーに口をつけてから、写真を置いて代わりにアドレス帳のほうを取り上げた。それはB6判ほどの、黄色いビニールカバーのついたうすいものだった。中には丸っこい文字で五十人ほどの名前が並べられていた。名前と電話番号だけのものと、住所まで書かれたものと、割合としては半々ぐらいか。

「妹さんと特に親しかった人を、教えてもらえますか」と、テーブルにアドレス帳を開きながら、俺が言った。

島村香絵が顔を寄せてきて、微《かす》かな女の匂いが、快く俺の鼻に伝わってきた。化粧品の匂いではなく、躰から滲《にじ》み出した、香絵自身の匂いのようだった。

「友達のことはあまり穿鑿《せんさく》しないようにしてましたした」と、ページをていねいに確認しながら、島村香絵が言った。「この及川照夫《おいかわてるお》という子、この子はよく電話をしてきました。大学の友達だと思います。それから、夏原祐子《なつはらゆうこ》さん。この子も大学の友達で、家へも遊びに来たことがあります。あとは木戸千枝《きどちえ》ちゃんぐらいかしら。高校の同級生で、家も近くだと思います。それ以外の人は名前を聞いたことがある程度……もちろん、上村さんだけは別ですけど」

「アドレス帳と写真は預かっておきます。とりあえず一週間動いてみますが、その前にわかったことがあれば連絡するし、君のほうも思い出したことがあったら電話をしてください」

写真をアドレス帳に挟んで内ポケットにしまい、コーヒーを飲み干して、俺は腰を上げた。つられるように島村香絵も腰を浮かせてきた。

「帰りの道はわかります」と、ドアの前まで進み、肩越しに香絵のほうをふり返って、俺が言った。「それから、どうでもいいことを二つ……」

唇をすぼめて、島村香絵が、困ったような目で俺の顔を見返してきた。

「一つはコーヒーがうまかったこと。もう一つは、君に言われなくても、女房にはとっくに逃げられてるということ」

＊

自分の部屋へ帰り着いたときには九時をすぎていて、部屋では吉島冴子が俺のバスローブを着てソファに座り、ナンシー・ウィルソンのCDを聞いていた。髪はまだ乾いてなく、テーブルには栓を開けた缶ビールがのっているから、来てからそれほどの時間はたっていないのだろう。

「会ってきた？　島村香絵」と、ソファから腰を上げずに、冴子が訊いてきた。

俺はうなずいただけで上着を脱ぎ、ソファの背もたれにかけて、冷蔵庫に自分のビールを取りに行った。

「知子さんから電話があったわ」

「君が出たのか」

「それぐらい、いいでしょう？」

常識的には、決してそれぐらいでもいいでもないはずだったが、しかし俺としても、文句を言える立場ではない。

「それで、なんだって」

「なぜ加奈子ちゃんを家まで送らないのか、非常に冷静に、論理的に、あなたの人格を非難していたわ」

俺は缶ビールのプルトップを抜き、冴子のとなりに躰を投げ出して、頭を思いっきりソファの背にもたれさせた。このなんともいえぬ脱力感は、たぶん、血管中のすべての血に黴《かび》がはえてしまったせいだ。それもこれもみんな、天気が悪い。

「めずらしいわね。草平《そうへい》さんが加奈子ちゃんに会うなんて」

「三ヵ月ぶりさ。最初の約束は月に一度だった。契約書は交わしていないが、契約書なんかなくても知子なら俺を非国民にして日本に住めなくするぐらい、かんたんかもしれないな」

俺は両脚をテーブルに投げ出し、ビールをあおって、軽く目を閉じた。

「君、いつごろから、男を意識しはじめた」

「なんのこと?」

「君が生まれて初めて男を意識したのは、いつかってことさ」

「お医者に取り上げられたとき……だって、わたし、裸だったもの」

「真面目な話だぜ」

「そんなこと、なぜ真面目に訊くの」

「天気のせいさ。それに今日は仏滅なんだろう。天気と仏滅のせいで、俺にもむずかしい歳の女の子が一人いることを、思い出してしまった」

冴子が遠いほうの眉を上げて、となりからちらっと俺の顔をうかがった。唇がすこし皮肉っぽく笑っているが嫌味な台詞が出てくる前ぶれではなく、俺と二人だけでいるときの、ただの癖なのだ。

「島村由実のファイル、机の上に置いてあるわ」と、唇を歪《ゆが》めたまま俺の顔をのぞき込んで、冴子が言った。

俺は目を開け、溜息を一つついて、よっと立ち上がった。天気が悪かろうが塾の教師が加奈子の頭を撫《な》で回そうが、商売は商売だ。俺は缶ビールを持ったまま机の前まで歩き、回り込んで椅子に腰を下ろした。冴子がもってきたファイルはうす茶色の、ふつうの文房具屋で売っている安物のバインダーだった。

吉島冴子は俺が警視庁の特捜《とくそう》にいたとき、一時上司だった女なのだ。五つも年下の女が上司というのも妙な話だが、キャリアとノンキャリアのちがいだから、文句を言っても仕方ない。ノンキャリアの警官が警部補になる建前の年数は、三年。しかし実際には十年以上もかかり、ほとんどのノンキャリアは警部補になんかなれずにやめていく。それを冴子のようなキャリア組は最初から、警部補で赴任してきてしまう。

だからといってキャリアとノンキャリアの間に感情的な摩擦があるかといえば、そんなことはない。一般の警官にとってキャリアなんかはお客さんみたいなもので、どうせ一年か二年で頭の上を通りすぎる。キャリアも現場の仕事には口を出さないし、俺たちも意見を訊くことはない。

そういうキャリア組が研修で一時自分たちの課に配属されたとしても、ふつうの警官は相手にしないし、世間話もしない。それが冴子のように若くて美人であっても、理屈は同じことだ。ましてそういう上司に男としてちょっかいを出す馬鹿は、警視庁広しといえども俺の知っているかぎり、一人しかいなかった。この事実が庁内に知れていたら、その馬鹿はきっと警視総監賞をもらっていたにちがいない。その馬鹿というのは、もちろん、俺のことなのだが。

俺は煙草に火をつけ、バインダーをとって、ページをぱらぱらっとめくってみた。どれもコピーではあったが現場写真、解剖結果、それに練馬西署の捜査係が作成した報告書と、一応の資料は揃っている。

「島村香絵には明日からと約束してきた。だから、仕事は明日からだ」と、ファイルを机の引き出しにしまいながら、俺が言った。

「感触としてはどんな具合?」と、プレーヤーの前でCDを取りかえていた冴子が、視線だけで俺のほうをふり返った。

「お世辞で言っても五分五分かな」

「でも島村香絵はあなたの労働意欲をかき立てたでしょう」

「俺は仕事に私情は挟まない。君が一番よく知ってるだろう」

「一番よく知ってるから、心配してるんじゃないの」

立ち上がって、ちょっとうんざりしながら、俺は冴子のほうへ歩いていった。冴子もソファの前まで戻ってきて唇を笑わせ、俺の胸をこつんと叩いてきた。子供も面倒だが女って生き物も、それ以上に面倒だ。今日だけは俺も、もうこれ以上の面倒は抱え込みたくない。

「嘘は言わない。君に会ってから、俺には他の女がみんな糸瓜《へちま》に見える」

「島村香絵にも同じ台詞を言ってきたの」

「あのなあ……今日は昼からずっとスピニングなんとかに乗っていて、雨の中を石神井まで出かけて、この時間になってもまだ夕飯を食ってない。そのうえ警視庁きっての美人警視に取り調べを受けたら、明日は胃潰瘍《いかいよう》になる」

濡れた髪を指で掻きあげてから、冴子が、またこつんと俺の胸を叩いてきた。

「今日のところは釈放してあげる。その代わり夕飯は草平さんの奢《おご》りよ。近くでいいの、そう、ニューオータニのラウンジあたりでね」

3

除湿にしたエアコンの音だけが、ぶーんと部屋の中に響いている。

冴子の抜け出していったベッドの中でシーツを頭まで被り、俺は新しい一日が始まることに必死で抵抗をつづけていた。部屋にはもう一時間も前から、冴子が用意していったコーヒーの香りが漂っている。雨は降っていないらしいが光の弱さからして、どうせ碌《ろく》な天気ではないだろう。

電話が鳴り、起き上がって、俺は仕方なく居間のほうへ歩いていった。壁の時計は九時ちょうどをさしていた。

電話の相手は、なぜか、知子だった。

「昨夜《ゆうべ》、どうして電話をくれなかったのよ」と、挨拶がわりに、まず知子が先制攻撃を仕掛けてきた。

「君の用件は、ちゃんと伝わってる」

「伝わったなら伝わったって、電話ぐらいするべきでしょう?」

「テレパシーは送ったけどな。届かなかったか」

「三十をすぎた女にあなたのテレパシーは伝わらないの」

「なあ……電話、長びきそうか」

「用件が済めば、こっちだってすぐに切りたいわよ」

「とにかく、ちょっと待て。ちょっとだけでいいから」

俺は受話器を机に置いて台所へ歩き、保温器からコーヒーをカップに注いで、また電話のところまで戻ってきた。知子がすぐに切ると言うのだから、どうせ用件は長びく。

「覚悟はできた。それで、やっぱり俺は国外追放か」

「なんのことよ」

「君に逆らってこの国で生きていけると思うほど、甘くはないさ」

「寝ぼけてるの?」

「目はさめた。俺の澄んだ瞳を見せてやれないのが、残念なぐらいだ」

「真面目に話しなさいよ。自分の娘のことぐらい、真面目に話せるでしょう」

「自分の娘のことだから、真面目に話すのが怖いんだ」

一瞬の間のあと、電話の中で溜息《ためいき》をついて、知子が言った。

「加奈子を家まで送ってくる約束、あなた、ちっとも守らないんだもの」

「もう四年生だぜ。俺なんか幼稚園のときから、一人で電車に乗っていた」

「男の子と一緒にしないでよ。もしものことがあったら、どうするのよ」

「もしもの、なに?」

「いろいろあるじゃない。事故にあうとか、痴漢にあうとか」

「サーカスに売られるとか」

「真面目に聞きなさいよ」

「なあ、四年生にもなれば、家ぐらい一人で帰れるさ。一歳《ひとつ》や二歳《ふたつ》の子供をおっぽり出したわけじゃないんだ。加奈子だっていつかは一人で電車に乗るようになるし、男ができれば家だって出ていく。いつまでも君のペットにしておくわけにもいかないじゃないか」

「わたしがいつ加奈子をペットにしたのよ」

「たとえばの話さ。子供はいやでも大人になる。君が考えている以上に、その、加奈子はもう大人になってるかもしれないし」

塾の話を切り出そうかとも思ったが、この状況で火事場に突進するのは、たとえ防火服を着ていても無茶な試みだ。

「わたしが言いたいのはね……」と、攻撃に移るときのいつもの癖で、知子が低い声に身構えた。「あなたが約束を破ったことを問題にしているの。加奈子が一人で電車に乗れることぐらい、わたしだって知ってるわよ。だけどちゃんと送ってくることは、最初からの約束だったじゃない。必要がなくなったなら、二人で話し合ってそう決めたらいいわけでしょう。少なくともわたしに話してからにするべきよ。あなたとちがって、わたしには加奈子をまともな人間に育てる義務があるの。たまに会って、甘やかすだけ甘やかして、ご機嫌とりに小遣いをやればいい人とは立場がちがうの。あなた、そのこと、ちっともわかっていないじゃないの」

わかっていなくはないが、積極的にわかろうと努力をしていなかったことだけは、どうしようもない事実だ。

コーヒーで唇を湿らせてから、俺が言った。

「君が、その……加奈子を立派に育ててることには、感謝している」

「感謝なんかしてくれなくていいの。約束したことは守ってほしいって、そう言ってるだけ。それに小遣い、あんなにたくさんやってもらっては困るのよ。お金の価値を知らない子供に育てたくないの。わかるでしょう？　わたしは加奈子に、物事をお金で解決する人間にはなってほしくないの」

「そんなに、大袈裟《おおげさ》な問題か」

「本質的なこと、あなた、どうしてわかろうとしないの。別れて暮らしていても、あなただって加奈子の父親じゃない。子供を一人育てることがどれぐらい大変か、もうすこし理解してくれてもいいと思うのよね」

「その、君が大変なことは、わかる」

「本当にわかっている？」

「わかってる。ぜったい、それはわかってる。近いうち会って、ゆっくり話し合おうじゃないか。俺のほうは、なんとか君の都合に合わせるから」

電話の中が一瞬静かになり、向こう側で知子が長く息を吐く、ふーっという音が聞こえてきた。

「わたしのほうから電話するの、いやよ」と、呟《つぶや》くように、知子が言った。「吉島さんに出られるの、気まずいもの」

「昨夜は、たまたまなんだ」

「別にね、あなたがどんな女の人とつき合おうと、そんなことはどうでもいいの。ただ向こうだって気まずいでしょうし、わたしだって、ねえ？　あなたに帰ってくれと言ってるわけじゃないんだし」

「だから昨夜は、本当にたまたまで、俺が仕事で出かけていて……とにかく、だから、電話は俺のほうからする。当分忙しいとは思うけど、間違いなく連絡はする」

知子がまだなにか言おうとしたが、俺は『わかった』を三つほど連発させ、どうにか電話を切らせてもらった。知子と喋《しゃべ》るのが疲れるのは、主張も論理も一方的に向こうが正しいからで、それは俺にもよくわかっている。しかしわかっただけではなにも解決しないことも、やはり俺にはよくわかっているのだ。

　俺は椅子に座ったまま腕だけのばして、軽く窓のカーテンをめくってみた。外濠《そとぼり》公園から大《おお》宮御所《みやごしょ》にかけての森が、不安定な色に霞《かす》んで見える。雨こそ降っていないが俺みたいな人間に勇気を与えて仕事に送り出してくれるほどの、天気ではない。

　それでも俺はコーヒーの残りを飲み干し、引き出しから冴子の置いていった資料ファイルと島村由実のアドレス帳を取り出して、机の上に積み重ねた。一日十万円プラス必要経費をもらう以上、仕事に手抜きをするわけにはいかない。島村香絵が自分で言ったほどこの金額が軽いものでないことは、いくら俺でも常識で判断できる。香絵は金持ちの馬鹿娘でもなく、パトロンつきの水商売女でもないのだ。

　俺は、まずファイルの中から練馬西署が作成した事件の報告書を抜き出して、それに頭から目を通してみた。事故の起きた場所、日付や時間、現場の状況などは香絵が俺に話したものと、たいして変わらない。現場検証の記録では場所がちょうど街灯の切れめで、路地から飛び出した島村由実を練馬から大泉《おおいずみ》方向へ向かっていた白い乗用車が轢《ひ》き殺した、ということらしい。解剖の結果と照らし合わせても、全身打撲《だぼく》で島村由実はほぼ即死の状態だった。

　全身打撲ということは、クルマがまともに島村由実を撥《は》ね飛ばしたということだ。とっさの場合、人間は頭を抱えてその場に屈《かが》み込んでしまう。飛び退《の》いたり飛び上がったりなど、訓練された人間でなければできることではない。島村由実も急にクルマが迫ってきて、思わず地面に屈み込んでしまったのだろう。

その島村由実を、この犯人はブレーキも踏まずに轢き殺したのだ。時間を考えれば、運転していた人間が酒に酔っていたと判断できなくもない。酔っ払い運転で人を殺せば、間違いなくその人間は交通刑務所行きになる。逃げ切れるものなら逃げ切ってしまおう、そう考えるのが人間の、ごくふつうの発想でもある。自分の人生がそこで終わってしまうかもしれないと思えば、人間はいくらだって無茶な賭《かけ》をする。不愉快ではあるが、人間とはそういうものだ。

しかし一つだけおかしいのは、これだけの事故を起こしたクルマなら、車体がかなりの部分で損傷しているはずだ、ということだ。バンパーは曲がっているだろうし、ボンネットだってかすり傷がついたぐらいのことでは済むまい。事実、報告書にも剝《は》げた塗料やウインカーの破片が現場から採取されたと書いてある。事故直後には非常線も張られたはずで、そんな傷だらけのクルマで、犯人はどうやってその非常線を突破したのか。もし仮に、なにかの偶然で非常線をくぐり抜けたとして、クルマをどうやって処分したのか。報告書には、事故を起こした車種は十二年も前のトヨタ・チェイサーとある。警察はとっくに車種を割り出しているのだ。十二年前といえばかなり古い型ではあるが、今のコンピュータなら持ち主を特定することぐらい、むずかしいことではない。古ければ古いほど台数は限られるし、都内と近県の警察官を動員すればたとえ何百台であろうと何千台であろうと、該当する車種はチェックできる。

それが事故から一ヵ月以上たった今でも、まだ島村由実を轢いたクルマを発見できないでいる。これはいったい、どういうことか。まさかこの日九州からドライブに来たクルマが、たまたまこの時間、たまたま石神井なんてところの細い道を通りかかり、偶然路地から飛び出してきた島村由実を偶然轢き殺し、偶然非常線をかい潜《くぐ》ってそのまま九州まで帰りついて、偶然誰にも知られずにそのクルマを処分してしまった……まさか、そんなことがあろうはずはない。

それでは警察は、この事件をなぜ偶然の轢き逃げ事故と判断しているのか。理由はかんたん、島村香絵の申し立てによって上村英樹の身辺調査はしてみたが、上村には同夜同時刻、友人の早川功《はやかわいさお》とかいう男と六本木《ろっぽんぎ》のバーで飲んでいたというアリバイがある。そしてそれ以外に島村由実が殺人事件の被害者になる要因は、見当たらないということだ。状況からは自殺の可能性も考えられず、消去法によればなるほどこの事件は、お決まりの交通事故と判断するより、仕方はない。

もともと警察というところは必要以上に、『殺人事件』はつくらない。事故死と殺人で仮に確率が五分五分であった場合、図式的に事故死と断定してしまう。事故死のほうが捜査も楽だし被害者や遺族や、それにマスコミを頂点とした『社会』に対する責任の質にも、首がかかるほどのちがいがある。警察、特に警視庁は国家警察であって、国の体制を維持している片手間に、悪くいえば遊び半分で市民サービスを行なっているにすぎないのだ。

そんな警察が島村香絵の個人的な抗議ぐらいで、五分以上事故と思える事件を殺人事件にはしてくれない。吉島冴子もそんな警視庁の体質に疑問をもっているからこそ俺のところへ仕事を回してくるのだし、俺自身はそれでなんとか食いつないでいる。いいか悪いかは知らないが、それが警察というものであり、それが俺の現実なのだ。

俺が島村香絵の依頼を引き受けて、まずしなくてはならないこと。それは島村由実が警察の調べたとおり、上村英樹との係わり以外には殺人事件の被害者になる可能性がなかったのか、ということだ。この部分に関して警察が手を抜いていることは、まず間違いない。クルマの洗い出しは警察に任せるとして、俺の仕事はとにかく島村由実の交友関係を調べ直すことだ。どういう結果が出るにせよ、俺としては島村香絵の立場に立って、この事件は殺人事件だという前提で仕事をする。それが香絵に対する俺の義務だし、商売でいうなら、まあ、仁義になる。たとえそれ以上の興味を俺が香絵にもったとしても、それは病気であって、俺が悪いわけではない。法律でだって殺意を抱いただけでは死刑にはならないと、ちゃんと決まっているのだ。

俺は机の上のファイルを片づけ、煙草《たばこ》を一本吸ってから島村由実のアドレス帳を開いて、その中にある夏原祐子という女の子の部屋に電話を入れてみた。島村由実とは同じ大学で、石神井のマンションにも遊びに来ていたという。たぶんこの子が島村由実と一番仲のよかった友達、なのだろう。

電話に出たのは、寝ぼけたような声を出す、本当に寝ぼけた女の子だった。相手が寝ぼけているのを幸い十一時に訪ねる約束を取りつけ、そのときはそのまま電話を切った。いずれは上村英樹に当たるとしても、この男と妹の関係について、香絵はまだなにかを隠している。それぐらいのことは俺に刑事の経験がなかったとしても、直感でわかる。夏原祐子が島村由実の親友だったなら、まずそのへんの事情を聞き出す。親兄弟に話せないことでも、親友になら話す。女子大生ぐらいの女の子というのはそういうものだと、週刊誌に書いてある。

＊

夏原祐子のアパートは京王線《けいおうせん》の下高井戸《しもたかいど》駅から五分ほど明大《めいだい》側に歩いた、路地の奥にあった。マンションとまではいかないが外壁を白く塗った、小奇麗なアパートだ。

チャイムを鳴らすと、不用心なぐらいかんたんにドアが開いて、石鹸と歯みがき粉の匂いのする女の子が飄然《ひょうぜん》と顔をのぞかせた。目つきがぼんやりしているのは、近眼か寝不足か、たぶんその両方なのだろう。

「歳をとると、目が早くさめて困る」と、自分の名前を告げてから、俺が言った。

夏原祐子がはにかんだように笑い、短く舌を出してから、うなずいて俺をドアの中に入れてくれた。六畳の和室だったが畳には濃いグレーのカーペットが敷いてあり、背の低いベッドと華奢《きゃしゃ》な白いテーブルと、他にも小さいテレビやらミニコンポやらが、居心地よさそうに並べられていた。狭くはあったが台所や風呂もついていて、窓側の天井からはエアコンが乾いた風を送り出していた。親の仕送りがいいのか、うまいアルバイトの口があるのか。しかしどっちみち俺なんかに学生の生態が、わかるはずはない。

「狭いけど、どこでも座ってください」と、コーヒーの匂いのする台所からふり返って、夏原祐子が言った。電話で聞いたときよりも声ははっきりしていたが、どこかとぼけた感じのある、人なつこい喋り方だ。

壁を背にして座った俺に、コーヒーを持ってきて、夏原祐子もテーブルを挟んで向かい側に腰を下ろした。

俺の渡したフリーライターの名刺を、しばらくぼんやりした目で眺めてから、夏原祐子が言った。

「わたしも由実のこと、ずっと気になってました。夜中に電話が来ると、あ、由実かなって、まだそんなふうに思います」

「君とは親友だったわけだ」

「一年のとき同じクラスになって、お互いに一目ぼれでした」

なんとなく妙な子だが、なんとなく憎めない。それによく見ると顔立ちも整っていて、ぼんやりした目と人なつこい喋り方さえなければ、こっちが恥ずかしくなるほどの美人ではないか。

「気になっていたというのは、具体的な心当たりが……」と、心臓に精一杯の深呼吸をさせてから、俺が訊いた。

「だって、あの……柚木さん、なにを調べてるんですか」

「調べられることはぜんぶ。あの事故はただの事故ではなかったという前提で」

「ただの事故では、なかった?」

急に頭の中のスイッチが入ったのか、座ったまま飛び上がるのではないかと思うほど、夏原祐子が大袈裟に身を起こした。

「だって、そういうのって、もしそうだったら……」

「故意の殺人」

うっとかむっとか、妙な声を出し、自分の手で、夏原祐子が大きく口を押さえ込んだ。それでも目だけはぼんやりした形だったから、これはたぶん、生まれつきのそういう形なのだろう。

「そんなこと、あるわけ、ないじゃないですか」と、俺の顔を宇宙人でも見るような目つきで見つめたまま、夏原祐子が言った。

「なぜ、あるわけがない？」

「だって、もしそうなら、犯人がいるわけでしょう。由実が誰に殺されなくてはいけなかったんですか」

「それを調べてる。君が犯人を教えてくれたら、今夜夕飯を奢《おご》ってもいいけどな」

素直な形の顎《あご》に力を入れ、不審そうな目で俺の顔を一睨みしてから、夏原祐子が迫力のある唸り声を上げた。

「本気で、まじで、あの事故、殺人事件だと思うんですか」

「歯を磨いてきて正解だった」

「なんのこと？」

「君みたいに奇麗な子とこんな近くで話ができるとは、思わなかった」

顔の近さに気がついたのか、今度も大袈裟に退《しりぞ》いて、夏原祐子が肩で息をついた。

「わたし、近眼なの。朝起きてすぐコンタクト入れるの、苦手なんです」

欠伸《あくび》のように深呼吸をして、それからよく見えもしない目で、夏原祐子がじっと俺の顔を睨みつけた。見えていないとはわかっていながら、こうしっかり見つめられると、なんとなく背中がそわそわしてくる。俺が三十八にもなっていなかったら、顔が赤くなって、下を向いてカーペットの毛でもむしっている。

「最初に言った気になっていた、という理由、聞かせてくれるか」

「特別にね、理由はないの」と、急に真面目な顔に戻って、夏原祐子が答えた。「ただびっくりしただけ。友達が、一番仲のよかった由実が、あんなふうにいなくなって。あれ、由実、本当にもういないのかなって、今でも信じられない。だけど殺人事件だなんて、そんなこと、もっと信じられない」

「由実さんの姉さんは殺人事件だと信じているらしい」

声には出さなかったが、口をあっという形に開いて、夏原祐子が困ったような流し目を送ってきた。

「それ、あの、上村さんのことでしょう」

「当然、君は知ってるわけだ」

「でも……」

奇麗な顔をもったいないほど歪《ゆが》めて、夏原祐子が怒ったように頬《ほお》をふくらませた。

「それって、ありえないと思うな」

「なぜ?」

「あのね、お姉さんの気持ち、わかることはわかるの。でも由実はそれほど馬鹿な子ではなかった。柚木さん、このこと、雑誌に書くんですか」

「これは書かない。これは、別な動機でただ調べてるだけだ」

「約束する?」

「神に誓う。あいにく、神様なんか信じてはいないけど」

また顔を寄せてきて、じっくりと俺の人相を値踏みしてから、なぜか納得したように、夏原祐子がうなずいた。

「由実だって、もちろん……」と、形のいい唇に力を入れて、夏原祐子が言った。「もちろん、落ち込んではいた。だって来年の春には結婚するつもりでいたんだもの。それが突然あれでしょう。わたしなら相手の人に硫酸《りゅうさん》をかける……これ、冗談です。でも、それぐらい頭にきたって、当然ですよね。だけど由実って、へんに我慢強いところがあって、愚痴《ぐち》なんかぜったい言わなかった。上村さんを恨んだり、結婚の邪魔をしてやろうとか、そんなことも考えなかった。つまりね、それって、由実の美意識の問題だと思うんです。わかります?」

「まあ、なんとなく」

「だからしばらくは落ち込んでいたけど、すぐ自己回復したんです。上村さんがなにを考えていたか知らないけど、由実、上村さんにとって邪魔な存在ではなかったわけだから、上村さんが由実を殺す理由なんて、どこにもないんです」

「理論的には、論理的な気がする」

うんと、夏原祐子がうなずき、俺のほうに素直な形の顎をつき出して、満足そうに微笑《ほほえ》んだ。

この子の人生になにか問題があるとすれば、それは起きてすぐにはコンタクトが入れられないという、その一点だけだろう。

「頭がね、やっとはっきりしてきました」と、コーヒーを一すすりして、夏原祐子が言った。

「わたし、少し血圧が低いの」

「血圧が高い女に興味はない」

「昨夜バイトで遅かったんです。柚木さん、遊んでいたと思ったでしょう」

「べつに……」

「顔に書いてあります」

「君がセブン-イレブンでアルバイトをやってるとは、思わなかっただけさ」

「必殺テレクラ返しです」

「ん?」

「わたしがやってるアルバイトのこと」

急に、背中がそわそわしてきて、俺は無意識にポケットの煙草に手をのばした。

夏原祐子が座ったまま、どこかからひょいと灰皿を取り出してくれた。

煙草に火をつけてから、恐る恐る、俺が訊いた。

「必殺、なんて言った?」

「テレクラ返し」

「ぶっそうなアルバイトなのか」

「ハードだけど、危ないことはないです」

「電話帳に載ってる商売では、ないよな」

育ちのいい兎のような笑い方をして、夏原祐子が、華奢な首を大きくのけ反らせた。

「わたしの名前を出さなければ、雑誌に書いてもいいですよ」

「君の名前は日記にだって書かない」

「あのね……」と、テーブルに肘をつき、秘密っぽい目つきで、夏原祐子が俺のほうに身をのり出した。「テレホンクラブってあるでしょう。小学生や中学生の女の子、あれで大人をからかって遊ぶから。それでテレクラのほうも考えたわけ。たまには本当にデートできないとお客さんが来なくなる。だからたまにアルバイトを使って、一種のキャンペーンみたいなことをやるの。昨夜なんかわたし、十五人も相手をしました」

「十五人も、相手を?」

「心配しなくていいです。お茶飲んでお喋りするだけです」

「心配はしないが、ぶっそうなバイトであることに、変わりはない」

「喫茶店の経営者はテレクラと同じ人です。そういうところは、きちんとしています」

「きちんと……か。それで、そのバイト、毎日やってるのか」

「週に一回だけです。このバイトは実益と実益を兼ねてます」

「あの、なあ……」

俺は不覚にもこんがらがって、思わず、愚痴っぽい声を出していた。

「君が俺をからかってるとは思わないけど、なんていうか、世代を超えた共通の言語ってやつを、使ってくれないか」

「ふつうの意味ですよ。レトリックじゃありません」

頰杖《ほおづえ》をついて、また一口、夏原祐子がコーヒーをすすった。

「わたしの卒業論文ね、『テレクラにおける中年サラリーマンの希望と挫折』というテーマなの。だからこのバイト、実益と実益を兼ねてるんです」

「君、専攻は、なに?」

「社会心理学」

思わず、うっそーっと叫びそうになったが、顔を見たかぎりではたぶん、嘘や冗談ではない。こんな子に研究されたら『社会心理』のほうが、赤面してしまうだろうに。

「柚木さんは、専攻、なんでしたか」と、頰杖をついたまま、夏原祐子が訊いてきた。

「俺は、一応、アメリカ文学」

「作家志望だったわけか」

「そんな、大袈裟なもんじゃないさ」

「作家になれなくて、フリーライターやってるんだ」

「その、俺は、べつに……」

「フリーライターって、取材費、ありますよね」

「あることは、ある」

「近くにラザニアのおいしい店があるの。知ってました?」

どうでもいいが、そんなこと、どうして俺が知らなくてはいけないのだ。

「ちょうどお昼です。贅沢《ぜいたく》は言いません。ラザニアとチーズケーキと、あと苺ジュースと、それぐらい食べればじゅうぶんだと思います……知っていました?」


その『ラザニアのおいしい店』というのは、夏原祐子のアパートを商店街のほうへ出た、本当にすぐのところにあった。

ケーキ屋の二階のカフェは十二時前のせいか客はなく、俺たちは商店街の通りを見下ろせる席に向かい合って腰を下ろした。出がけに夏原祐子はコンタクトを入れてはきたが、とぼけたような目の形は相変わらずで、意味もなく俺はほっとした。

最初にやって来た苺ジュースのグラスをストローで掻き回す夏原祐子の長い指を、感心して眺めながら、俺が言った。

「なあ、どうしても、一つ納得できないことがあるんだ。つまり……」

わかっている、というように、夏原祐子が、短くうなずいた。

「由実の結婚のことでしょう? 早すぎないかって」

そのころは俺にも理解できていたが、喋り方や表情とは無関係に、この子の頭の回転は、かなり速い。

「もちろん学生結婚をするやつもいるし、女の子なら卒業前に婚約する子もいる。だけど、どうもな、島村由実という子は、そういうことが似合うタイプではなかった気がする。君が言った『お姉さんの気持ちはわかる』ということと、なにか関係があるのか」

「やっぱり……」と、ストローを唇に押しつけたまま、頰をふくらませて、夏原祐子が言った。

「柚木さんて、やっぱりプロなんですね」

「ラザニアぐらいでお世辞を言わなくてもいい」

「このこと、書かないですか」

「最初から書かないと言ってる」

入ってきた客に軽く視線を送ってから、夏原祐子がゆっくりとジュースのグラスを横に押しのけた。

「上村さんて人、最初は、お姉さんの彼氏だったんです」

俺の反応を確かめてから、めずらしく無表情に、夏原祐子がつづけた。

「由実のお姉さんと上村さん、大学でゼミが一緒だったらしいの。それからずっとつき合っていて、たぶん結婚するんじゃないかって、由実でさえそう思ってたらしい。だけど、あのお姉さん、自分は由実の母親がわりだと勝手に思い込んでるところがあるでしょう。もちろんそういう部分はあったけど、由実だっていつまでも子供ではないし、結婚してお姉さんが幸せになったほうが、本当は気が楽だったと思う」

「つまり、由実さんが大学を出るまでとかなんとかいって、姉さんと上村さんの仲は、先へ進まなかった」

「そんなところです。それで上村さん、大学でテニス部だったから、由実のテニスをコーチするようになっていたの。それでね、いつの間にか、そうなったわけ」

「いつの間にか、そう……か」

俺は煙草を取り出して火をつけ、届かないことはわかっていながら、ガラス越しに下の通りへ長く煙を吹きつけた。

昨日島村香絵が言い渋っていた上村との関係は、このことだったのだろう。香絵にしてみれば恋人を自分の妹に取られ、しかもまだその妹の母親がわりをつとめる滑稽《こっけい》な独身女、という役回りをあてがわれたことになる。香絵にそんな役回りが似合うかどうかは別にして、現実には、そういうことだ。

「姉さんと由実さんの間は、当然、うまくいかなくなったんだろうな」と、黙ってストローを玩《もてあそ》んでいる夏原祐子に、俺が訊いた。

「それがあの姉妹《きょうだい》の不思議なところです」と、唇を尖《とが》らせ、俺に向けて、夏原祐子が小さく首をひねった。「お姉さんだってショックだったはずなのに、やっぱり母親がわりなんです。あのお姉さん、いい人だとは思うけど、いい人すぎる人って、なんとなく重たいでしょう」

「由実さんも姉さんのことを重く思ってた」

「そんな感じでした。上村さんとの結婚のことだって、由実自身は急いでいなかったと思う。でも、事情が事情だから、けじめみたいなこともあったろうし……もしかしたらね、由実があんなに早く自己回復したの、結婚できなくなってほっとしたからじゃないかな。そういう気持ちって、わたし、わかるような気がします」

ラザニアがやって来て、夏原祐子が毅然《きぜん》とした顔でフォークを取り上げ、俺もそのチーズくさい女子大生料理に、黙って取り組みはじめた。こんなもののどこに『うまい』と『まずい』の区別があるのかは知らないが、この店を出たら一人で、ラーメンでも食い直そう。

「及川照夫という男の子……」と、夏原祐子の手と口の動きが、一段落するのを待ってから、俺が言った。「姉さんの話では、由実さんによく電話をしてきたらしい。君、知ってるか」

納まるものが納まる場所に納まって、急にアルバイトの疲れが取れたのか、夏原祐子の目が、俺の顔にきっちりと焦点を結んできた。

「及川くん、そんなに由実のところへ電話をしてたの」

「詳しくは知らない。だけど君たちは大学で共通の友達だったはずだ」

「友達以上の関係、狙ってたわね。及川くんは誰にだって友達以上の関係を狙うんです」

「君も、狙われた口か」

にやっと、歯を見せずに笑い、夏原祐子が大きすぎるほどの目を、扇形に百八十度回転させた。

「及川くんてのは、どうも、けしからんやつらしいな」

「そうでもないです。ああいう子って罪がないし、けっこう話題が豊富で遊ぶ場所も知ってて、一人ぐらいボーイフレンドにもってると便利かなっていう、そういう感じの子」

「由実さんも君と同じ意見だったのか」

「意見は同じだったかもしれないけど、由実のほうが他人には親切でした」

「その親切は、たとえば、デートに誘われれば一度ぐらいはつき合う程度の？」

「相手に危険がなければです。柚木さんが誘っても、ＯＫはしなかったと思うけど」

「俺は……」

言いかけてすぐに反省し、とにかく、俺は仕事にだけ集中することにした。

「君の社会心理学的分析では、及川くんと由実さんはデートぐらいはしていたと、そういうことだな」

「デートぐらいはね。そしてデートだけ。それ以上だったら、わたしにわからないはずはないもの」

「君も及川くんとデートをしたということか」

「一回だけです。二十一年間のわたしの人生の中で、たったの一度。それももちろん、完璧にデートだけ」

「それ以上だったとしても、俺にはわからないさ」

コンタクトの入った目で下から無遠慮に俺の顔を眺め、しばらくそうやってから、くすっと夏原祐子が笑った。

その夏原祐子の口が動きだす前に、俺が言った。

「及川くんと由実さんの間で、トラブルがあったという話は？」

ちょっとだけ考え、すぐ俺のほうに視線を上げて、夏原祐子が二度ばかり首を横にふった。

「それ以外に由実さんがトラブルに巻き込まれていたとか、それとも、人に恨まれていたとか……」

また首を横にふり、テーブルに肘で支えていた躰《からだ》を、夏原祐子が秘密っぽく前にのり出させた。

「柚木さん、本気で、由実が誰かに殺されたと思います?」

「初めからそう言ってる。だから君にも会ってる」

「由実の姉さんとはどういう関係ですか」

「それは……」

「お姉さんに頼まれただけ、そうですよね。由実のお姉さんがただの事故ではないと言うから、それで調べてるだけなんでしょう」

とっくに気がついていたそのことを、そこでまた、俺は改めて思い出した。見かけよりもこの子は、ずっと頭のいい子なのだ。

一種の賭のような気はしたが、俺はその賭にのってみることにした。

「島村さんとはある人の紹介で、昨日初めて会った」と、夏原祐子の視線を押し返して、俺が言った。「君の言うとおり、島村さんから事件の調査を依頼された。島村さんは上村英樹が怪しいと言う。状況からはたしかにそうなんだが、上村にはアリバイがある。あとで洗い直すが、君の話を聞いた感じでも、上村の線は手応えがうすい気がする。ただ、警察の調査報告書を見て一つおかしいと思ったのは、由実さんを轢いたクルマの車種がわかっているのに、まだその持ち主を見つけられないでいることだ。詳しいことは省くけど、これは今の捜査制度からして、ちょっと考えにくい」

「質問」と、小さく言って、小さく、夏原祐子が右手を差し挙《あ》げた。「柚木さん、なんで警察の調査報告書なんか、見られるんですか」

「俺の説明を最後まで聞くか、それとも、顔に水をかけられたいか」

むっと唸ったが、それでも口を尖らせただけで、夏原祐子が黙って肩をすくめた。

「それからな……」と、目でうなずいて、俺がつづけた。「これはただの勘かもしれないけど、もう一ついやなことがある。それは、事件の夜、由実さんがリビングの電気をつけっ放しにしていたことだ。姉さんは社員旅行で伊香保へ行っていた。由実さんは一人。夜の十一時、友達のところへでも泊まりにいくなら、電気は消していく。それではコンビニへでも買物に出たのか。君や島村さんの話を聞くかぎり、由実さんはそんな時間にふらっと、コンビニへ出かけるタイプとも思えない。それではいったい由実さんはあんな時間に、部屋の電気をつけたまま、どこへ出かけようとしたのか……」

俺の手元から水の入ったコップをひったくって、夏原祐子が訊いてきた。

「どこへ?」

「どこだと思う?」

「木戸千枝さんの家、高校のときの同級生だった」

「調べてはみるけど、もしその子の家ではなかったら?」

「たまたまお風呂が壊れてて、銭湯」

「いい線いってる。俺もそこまでは考えなかった。ただ殺されたとき、由実さんは風呂の道具を持っていなかった」

「だとしたら……」

「だとしたら？」

「散歩」

「彼女、夜中にふらっと散歩に出る癖でも、あったのか」

鼻をひくっと動かしてから、息を吸い込んで、夏原祐子が首を横にふった。

「柚木さんは、それじゃ、由実がどこへ行こうとしていたと思います？」

「そいつがわからない。つまらないことかもしれないが、こういうつまらないことが意外に事件の核心を突いていることがある。誰かに電話で呼び出されたとしたら……水、返してくれ」

「わたし、顔は洗いましたよ」

「知ってるさ。君が最初にドアを開けたとき、石鹸と歯みがき粉の匂いがした」

口を曲げて、親の敵《かたき》を見るような目で俺を睨んだが、それでも溜息をつきながら、夏原祐子が元の位置にコップを戻した。

「それで……」と、顔を好奇心だらけにして、夏原祐子が言った。「もし、本当に、由実が誰かに電話で呼び出されたとしたら？」

「誰かに呼び出されて、そこで偶然、関係ないクルマに轢かれた……俺はそういう偶然が、嫌いなんだ」

夏原祐子の腕に鳥肌が浮き上がり、その鳥肌が浮いた腕を抱き込むように、祐子が自分で両手の中に包み入れた。

「死ぬ前の由実さんに変わったことは、なかったかな」と、夏原祐子の腕から意識的に視線をそらして、俺が訊いた。

「たとえば？」

「どんな小さいことでもいい。婚約が解消になってから遊び方がひどくなったとか、よく酒を飲むようになったとか」

「そんなふうにはならなかった。由実は、そういう性格ではなかったもの」

「及川くん以外に、つき合いはじめた男なんかは？」

「いなかったと思う。特定の彼氏ができればわたしに話したと思う」

「就職なんかはどうなっていた。そろそろ時期だったはずだが」

「熱心ではなかったみたい。今年の春までは就職するつもりもなかったわけだし、方向も決まっていなかったと思う」

「彼女が一番興味をもっていたことは？　洋服だとか、映画とか音楽以外で」

「いろんなことに、いろんなふうに興味をもつ子だった。好奇心は旺盛だったけど、のめり込むタイプではなかったな。ボランティアで老人ホームのヘルパーもやったし、捕鯨《ほげい》の反対運動もやった。春ごろは公園にイベントホールができることに、ひどく怒っていた」

「公園て、どこの公園？」

「由実の家の近くに子供の遊び場になっている公園があって、練馬区がその公園をつぶしてイベントホールを建てる計画を出したの。由実、そういうことにわりあい怒る子だった。公園なんて一度つぶしたら、もう元に戻らないって」

「怒って、それから？」

「ただ怒っただけです。区長をリコールしてやるなんて言ってたけど、生きてたら今ごろは原発反対の集会にでも行ってたんじゃないかな。そういうこと、けっこう好きな子だった」

「社会正義に燃えていて、老人に対する優しさもあって、男に裏切られてもくよくよせず、スポーツウーマンで人づき合いもよく、それにあんな若くてあんな可愛い子でも、人生のどこかで殺人事件の被害者になる条件を抱え込んでしまう……いやな世の中だ」

夏原祐子のチーズケーキが来て、それをきっかけに、俺は伝票をつまんで腰を上げた。

「ゆっくりしていくといい。思い出したことがあったら名刺の番号に、電話を」

「行っちゃうんですか？」と、突然飼い主に突きはなされたスピッツのような目で、不満そうに夏原祐子が俺の顔を見上げてきた。

「昨夜チーズケーキに追いかけられて、オカマを掘られる夢をみた」

「及川くんに会いに行くんですよね」

「さあ、な」

「彼、今、中野《なかの》のサンフラワーという花屋でバイトしてますよ。わたし、一緒に行こうかなあ」

もちろん気持ちは動いたが、三十八年の人生経験というのも、それほど馬鹿にしたものではない。

「俺は昨日、娘と半日もつき合った」と、テーブルを離れながら、ふり返って、俺が言った。「二日もつづけて子供とは遊ばないことにしている。困ったことに、俺は子供アレルギーなんだ」

＊

湿気の多いぼんやりした陽射しの中を、俺は学生にでも戻ったような気分で、ゆっくりと駅の方向へ歩きはじめた。夏休みのせいか本物の学生の姿はなく、下高井戸の狭い商店街の風景に、どことなく一時代前ののんびりした雰囲気が感じられる。

「夏原祐子……か」

たった今別れてきた夏原祐子の名前と顔を思い浮かべながら、俺は拳《こぶし》で、こつんと自分の頭を叩いてやった。ラザニアとチーズケーキと苺ジュースの勘定は島村香絵に、経費の請求はしないでおこう。

京王線の踏切り際に立ち、ちょっとの間、俺は次に会うべき人間の名前を考えた。まっ昼間というのはもちろん、聞き込みをして歩くのに適した時間帯ではない。家にいるのは主婦かご隠居さんに決まっているし、強制捜査権がない以上、堅気《かたぎ》の人間を職場に急襲するというのは俺にとっても相手にとっても、具合が悪い。

及川照夫の居場所はわかっているし、探りを入れるだけのつもりで、俺は駅前の公衆電話から木戸千枝の家に電話を入れてみた。自分の名前とたまに仕事をする週刊誌の名前を言うと、電話に出た中年の女はあっさり千枝の居場所を教えてくれた。千枝は夕方まで、池袋のジャムとかいう貸しスタジオでバンドの練習をしているという。週刊誌と聞いて、千枝の母親らしい女は俺が音楽関係の人間だとでも勘違いしたのだろう。

上村英樹は夜中にでも不意を襲わなくてはならないし、順序として、やはり及川照夫に当たることにした。京王線で新宿まで戻り、中央線《ちゅうおうせん》に乗り換えて、俺は中野に出た。タクシーを使ってもよかったが島村香絵のために、なるべくなら経費を節約してやろうと思ったのだ。


花屋の場所というのは、花屋に訊けばわかる。俺は駅前の花屋でサンフラワーの場所を教えてもらい、ブロードウェイをつっ切って早稲田《わせだ》通りに出た。

サンフラワーは早稲田通りを少し中野通り側へ入った、側道の通りぞいにあった。間口《まぐち》二間ほどの小さな店で、人目をひくレイアウトがしてあるわけでもなく、可愛い女の子が客に愛想《あいそ》を売っているわけでもなく、一見してたんなる町の花屋だった。

店番をしていたのは、花柄の割烹着《かっぽうぎ》を着た、妙に太って厚化粧のおばさんだった。

「及川照夫って子、おたくでアルバイトやってる?」と、冷房を逃がさないようにすぐに戸を閉めて、俺が訊いた。

「配達に行ってるけど……あんた、てるちゃんの、なに？」

「なにってことはないけど、ちょっと訊きたいことがあるんだ」

「警察の人？」

「刑事というのはもっと人相が悪いさ。それとも及川くんは警察に追われるようなことを、なにか？」

「まさか。気がちっちゃくて優しい子だもの。いつだったか、てるちゃんのガールフレンドが交通事故で死んでさ。それで刑事ってのが一回来たことがあんの」

警察の報告書に及川照夫の名前は出ていなかったから、形式として事情聴取に来ただけなのだろう。

「その件で俺も話が聞きたいんだ。こっちは週刊誌のほうだけど」

「てるちゃん、週刊誌に出るのかい」

「話次第だな。配達って、いつごろ帰る？」

「そうさね……」

自分の頭の上の掛け時計をよっこらしょっとふり仰ぎ、歌舞伎《かぶき》役者のように隈取りした目を、おばさんがかっと見開いた。

「じき帰ってくるだろうよ。華道《おはな》の先生んとこでお茶なんか飲んでなきゃのはなし。あの子、調子がいいからね、へたすると昼食《おひる》までご馳走《つおう》になることがあんのよ」

「二軒となりに喫茶店があった」と、おばさんに名刺を渡しながら、俺が言った。「そこで待ってる。帰ってきたら、及川くんに話を聞きたいと言ってくれないか」

「てるちゃん、週刊誌に出られるといいんだけどねえ。うちの店の名前なんかもさあ」

よっぽど、あんたならそのままの顔でテレビにだって出られる、と言おうとしたが、我慢して、俺はていねいに頭を下げた。いったいこの店のどこがサンフラワーだというのだ。

俺が二軒となりの喫茶店に腰を落ち着け、カツカレーを平らげてスポーツ新聞を見ながら巨人の負け具合に腹を立てているとき、ジーンズに黒いポロシャツの及川照夫が、ふらっと店に入ってきた。それが及川照夫だとわかった理由は他に客がなく、向こうのほうからまっすぐ俺の席へ歩いてきたからだ。

用心深そうな目で頭を下げ、長い脚を折って、及川照夫が向かいの席に腰を下ろした。

「由実を轢いたクルマ、まだめっかんないんすか?」と、店のおしぼりで顔の汗を拭きながら、及川照夫が言った。

「だからこうやって追いかけてるのさ」

「轢き逃げ事故なんての、週刊誌の記事になるんかなあ」

「書き方次第だろうな。猫が犬に子供を産ませただけでも、書き方次第では記事になる」

「おれ、週刊誌の記者なんつうのもいいなって思ってるんす。なるの、むずかしいっすか?」

「俺程度の記者でよけりゃ、誰でもなれるさ」

「おれね、卒業するのやめようかなって思うんすよ。卒業したって大蔵省《おおくらしょう》に勤められるわけじゃないすもんね。当分あの花屋手伝ってて、そのうち週刊誌の記者とかになるの、恰好いいと思いません？」

「美意識が許せば、なんでもいいさ。あの花屋、君の親戚かなにかか」

「おばさんの死んだ旦那っつうのがね、おれの親父の弟なんす。そいであの花屋も本当は娘がやるわけだったんすけど、フラメンコの勉強だなんつってスペイン行っちゃって、そのまんま帰ってこないんす。だからおれ、花屋やってもいいんすけど、一応自分の可能性みたいなやつを試そうかなとかね、一応思ってるんすよ」

「試すだけなら、ただだものな」と、煙草に火をつけて、一応俺も本題に入ることにした。「で、例の事故があるまで、君と島村由実はかなり親しかったと聞いたんだが」

「その話、誰から聞いたんすか」と、まんざらでもなさそうな顔で、にやっと、及川照夫が笑った。

「由実の姉さんが、君からよく電話がかかってきたと言ってる。妹のほうから君に電話をしていたとは、言わなかった」

得意げだった笑いを照れ笑いに変え、及川照夫が指で耳のうしろあたりを、ごそごそと掻きはじめた。

「三回ぐらい、デートしたかなあ」と、耳のうしろを掻きながら、及川照夫が言った。「だけど他に由実とデートしたやつなんていなかったしさ。やっぱ、おれなんか親しかったほうじゃないんかなあ」

「由実が会社員の男と婚約していたことは、知ってたんだよな」

「知ってたっすよ。クラスじゃ有名な話だったすから。それが、いつごろだったかなあ。三月か四月だったと思うんすけど、ぱあんなっちゃってね。由実はそれまで、誘ったってデートになんかのってこなかったけど」

「君がつき合うようになったのは、それ以降ということか」

「まあ、そういうことね」

「婚約者だった男の名前、覚えてる？」

「なんつったかなあ……なんか平凡な名前だったと思うけど、どっか一流の商社かなんかに勤めてるやつでね。だけどそういうことって、しつこく訊かないのが礼儀なんすよ」

上村英樹の名前も覚えていないようでは、島村由実とこの男のつき合いも、高が知れている。夏原祐子の言ったとおり、『デートだけ』の関係だったことは、たぶん間違いないだろう。

「婚約者との問題以外で、島村由実が困っていたようなこと、聞いていないかな」

「困ってたようなことって……おれ、ランチ食ってもいいっすか？」

「ランチでも音痴でも、好きなものを食ってくれ」

自分でカウンターにハンバーグランチを注文してから、座り直して、及川照夫が上目づかいに俺の顔をのぞき込んだ。

「柚木さんでしたっけ？　それで、柚木さん、あの事故はただの事故じゃないって思ってるわけ？」

「そういう前提のほうが記事は面白いだろう」

「殺人事件かなにかにしちゃって？」

「いくら美人女子大生でもただの交通事故では、週刊誌が売れない」

「どういうストーリー、考えてるんすか」

「交通事故にみせかけた計画的な殺人。愛情関係のもつれとか、大学内部のスキャンダルに巻き込まれたとか……パターンは決まってるけどな」

「愛情関係のもつれってのね、それ、ないと思うんすけどね」

「一方的に婚約を破棄された」

「だけど由実、そのことあんましこたえてなかったと思うんすよね。そういう感じだったなあ」

「他に男関係は？　可愛い子だったようだし」

「可愛いかどうかは考え方ってやつすけどねえ。由実って、可愛いとか美人とかっていうのと、ちょっとちがうんすよ。なんつうか、コケティッシュつうんか、中性的な魅力っつうんか、そういうんがあったんす」

「それならなおさら、誘いは多かったろうに」

「狙ってるやつは多かったすよ。だけどガードは堅かったなあ。みんなで飲みに行くとかね、そういうつき合いはよかったんすけど、誰か学校のやつでものにしたなんて話、聞いたことないもんなあ。わかるっしょう？　男って、そういうことって喋っちゃうすもん」

「トラブルとかスキャンダルとか、家庭の事情とかは？」

「たしか、両親はもう死んじまってるんすよねえ。だけど姉さんつう人がけっこうしっかりしてて、金には困ってなかったっすよ。姉さんつう人、やっぱ美人なんすか」

「妹とは、タイプがちがうけどな」

「ほーんと？　会っときゃよかったなあ。おれ、葬式に行けなかったんすよ。やっぱ、線香かなんかあげに行ったほうがいいっすかねえ」

勝手にしろ、とは思ったが、それを口に出すほど、俺も暇ではない。

「島村由実とのデートは、どんなところへ行った？」

「ふつうっすよ。飯食ったり、ちょっと飲んだり。一回ディスコ行ったかなあ。あと、なんつったっけ、由実の友達がバンドやっててね、そのライブに行ったなあ」

「木戸千枝か」

「おれ、人の名前覚えるん苦手なんっすよ。木戸千枝っつったっけなあ。由実の高校んときの同級生で、その子がボーカルやってるんっす。ドラムがいまいちだったけど、ボーカルは迫力あったっすよ」

「デートのときはどんなことを話した」

「ふつうじゃないっすか。友達のこととか、学校のこととか。デートんときあんましむずかしいこと話さないっすよ」

「なにか、特別君が覚えているような話題は？」

「特別ったって……本当いうとね、三回もデートしたっつうのに、キスもさせてもらえなかったんす。そいでおれも、ああこりゃあ駄目だなって思ったわけ。そういうのってわかるっしょう？　いつまでも一つのことにこだわるの、おれの主義じゃないんす。青春て意外に短いと思うんすよ」

「その短い青春を君は今、夏原祐子にかけてるわけか」

及川照夫がほっと口をすぼめ、額にかかっていた前髪を忙《せわ》しなく掻きあげた。

「彼女にも、柚木さん、会ったんすか」

「必要な人間には誰でも会うさ。三流記者でも記者としての良心はある」

「彼女、おれのことなんか言ってたっすか」

「話題も豊富だし、遊び方も洗練されてて、一緒にいると飽きないとか」

「夏原祐子が、言ったんすか？」

「まあ……そんなようなことだった」

これから先、夏原祐子との関係で及川照夫に地獄が待っていたとしても、そんなこと、俺の知ったことか。この男は地獄ぐらい鼻歌まじりに、観光旅行をしてきてしまう。

「島村由実が殺されたという前提で、思い当たることは、なにもないということか」と、少しうんざりしながら、俺が言った。

「ありっこないっすよ。柚木さんだって本当は、ただの事故だと思ってるんっしょう？」

「俺は商売にならないかと思っただけさ。君が由実に最後に会ったのは、いつだった」

「それがさあ、事故のあった二日前なんっすよ。学食で一緒んなって、それっきり」

「なにを話した」

「なにって……夏休みの話、したっけなあ。最後の夏休みだからハワイへ行きたいとか言ってたけど」

「やっぱりイベントホールの件では怒ってたか」

「なんっすか」

「知らない？」

「さあ……」

ハンバーグランチが来て、ぞんざいに会釈《えしやく》をし、フォークだけを使って及川照夫がその皿をつつきはじめた。

「さて」と、伝票をつまんで、俺は腰をあげた。「それじゃ、しっかりな」

「はあ？」

「夏原祐子のことさ。君が考えているより、青春はたぶん、ずっと短い」

*

いくら雨の多い夏でも、午後二時という時間はそれなりに暑い。

俺はシャツの背を汗で濡らしながら、ブロードウェイとは反対の方向に歩いていた。夏原祐子と別れた直後の、なんとなく甘酸っぱい気分は、もう完全に消えていた。いくら若ぶっても三十八は三十八、夏原祐子と一緒に学食でハンバーグランチが食えるわけではなし、せいぜい卒論の、『テレクラにおける中年サラリーマンの希望と挫折』の研究材料にされるのが、おちなのだ。

俺は、途中の公衆電話で吉島冴子を呼び出し、七時に六本木で会う約束をして、そのまま新井薬師前駅に向かった。池袋なんて中央線と山手線《やまのてせん》を乗り継いだほうが早いに決まっているが、俺はわざとさびれた商店街を歩き、この鬱陶《うっとう》しい午後をちょっとだけ時間つぶしに費やした。いくら三十八でもたかだか二、三十分の時間を無駄遣いするぐらいの青春は、俺にもまだ残っている。

木戸千枝がバンドの練習をしているという貸しスタジオは、池袋駅から明治通りを十分ほど新宿寄りに戻った、うすぎたないビルの地下にあった。地下におりる階段も悪臭がするほどうす汚れていて、壁といわず天井といわず、素人《しろうと》バンドのライブちらしが呻《うめ》くように貼りつけられていた。年になん度かは、気が向けばライブハウスに変わるという、場末を絵に描いたような貸しスタジオだ。

防音材入りの重いドアを引くと、ビルの解体工事でも始まっているかと思うほどの轟音《ごうおん》が充満していて、一瞬、俺はその音で外に弾き飛ばされそうになった。我慢できたのは、人生そのものが我慢であるという、俺の哲学のお陰だった。

ステージにだけ明かりのついた轟音の中、俺はフロアを横切り、奥の狭いカウンターまで歩いていった。

「俺の声、聞こえるか」と、立ったままステージを見つめている髪のうすい男に、俺が言った。

「おたく、素人だね」と、ステージを見つめたまま、男が答えた。「これぐらいの音で聞こえるかなんて訊くの、素人に決まってるもんね」

「あんたがオーナー？」

「そんなとこ」

「あの中に……」と、ステージのほうを顎で指しながら、俺が訊いた。「木戸千枝って女の子、いるはずなんだが」

「目も悪いのかい」

「なんだって？」

「悪いのは耳だけじゃなくて、目も悪いのかってことさ」

男がうさん臭そうに俺の顔に流し目をくれ、その妙に尖った顎を、ぴくっとステージのほうへつき出した。

「あの中に女は一人しかいないぜ。見りゃわかりそうなもんだ」

ステージには、たしかに四人の人間らしき生き物が蠢《うごめ》いていて、それぞれがドラムのスティックをふり回したりギターをふり回したり、アクロバットのように躰をふり回したり、なにかにとり憑《つ》かれたように動き回っていた。最初は轟音としか聞こえなかった音もよく聞くと一応はドラム、ベースギター、リードギター、ボーカルと分かれていて、それが世間でいうロックバンドらしいことは、なんとなく理解できた。そしてメンバーのまん中で『連獅子《れんじし》』のように髪をふり乱してがなっているのは、言われてみれば、まあ、女のようだった。

「おたく、いくらか音楽はわかるのかい」と、また男が俺に流し目をくれた。

「五木ひろしと細川たかしの区別は、つく」

「あのボーカル、けっこういい線いってるんだよなあ。バックのメンバー入れ替えてプロデューサーでもつけりゃあさあ、ひょっとしたらひょっとするかもしんないぜ」

「その気があれば自分でプロデュースしたらいい」

「俺は見てるだけさ。十五年もずっと同じような連中を見てきて、怖いんだよなあ、へたにのめり込んで生活かけちゃって、こっちがそこまでやっても向こうは平気でやめちゃったりさあ。わかんねえんだよなあ、連中の考えてること。それにやる気と才能があってあとちょっと運があれば、俺なんかが手え出さなくてもちゃんと売れるもんさ。そういうもんじゃないかい？」

「まあ、そうかもな」

「おたく、千枝になんの用？」

「訊きたいことがあるだけ」

「興信所《こうしんじょ》かなんか？」

「似たようなもんさ」

男が一つ鼻を鳴らし、あとはもう俺に興味を示さず、轟音の元凶のほうへじっと耳をかたむけた。俺はカウンターの丸椅子に腰をのせ、とにかくこの演奏が終わるのを待つことにした。いくら連中に体力があっても、まさか地球が滅亡する日まで叫びつづけるわけでもないだろう。

そのうち、急に轟音がやみ、代わってばかでかいエアコンの音がぶんぶんとスタジオに響きはじめた。

「千枝、お客さんだぜ」と、男がステージのほうへ呼びかけた。

木戸千枝が肩で大きく息をつき、他のメンバーになにか言って、タオルを首にかけながら俺の前に歩いてきた。黒いパンツに黒いTシャツ、量の多い髪が汗で頬に貼りついて、のぞき込まなければ顔立ちもわからない。

軽く声を出して、丸椅子に腰をのせ、肩で息をしながら木戸千枝がタオルで顔を一拭きした。現れた顔は意外にも獅子とはほど遠く、丸顔ではあったがそれなりの個性と人目を惹《ひ》く光のようなものをもっていた。

「島村由実さんのことで聞きたいことがある」と、名刺を渡しながら、俺が言った。

「その前にビールを奢ってくれない?」と、汗の匂いを飛ばしながら、木戸千枝が俺の顔に視線を送ってきた。

「よかったら夕飯を奢ってもいい」

「ビールだけでいいわ。ここんちのエアコン、ちっとも効《き》かないんだもの」

「それなら、ビールを」と、髪のうすい男に、俺が言った。「バンドの他のメンバーにもな」

男がカウンターの中へ入っていき、缶ビールを一本千枝の前に置いて、残りの三本をもってステージのほうへ歩いていった。千枝はその間、上気した顔をしきりにタオルでこすりつづけていた。

ビールを半分ほど飲み干し、くーっと唸ってから、木戸千枝が切れ長の目をいたずらっぽく光らせた。

「由実のことって、例の、事故のこと？」

「それ以外に俺とあの子は関係ないし、君とも関係はない」

にやっと口元を歪めて、また木戸千枝が目を光らせた。

「あんた、いつもそういう口のきき方をするの」

「ハンフリー・ボガートに似てるか」

「哀愁が足りないけど、でもあたし、そういうのってけっこう好き」

「お世辞はいらないさ。たかがビール一本だ」

俺はポケットから煙草の箱を取り出し、千枝にもすすめてから、使い捨てのライターで二本の煙草に火をつけた。

「君に訊きたいのは先月の、二十一日のこと」と、思わずハンフリー・ボガートふうに煙を吐いて、俺が言った。「六月二十一日。つまり……」

「由実が事故にあった日ね」

「その日の十一時ごろ、彼女はどこかへ出かけようとしてクルマに轢かれたらしい。そんな時間に、彼女はどこへ行こうとしたんだろう」

「彼氏の家じゃない？」

「彼氏って」

「上村さん、商事会社に勤めてる人」

「上村とはこの春に別れている。知らなかったのか」

丸めた唇から短く煙を吐いて、木戸千枝が不思議そうに眉をつり上げた。

「由実、上村さんと別れたの？　知らなかったなあ」

「親友だったのに？」

「高校のときまでよ。だって、由実は大学へ行って半分は花嫁修業みたいなことやってたし、あたしのほうは、ねえ？　すっかりこれだもの」

「でも、まったくつき合わなくなったわけでは、ないだろう」

「そりゃあね。家が近かったからたまには寄ったり、電話でだべったりはしたけど、高校のときみたいじゃなかったわ」

「君のライブに来たことは、あったんじゃないのか」

「そう……」

煙草を灰皿でつぶし、ビールを口に流してから、思い出したように、うんと木戸千枝がうなずいた。

「いつだったかなあ、五月ごろだったかなあ。そういえばそのとき、由実、他の男の子と一緒だったなあ」

「及川照夫？」

「及川……そうだったかしら。なんか軽い感じの、よく喋る子だった。十万円儲《もう》かったとか、そんなようなことを言ってたわ」

「十万……及川照夫が、そのライブの日に？」

「なんだか知らないけど、ライブへ来る前、他のクルマにこすられたんだって。それで十万円もらったとかね」

「由実さんも一緒にか」

「そうだと思うわよ」

「警察は入れなかったのかな」

「もともとがポンコツみたいなクルマだったらしいわよ。バンパーが曲がっただけなんだって。とにかくよく喋る子でね。由実、なんでこんな子を連れてきたのかなって思ったけど、よっぽど暇だったのよね。あれ、ぜったい由実の趣味じゃないもの」

「今度及川照夫に会ったら、君の感想を伝えておく」

「あれから由実の家へ行ってないけど、姉さん、元気？」

「一応は元気で、まあ、冷静だ」

「いい人なのよね。高校のときなんか毎日のように由実のマンションへ寄ってたけどいつも料理をつくってくれた」

「上村って男はもともと、姉さんの恋人だったと聞いたが」

「そう……」

横からの視線を俺の顔に走らせ、木戸千枝がまたビールを一口、口に流し込んだ。

「柚木さん……だっけ？　あんた、なんでそんなことを調べてるの」

「ただの商売」

「刑事でもないのに？」

「刑事が調べないことを調べるから商売になる」

「調べて、それで、どうするのよ」

「島村由実を殺した犯人を捕まえる」

ひゅーっと、小さく、千枝が口笛を鳴らした。

「あれ、ただの事故だったんじゃないの」

「それを調べてるのさ。で、上村の件は？」

「それはね、あんたの言うとおり。でもあの姉さんて彼氏より妹を大事にする性格だから、へんなこじれ方はしなかったわ。上村さんにしてみれば、姉さんのそういうところが物足りなかったのかも……そういえば、上村さん、由実のお葬式に来ていなかったっけ。あたしも不思議に思ったけど、まさかお葬式のとき、そんなこと訊くわけにいかないものねえ。由実、上村さんと別れてたんだ。そういうことだったんだ」

一人で勝手にうなずいている千枝の手に、ポケットから取り出した島村由実のアドレス帳を、俺が、そっと押し込んだ。

「その中に……」と、口を尖らせて表紙を眺めはじめた千枝に、俺が言った。「由実さんがあの時間に出かけていきそうな友達、いないかな」

木戸千枝がなにやら唸りながらしばらく中を眺めてから、頬をふくらませて、ぷすっと唇を鳴らした。

「いないと思うな。高校のときの友達って、みんな電車に乗っていくようなところだもの。歩いてこられるとしたらあたしのとこぐらいだけど、あたし、あの日ライブだったしね。それにここに書いてある名前、半分以上は知らない人たち。だって、ねえ？　高校を出てからもう三年以上たってるのよ」

「女同士の友情は冷めやすい、か」

「そういう意味じゃないの。だけど生き方のちがいって、三年もすれば形に表れるじゃない。あたし、これ、趣味や道楽でやってるんじゃないの。武道館《ぶどうかん》のステージに立てるまで、ぜったい頑張《がんば》ってみせる」

「そのときはチケットを買わせてもらう。一人ぐらいおじさんのファンがいても、いいだろうな」

木戸千枝が生意気《なまいき》そうに鼻を曲げ、横目で俺の顔を眺めたまま、にやっと微笑んだ。

「さて……」と、俺の手にアドレス帳を返しながら、千枝が立ち上がった。「練習に戻らなくちゃ。このぼろスタジオ、二時間で五千円もふんだくるのよ。こういうのって、なにかの罪にならない？」

「民法では合法だけど、そのうち天罰はくだる」

「そう願いたいわね。ビール、ご馳走《ちそう》さまでした」

ぺこりと頭を下げ、千枝がメンバーのほうへ歩いていき、代わりに戻ってきた髪のうすい男に俺はビール代を払って、そのままスタジオを出た。こんな腐りかけた貸しスタジオからもなにかの勘違いで、もしかしたら武道館のステージを踏むぐらいのアーティストが、出ないとも限らない。ありえないとはわかっていても木戸千枝にはどこか、その『もしかしたら』を感じさせる雰囲気が漂っている。そしてこの世界には千枝と同じように『もしかしたら』をもった売れないアーティストが何百も何千も何万もいて、そしてやはり『もしかしたら』を抱えたまま時代の中に消えていく。そのことについて特別な感想があるわけではなく、ただ木戸千枝が本当に武道館のステージに立ったときにはチケットの一枚ぐらい買ってやってもいいかなと、ただそう、思っただけのことだ。

貸しスタジオを出て池袋駅へ戻る途中、俺は通りぞいの喫茶店に入って、電話機に一番近い席に腰を下ろした。

ビールを注文してから、俺は島村由実のアドレス帳を取り出し、その五十人ほどの名前を頭から読み直してみた。名前の順序はばらばらで、順序づけ自体もどうやら気分の問題らしかった。事実及川照夫の名前は五十人のうちの、ずっとうしろに書いてある。

俺は席を立ってレジの横へ歩き、まず及川照夫のアパートに電話を入れてみた。及川はまだアルバイト先から戻っていなかった。次に電話を入れたのは夏原祐子の部屋だったが、受話器からは留守であることを告げるとぼけたような声が録音で聞こえてくるだけだった。初めてこの声を聞いたときからまだ半日もたっていないのに、妙に懐かしくて、声を聞きながら俺は思わず苦笑した。女の子に神経がこんなふうに反応してしまうのは商売上はもとより、俺の人生にとっても決して、好ましいことではない。

　俺は店の電話帳を借りて一度席に戻り、サンフラワーの番号を捜してからまた電話に戻って、その番号にかけ直した。電話に出たのはあの妙に太っていて妙に厚化粧の、及川照夫の親戚だとかいうおばさんだった。

「週刊誌の話、決まったんかい?」と、俺が名前を言うなり、まずおばさんのほうから訊いてきた。

「これから編集長と相談するところさ。及川くん、まだそっちにいるかな」

「とっくに帰ったよ。アルバイトは昼までだからさあ」

「アパートに電話をしても出ないんだ」

「あんたねえ、今どきの若いもんがアルバイトが終わったからって、そのまんま家に帰るもんかね。どこかで遊んでるに決まってるよ」

「及川くんの行きそうなところ、知ってる?」

「あたしがかい?　あたしがどうしててるちゃんの行き場所なんか、知らなきゃいけないんだね」

「おばさん、及川くんの義理の叔母さんだっていうじゃないか」

「そりゃそうだけどね。だけど一緒に暮らしてるわけじゃないし、それにあんた、たとえあたしがてるちゃんの母親だとしたって、若いもんの行き先なんか、わかるわけないよ」

「その……」と、一つ咳払《せきばら》いをしてから、俺が言った。「今年の五月ごろ、及川くんがクルマの接触事故を起こした話、おばさん、聞いてるかな」

「事故？　五月ごろ？　てるちゃんが？」

「事故というほどのことでは、なかったかもしれないが……」

おばさんがしばらく電話の中で唸り、それからうんうんうんと三度、猛烈な勢いでうなずいた。

「そういやそんなこと、あったっけ。だけどありゃ事故なんてもんじゃなかったらしいよ。あんた、てるちゃんのクルマ、見たことないだろう」

「幸いにな」

「そりゃもう、こんなものがどうして走るんか不思議なぐらいなやつでさ。走ってる最中にハンドルが取れたって、あたしゃ驚かないねえ」

「だけど、五月ごろ、他のクルマと接触したことは事実なんだよな」

「そうなんだよ。向こうのクルマはだいぶへこんだらしいんだけどね。てるちゃんのやつはなんとかってところがちょっと曲がっただけで、あんなのは事故なんて言わないんじゃないかねえ」

「及川くんのクルマは白いチェイサーか」

「あたしにクルマの名前なんか、わかるわけないだろう。だけどてるちゃんのクルマは白いやつじゃないよ。まっ赤くって横に線が入ってる、ちっちゃいやつ」

「それで、その接触事故は、相手のほうが悪かったんだよな」

「どうだかねえ。そんなこと……」

「相手のほうが金を払ったと聞いたけど」

「そういや、そんなこと言ってたっけかねえ。だけどそんなこと、直接てるちゃんに訊けばいいじゃないか」

「連絡が取れないからおばさんに訊いてるんだ。話の内容によってはおばさんの名前も、週刊誌に出る」

おばさんが絶句して喉《のど》を鳴らし、俺の頭には電話の向こうで歌舞伎役者のように見得を切っている光景が、大写しに蘇《よみがえ》った。

「だからさ、そのときのことを、詳しく聞かせてくれないか」

「詳しくったって……あのね、さっきも言ったけど、あたしはてるちゃんと一緒に住んでるわけじゃないんだよ。てるちゃんがふだんどんなところへ遊びにいって、どんな友達とつき合ってるとか、そんなこと知らないもの」

「その接触事故は、五月のいつごろだった？」

「いつ……そうだねえ、五月の連休すぎだったと思うけどねえ」

「友達も一緒だったと言わなかったか。先月交通事故で死んだ、女の子の友達」

「聞かなかったねえ。だからやっぱしそういうこと、直接てるちゃんに訊いたほうがいいんじゃないかい。遊んでるったって部屋に帰らないわけじゃないんだし、夜中んなりゃあ帰ってくると思うよ。今の若いもんは夜中だってへっちゃらだからね。夜中にでも電話してみなね」

「まあ、そうだな」

「あたしの話、役に立ったかい？」

「編集長から金一封をもらったらおばさんに、赤い薔薇《ばら》を贈ろう」

「馬鹿かいあんた、あたしゃ花屋だよ。そっちにその気があるんならウイスキーの一本でも、持ってきておくれな」

もう金輪際《こんりんざい》このおばさんに会うことはない、と確信しながら一応礼を言い、俺は電話を切って、大きく深呼吸をした。

自分の席に戻り、ビールで喉を湿らせながらその黄色いカバーのアドレス帳を、俺はまた手の中でいじくりはじめた。俺のアドレス帳なんて黒くて古くてぶ厚くて、消しがあったり書き込みがあったり関係のないメモがあったり、何年使っているのかさえ覚えていないような代物だったが、女子大生の備品はさすがに、趣味がちがう。高価なものではないが清潔感があって手ざわりがよくて、島村由実の主張のようなものが適確に感じられる。正月とか四月の年度始めとかに毎年つくり直すのだろう。これは今年の正月に替えたもので、そうでなければ上村英樹の名前が、残っているはずはない。

ぼんやりページをめくっているうちに、ふと、俺の目が〈ＳＳＫ〉とだけ書かれている電話番号にひっかかった。最初はスポーツクラブの名前かとも思ったが、テニスクラブや水泳教室の名前はちゃんとフルネームで書いてある。ＳＳＫ……スペシャル・セックス・株式会社？

まさか。

俺は半信半疑で立ち上がり、また電話のところへ行って、ＳＳＫの番号に電話を入れてみた。間違い電話だと言って切れば、それで済む。

たった一回のコールで、ばかに元気のいいおばさんの声が飛び出してきた。

「はい。こちら石神井の自然を守る会事務局です」

とっさに俺は週刊誌の名前を告げ、会長の在不在を尋ねた。

「こちらは事務局ですので、ふだん会長は参りません。なにか取材のお申し込みでしょうか」

「できれば、と思いまして」

「それでは会長のスケジュールを調整して、こちらからお電話を差し上げましょうか」

「いえ、今たまたま石神井にいるもので、ついでにお目にかかれたらと思っただけです。わたしのほうもスケジュールを調整して、また連絡いたします。失礼しました」

一方的に電話を切り、腋の下に冷や汗を感じながら席へ戻って、俺は残っていたビールを飲み干した。石神井の自然を守る会……ＳＳＫか、なるほど。

それから俺は煙草を一本吸いおわるまでソファにもたれてから、腕時計をのぞいて、立ち上がった。七時までには三時間ある。一度部屋へ戻ってシャワーを浴びて、シャツぐらいは替えていくのが礼儀だろう。どっちみち今日は、長い夜になるのだ。

湿気が多くて昼の気温は上がらないくせに、それで日が落ちたからって涼しくなるわけでもない。そういえば今年はまだ蟬《せみ》が鳴いているのを、聞いてない。ふだんの年、いつごろから蟬が鳴くのかは知らないが、いくらなんでも七月も末になれば鳴きはじめる。今年は最後まで蟬は鳴かないのかもしれないし、そして今年もやはりジャイアンツは、優勝しないのかもしれない。

4

もともと俺は六本木という街が、好きではない。芸能人やらヤクザ者やら訳のわからない横文字商売の連中やらが集まって、意識的に閉鎖的な雰囲気を醸し出している。俺も今では横文字商売だからもちろん六本木に文句を言ってたら、生きてはいけない。それどころか東京自体で生きていけなくなるだろうが、だからってやはり東京は好きになれないし、六本木も好きになれない。俺が東京にへばりついている理由は、俺みたいな人間は田舎では生きていく場所がないという、それだけのことだ。

俺と冴子が行った店は六本木の交差点を防衛庁《ぼうえいちょう》側に五分ばかり歩いて、路地を百メートルほど入ったあまり賑やかではない一角にあった。広いスペースに細長いカウンターがあり、フロアにも小さめのテーブルがゆったりと配置されている。もっと遅い時間になれば横文字商売とそいつらに群がるかすれた声を出す女たちで、そこそこにはやりそうな店だった。

俺たちはわざとカウンターの一番奥に座り、冴子はドライマティーニ、俺はバーボンのオン・ザ・ロックを注文した。

「桜田門《さくらだもん》に君専用の衣裳室があるらしいな」と、一目見て昨夜とはちがう冴子の服装を、本心から尊敬して眺めながら、俺が言った。

「家に寄って着替えてから行ったの。草平さんとは立場がちがうわ」

「君と俺の立場がちがうことには俺だって、感謝している」

「そうじゃなくて、あなたのように立場をかんたんに放り出せる人が、羨《うらや》ましいという意味」

昨夜《ゆうべ》喧嘩をした覚えもないから、昼間の仕事でなにか、面白くないことでもあったのだろう。

「島村香絵という女……」と、深く息をしながらマティーニのグラスを眺めはじめた冴子に、俺が言った。「君の印象では、どんな感じだった」

「自分でたっぷり観察したでしょう」

「君の印象を聞きたいんだ」

カウンターに肘をついて、訝《いぶか》しげに冴子が首を横にかたむけた。

「彼女に問題でも?」

「そうではないけど、いくら妹思いでも、ものには限度がある」

「どういうことかしら」

「妹の由実が婚約していた上村という男は、もともと香絵の彼氏だったらしい。つまり香絵は、自分の男を妹に取られたことになる。それでも男や妹を恨みもせず、積極的に二人を結婚させようとしていた。そんな善人に俺は今まで、お目にかかったことがない」

「それは草平さんが人殺しやヤクザ者ばかり相手にしてきたからよ。わたし、島村香絵の妹を思う気持ちは、本当だと思うな」

「彼女は心の底でまだ上村を許していない」

「人間はいろんなことをいろんなふうに我慢できる生き物だわ。草平さん、まさか島村香絵が妹を殺したと？」

「そこまで疑いぶかくはないさ。もし香絵がやったのなら、交通事故で片づきそうな事件を自分でむし返すはずはない。ただ、どうもな、あの女の気持ちが理解できないんだ」

口の端でうすく笑い、冴子がマティーニのグラスをこつんと、自分の前歯に当てる。

「あなた、女の気持ちがわからなくて、悩むような人だったの」

「俺はいつだってそれで悩んでる。女に比べればヤクザも人殺しも、可愛いもんだ」

「いい女は特に、でしょう？」

話をそこへ持っていきたくなかったので、俺は無理やり話題を変えることにした。

「今朝、知子から電話があった。もちろん全面的に、俺が謝った」

「知子さんも寂しいのよ」

「君にそう言ったのか」

「有名になったり仕事が忙しかったりすることと、女としての本質的な寂しさは別な問題なの。草平さんにはわからないわ」

「だからって社会に八つ当たりしてたら、そのうち社会から自分が袋叩きにあう。加奈子だっていくらかはものがわかる歳ごろだ」

「今さら加奈子ちゃんのことを言うなんて、勝手な人ね」

「もちろん、俺は勝手だけど、俺と知子の間で加奈子がふり回されるのが、ちょっと心配だ」

「一人前に、人の子の親みたいなこと言うじゃないの」

「俺は……昼間、なにかあったのか」

ふんと笑って、いつもの癖で、冴子が皮肉っぽく口の端を歪《ゆが》めた。

「あんなお子様相談室みたいなところで、なにかあるわけないでしょう」

「社会の縮図は見られるだろう」

「縮図でも拡大図でも、わたしは見るだけではいやなの。わたしは自分の足で地図の中を歩きたいの」

せっかく話を変えたのにまた苦手な話題になりそうだったので、俺はグラスを空け、カウンターの中にバーボンのおかわりを注文した。冴子の苛立《いらだ》ちぐらい俺にだってわかっていて、俺がわかっていることは冴子にだってもちろん、よくわかっているのだ。広報課の『都民相談室』室長とかいう窓際仕事がキャリア入庁のエリートに、耐えられるはずはない。

バーテンが新しいグラスを持ってきて、コースターと一緒にそのグラスを俺の前に差し出した。まだ三十にはなっていないが鼻の下に短い髭をはやした、水商売の臭気《におい》が染みきった感じの男だった。

「いい店じゃないか」と、指の先でコースターを手前に滑らせながら、バーテンに、俺が言った。

バーテンが俺と冴子の顔を見くらべ、気取った顎《あご》の出し方で、ひょいとうなずいた。

「お客さんたち、初めてでしたっけ」

「人に聞いてな。六本木じゃめずらしく、落ち着いたいい店があると」

「うちのお客さん、わりかしアダルトって感じの人、多いですからね。テレビ局の人なんかもよく来てくれますよ」

「東亜商事の上村なんかも、よく来るんだろう」

「東亜商事の、上村さん……」

口を半分開いたまま肩をすくめて、バーテンが怪訝《けげん》そうに首をひねる。

「それじゃ早川のほうだったかな」

「早川さんて、デザイナーの早川さん?」

「早川功さ」

「お客さん、早川さんのお知り合いだったんですか」

「まあ、な」

「早川さんならボトルが入ってますよ。言ってくれれば出しましたのに」

「それほどの仲じゃないんだ。ちょっと知ってる程度で」

「お客さんも広告関係ですか」

「似たようなもんさ。こっちは情報を仕入れるほうだけど」

「マスコミ関係、多いんですよ。うちのお客さん、クリエーター関係の人も」

「ところで……」と、新しいグラスに口をつけてから、俺が訊いた。「上村って男、本当に覚えがないか」

「上村さん……ねえ」

「先月の二十一日、早川と一緒に十一時まで、ここで飲んでいたはずなんだがな」

バーテンの鼻の下で髭が震え、鋭い視線が一瞬、俺の顔を撫《な》でる。

「先月のことなんか覚えてないですよ。人間てそういうもんじゃないですか？　ふつうそういうもんですよ」

「俺はふつうのことなんか訊いてない。おまえさんの特殊な記憶を訊いてるんだ」

「だから……お客さん、警察の人？」

「おまえさんが警察好きなら、そういうことにしてもいい。よかったらこの店を警官のたまり場にしてやってもいいが」

「だけど……」

バーテンの目が忙《せわ》しなく動いて、尖《とが》った喉仏《のどぼとけ》が大きく上下した。

「本当ですよ。一ヵ月も前のことなんか、本当に覚えてないですよ」

「練馬西署の刑事が聞き込みに来たはずだ。それは覚えてるだろう。それともこの店は覚えきれないほどの刑事が団体で、聞き込みにでも来るのか」

「俺……その、刑事さんなんて、会ったことはないです」

「それじゃおまえさんも一つ、世界が広くなった」

面倒臭くなって、つい、俺は冴子のほうに目配せをした。

冴子が溜息《ためいき》をつき、ハンドバッグから国家権力の象徴を取り出して、それをバーテンの鼻先につき付けた。

「本当は内緒なんだけどな」と、顎が外れかかっているバーテンに、俺が言った。「警察にこんないい女がいるとわかったら、日本中の男がみんな警官になりたがる」

えへっと、止めていた息を吐いて、バーテンが指の先で口髭を一こすりした。

「二十一日のことは覚えてなくても、そのあと刑事が聞き込みに来たことは覚えてるだろう」

「それが、その……」と、眉を寄せて、バーテンが答えた。「そういうこと、たしかに一度だけありましたっけ。だけど十一時なんて時間、うちの店は一番混むときですからね。カウンターにでも座れば覚えてますけど、そうじゃなかったら誰が来てたかなんて覚えちゃいませんよ。早川さんは週に一度ぐらい来てくれますから、その早川さんが来てたって言うんならやっぱ、来てたんじゃないですかねえ」

つまり、そういうことなのだ。練馬西署の刑事は早川功にだけ上村のアリバイ確認をやり、この店での裏は取りきっていないということだ。ずさんと言えばずさんだが警察の捜査なんて、一般の人間が考えるほど緻密なものではない。

バーボンを飲み干し、グラスを滑らせて、俺が言った。

「こいつと、それから、マティーニをもう一杯」

バーテンが二つのグラスを下げていき、俺は煙草《たばこ》を取り出して、店の紙マッチで火をつけた。

「悪かったな。そんなつもりで君を誘ったんじゃないんだ」

冴子が小さく首をふり、目を冷たい色に笑わせてから、曖昧《あいまい》な形に口の端を歪めてみせた。

「同じ仕事をするのなら警察をやめる必要も、なかったのにね」

「同じ仕事ではないさ。今はいやならいつでも逃げ出せる」

「あのときだって誰もあなたに責任をとれとは言わなかった。現実に、正当防衛で内部処理されたじゃない」

「俺は相手の拳銃が空になったことを知っていた。俺はやつが憎くて引金をひいた」

「でも相手は警官を二人も殺した男よ。誰も草平さんを責めないし、警察も組織をあげてあなたを庇《かば》いつづける。特進の話だってあったのに」

「人を殺して出世する世界がまともな世界だと思うか。戦争をやってるわけじゃなし……俺は人間一人が負いきれる責任の量に、限界があると気がついただけだ」

溜息をつき、ハンドバッグから煙草を取り出して、冴子が使いすてのライターで火をつけた。

それが『議論は打ち切り』という意思表示のようだったので、俺も冴子の意思に従うことにした。

「だけど、ねえ……」と、細く煙を吐いてから、自分の胸を自分の腕で抱き込んで、冴子が言った。「上村はくさいわね。早川功の住所、調べましょうか」

灰皿でゆっくり煙草をつぶしながら、意識を事件のほうへ戻して、俺が答えた。

「一応頼んでおくが、たぶん、もっと早くけりがつく」

バーテンがマティーニとオン・ザ・ロックを持ってきて、今度は逃げるように、カウンターの反対側へ消えていった。

「わたしの立場もあるわけだし、無茶はしないでね」

「今度の事件は、どうもすっきりしない。全体がぼやけていて、理屈で考えればただの交通事故だと思うしかないんだが、それでいて、どうも、なにかがひっかかる。たとえ上村のアリバイが崩せたとしても、それで片づく事件とは思えない」

「女の立場で、ということなら、わたしにも島村香絵の気持ちはわかるわ。もし上村が犯人でなかったとしても、彼女にしてみれば気持ちの整理はしたいのよ」

「島村香絵の気持ちと、事件の本質とは別の問題さ」

「事件にはみんな人間が係わっていて、その人間が一人一人、それぞれに気持ちをもっているものだわ」

「だから、そういうことと事件とは、よけいに切り離して考える必要がある。今さら俺が君に説教することでもないだろう」

なにか言いかけた冴子を目で制し、椅子をおりて、俺は電話のところへ歩いていった。

まず及川照夫のアパートに電話を入れてみたが、やはり及川は帰っていなかった。夏原祐子の電話も『留守』になったままで、しばらくその声を聞いてから、用件を言わずに俺は電話を切った。

最後に電話をかけたのは島村香絵のマンションだった。独身の、それも男から見てじゅうぶんすぎるほどいい女がこんな時間に一人でいる事実は納得できなかったが、とにかく島村香絵は帰っていた。

「昨日、わたしに言い忘れたことがありましたね」

一瞬言葉をつまらせたあと、それでも落ち着いた声で、島村香絵が訊き返した。

「なんのことでしょうか?」

「五月の連休すぎ、由実さんはちょっとした接触事故を起こしてる。もちろん由実さん自身ではなく、及川という学生のクルマに乗っていてだが。まさかそのことを、聞いていなかったはずはない」

「おっしゃる意味が、わかりませんが」

「ですから、五月の……」

「由実から聞いていれば、昨日、柚木さんにお話ししていたと思います」

今度は俺のほうが言葉につまり、受話器から顔をそむけて、強く煙を吐き出した。

「本当に事故のことは、聞いていない?」

「聞いておりませんわ。そのこと、なにか大事なことなんでしょうか」

「いや、乗っていたクルマが事故を起こしたら、当然姉さんの君に報告したろうと……もしかしたら由実さん自身、思い出さないほど軽いものだったのかもしれない。たぶん、そういうことでしょう」

俺はわざとそこで言葉を切り、かすかに伝わってくる島村香絵の呼吸に、少しの間聞き入った。

「それで……」と、気まずさが弾ける直前に、俺が言った。「そのこと以外に、なにか思い出したことはないかな」

「やっぱり、なにも思いつかないんです。一生懸命考えてはいるんですけど」

「君、飯の支度《したく》していた?」

「はあ?」

「七時ごろ帰ってきて、着替えをして、それで今君は夕飯の支度をしていた」

「どうして、わかるんですか」

「俺が今まで会ったなかで、君はかなりへんな部類の女だからさ。そんなことはどうでもいいけど、こっちにもまだ報告するほどの情報はない。ただ今度報告するときは、どこかのレストランで飯でも食いながらやりたいもんだ。その費用はもちろん、経費から除外する」

返事を待たずに電話を切り、俺はわざとゆっくり、時間をかけてカウンターへ戻っていった。冴子が今の電話を聞いていたとは思わなかったが、掌《てのひら》には汗がにじんでいて、自分で自信をもっているほど俺の神経もタフではないらしかった。

「まだ時間はある。どこかで飲み直すか、それとも飯でも食うか……」と、汗ばんだ掌をズボンのポケットに隠しながら、椅子に尻をのせて、俺が言った。

冴子が唇をすぼめ、目を細めて、広い額に無理やりつくったような皺を刻ませた。

「今夜は早めに帰るわ。明日、あの人、帰ってくるの」

冴子の亭主は法務省《ほうむしょう》の役人だが、今は大阪の地方検察庁に出向している。

「電話で言えばよかったのに」

「あのあとに連絡が来たのよ。会議で四日ほど東京にいるらしいわ」

冴子の屈託の原因は、なるほど、そのことにあったのか。

「四日間、俺に、一生懸命仕事をしろという意味かな」

「都合がいいじゃない？　あなたにとっても」

「俺は君の都合に合わせて人生を設計している」

「やめなさいね、会う女ごとにそういう言い方をするの。わたしでも腹が立つこと、あるんだから」

耳では聞こえなくても、テレパシーで、冴子は俺が香絵に言った台詞《せりふ》を聞いていたのだろう。もともと冴子にはそういう能力があるし、女そのものに、男には理解できない才能が備わっている。男なんてのはしょせん、女というお釈迦様《しゃか》の掌の中でもがく、孫悟空《そんごくう》みたいなものだ。

俺たちはそれから、しばらく黙ってマティーニとバーボンのグラスをなめ、お互いに一つずつ溜息をついて、カウンターの椅子をおりた。冴子の屈託も理解できるし俺自身の憂鬱《ゆううつ》も理解していたが、人生には理解しただけでは意味のないことなんて、いくらでもある。

店を出たところで冴子をタクシーに乗せ、俺は地下鉄の駅に戻って、そこから日比谷線《ひびやせん》で都立大学《とりつだいがく》駅に出た。上村英樹のマンションは目黒《めぐろ》通りを柿ノ木坂《かきのきざか》方面に戻った、商店街と住宅街の境目あたりにあった。いかにも若い女が喜んでついてきそうな外観は悪趣味な感じもしたが、これが独身貴族のステータスなのだろう。

俺は郵便受けで上村が帰っていないことを確かめ、駅のほうへ戻って、途中のレストランで腹ごしらえをすることにした。商事会社の営業部員が、そう早く帰ってくるはずはない。まして上役に見込まれて女婿《むすめむこ》になろうというほどの男なら、性格はともかく、仕事の面ではそれなりの能力はもっている。帰りは早くても十時、へたをすれば夜中をすぎる。いくら張り込みに慣れているといっても他人の帰りをひたすら待つというのは、それほど面白い仕事ではない。こんなことを十何年もやっていたら、俺でなくても性格は歪んでしまう。知子が俺との生活を我慢できなかったのは知子に、常識があったからだ。

そのレストランで十時までねばり、俺は上村のマンションまで戻って、となりのビルの陰で張り込みを開始した。一時間のあいだに男が二人マンションに入っていったが、年齢からして、そのどちらも上村ではなさそうだった。

十一時半。背の高い紺のスーツを着た男がマンションへ入っていき、目星をつけて、俺はゆっくりとあとに付いていった。男は〈上村〉のネームのついた郵便受けから新聞と郵便物を取り出し、差出人の名前を確かめるように、ちょっとその場所に立ち止まっていた。

「上村さんですね」と、歩いていって、距離をつめすぎないように注意しながら、俺が声をかけた。

上村が郵便物から顔を上げ、緊張した目つきで俺の顔を見返してきた。

「訊きたいことがあって、待たせてもらった」

「警察の方ですか」

「週刊誌」

上村の目から露骨に緊張が消え、その適度に日焼けした顔が大きく上のほうに反り返った。一流商社員と半端な記者とでは格がちがうということを、顔の角度で見せつけようとでもしている感じだった。こういう男には腹が立つが、逆にいえば扱いやすいタイプでもある。

「島村由実の件さ。時間はとらせない」

「僕としては、話すことはありませんけどね」

「君に話すことがないぐらいはわかってる。こっちが訊きたいだけだ」

「だから……」

「『事件を追う』という特集を組むことになってね。最近起きた未解決殺人事件を追跡調査している。君の話を聞かないと、こっちも商売にならない」

「あれは、ただの交通事故だったはずだ」

「葬式にも出なかったのに、詳しいじゃないか」

「それぐらい新聞で……とにかく、僕としてはなにも話すことはありません。遅いですから、失礼します」

歩きだした上村の背中を目がけて、わざと抑揚のない声で、俺が言った。

「週刊誌の読者というのは気楽なもんでな。一流商社のエリートが殺人事件の犯人らしいなんて記事を読むと、その日は酒がうまくなるという」

上村が肩に力を入れてふり返り、眉間《みけん》に皺を寄せて、一歩俺のほうへつめ寄ってきた。

「つまらん脅迫はよしてください。脅迫と人権侵害で、警察を呼んでもいいんですよ」

「警察を呼ばれたら俺もなぜ君を追いかけているのか、喋《しゃべ》らなくてはならない。特種《とくだね》は逃すが、いっそのこと俺のほうで呼んでやろうか」

日焼けしている上村の顔から血の気が退《ひ》き、ワイシャツのカラーが食い込んだ首の筋が、痙攣《けいれん》のように引きつった。

「立ち話で済む話でもないし、君の部屋を見学したいわけでもない。近くに開いてるスナックがあった。二、三十分時間を割《さ》くだけで平和な生活に戻れるとしたら、楽なもんじゃないか」

口の中で唸った上村に、背を向け、俺は勝手に出口のほうへ歩きだした。上村が付いてくることはわかっていた。一流商社員とヤクザな雑誌記者とでは、失うものの大きさがちがいすぎる。守るものが大きければそれだけ人間は臆病になり、相手のはったりを見抜く能力も低下する。

俺と上村は目黒通りぞいにある地下のスナックに入り、ボックス席に向かい合って、それぞれにビールを注文した。俺のほうはこれで今日の仕事は終わりだし、上村のほうも今夜は酔っ払って眠るしか、方法はないだろう。

「君の言ったとおり、今夜はもう遅い」と、勝手に注いだビールを口に運んでから、俺が言った。「遠回りをするのはお互いにばかばかしい。最初に言っておくが、六月二十一日における君のアリバイは、崩れている」

グラスを持った上村の手が細かく震え、それが全身に伝わって、目が宙を漂いはじめる。警察の取り調べ室でもよく出合った光景だが、堅気《かたぎ》で、それも一般的にはエリートと呼ばれる人種ほど、自分の日常と切り離された部分ではぶざまな狼狽《ろうばい》を見せる。できれば俺だって、人間のこんな弱い面を見たくはないのだが。

「なんのことか、わかりませんね」と、それでも精一杯の意地なのか、昂然《こうぜん》と顔を上げて、上村が言った。

「早川功に電話をしてみたらどうだ。君とは絶交になるかもしれない」

一瞬、上村が腰を浮かせかけ、電話と俺の顔を見くらべてから、長い息を吐いてビールを口にもっていった。ここで電話に飛びつくこと自体、早川と自分との密約を証明してしまうことになる。

「六本木の例の店でも、裏は取った。六月の二十一日、君と早川はあの店に行ってない。ふつう人間は一ヵ月も前のことなんか覚えちゃいないが、あの日はたまたま角力《すもう》とりとプロレスラーが喧嘩をして、店がパニックになったそうだ。そういう日のことは、人間はちゃんと覚えてる。君も運が悪かったな」

「それで、つまり、だからなんだっていうんですか」

「だからなんだ?」

ビールを注ぎ足し、煙草に火をつけてから、俺が言った。

「あの事件は君にアリバイがあったからこそ、警察は交通事故で処理をした。君以外に島村由実と利害関係をもっている人間はいなかった。少なくとも警察はそう思った。その君のアリバイが実は偽証《ぎしょう》だということが証明された。だからなんだなんて、呑気に構えている場合ではないだろう」

「つまり、その……」

「別れ話のもつれから君が島村由実を轢《ひ》き殺した」

「そんな、ば、ばかな」

テーブルの上で上村のグラスが音をたてて震え、端整といってもいいその顔から、汗が不必要に噴き出した。

「由実との間で話はついていたんです。問題はなにもなかった。なぜ僕が由実を殺さなくてはいけないんです」

「なぜ君が島村由実を殺さなくてはいけなかったのか、俺もそれを訊いている」

「僕は、やっていない」

「それならなぜアリバイ工作をした?」

「それは……」

「『ただ怖かったから』とは言わせない。殺人事件でのアリバイ工作は、それ自体で罪になる。君も早川も軽く考えすぎている。仮に君が犯人ではなかったとしても、偽証罪のほうはちゃんと成立する。その結果がどうなるかは君にだってわかるだろう。法律的には軽くても社会的な君の立場はどうなる。会社に知られないで済むと思うか。警察では内緒にしてくれるかもしれないが、俺のほうにそんな義理はない。自分でもいやな商売だとは思うが、俺だって食っていかなくてはならない」

上村の罪なんかせいぜい早川に対する証拠偽造教唆ぐらいで、本当なら偽証罪は成り立たない。しかし相手によってはこういうハッタリも、たぶん許される。

「つまり……」と、握ったグラスに力を入れて、上村が言った。「金、ですか?」

「殺人事件を握りつぶせるほどの金を、持っているのか」

「殺人事件だなんて、そんなこと、僕には関係ありませんよ」

「それではなんのためのアリバイ工作だった」

言い淀んだ上村の顔に、吐いた煙草の煙が届くのを待ってから、俺が言った。

「女……か?」

上村が頬《ほお》の筋肉をひくつかせ、ネクタイをゆるめて、取り出したハンカチで顔の汗を拭きはじめた。

「君はあの夜、女と一緒だった。そのことは早川も知っていた。だからこそ早川は君のアリバイ証人になってくれた。上役の娘との結婚話がある君にとっては、他の女との関係が表沙汰になったら具合が悪い。どっちみち事件とは関係ないことだ。頰被りしちまえと、君はそう思った」

汗を拭いていた上村がハンカチをテーブルに放り、脚を組んで、天井に向かって長く息を吐き出した。

「だとしたら、どうだって言うんです」

「女の名前は？」

「言えるはず、ないでしょう」

「俺のほうはかまわない。ただ君のアリバイが偽装だったことを警察に知らせて、週刊誌に書くだけのことだ」

上村がビールを口に運び、苦味を嚙みしめるように黙り込んでから、グラスの中に、ふっと短い息をついた。

「もし、その……」と、探りを入れるような声で、上村が言った。「そういうこと、ぜんぶ話したとしたら、僕の立場はどうなるんです」

「君の立場なんかどうでもいいさ。俺が追いかけているのは島村由実を殺した犯人だ」

「本当に、あれ、ただの轢き逃げ事故じゃないんですね」

「無駄な仕事は嫌いでな。君が犯人でないと言うんなら、俺としてはその裏を取らなくてはならない。君の立場がどうなるかは、君自身が決めることだ」

諦めたのか、観念したのか、新しいビールを注文してそれが来るのを待ってから、上村が言った。

「友田美紗《ともだみさ》。三ヵ月ぐらい前飲み屋で知り合って、それからたまに会っていて、それで、ちょうどあの日も……」

「住所は？」

「板橋《いたばし》のほうらしいけど、詳しくは知りません」

「電話はわかるよな」

上村が背広の内ポケットから手帳を取り出し、女の電話番号を言って、俺がその番号を自分の手帳に書き取った。

「三ヵ月前なら島村由実とは、別れていたわけか」

うなずき、手帳をしまって、上村が新しいビールを自分のグラスに注ぎ足した。

「島村由実とはどういう経緯《いきさつ》だった。もともと君は姉さんの香絵とつき合っていたそうじゃないか」

「商売とはいえ、よく調べるもんですね」

「いい女がからんだ事件には、へんに闘志が湧くタイプでな」

上村が初めて笑い、腕をのばして俺のグラスにもビールを注ぎ足した。この男が何人の女を渡り歩いているとしても、それ自体が罪になるわけではない。だいいちそんなこと、俺だって文句を言える立場ではない。

「で、君と島村香絵と由実とは、実際にはどういう関係だったんだ」

「知ってるでしょうけど」と、ビールを飲み干してから、上村が言った。「香絵さんとは大学のゼミで一緒になって、それからつき合いはじめました。僕のほうは結婚したいと思ってたけど、向こうがその気になってくれなかったんです。理由はわかりません。由実が大学を出るまでとか、僕の仕事が安定するまでとか、とにかく、その、ちゃんとした男と女の関係になろうとしないんです。僕も待てなくなって……」

「つい妹のほうに手を出した」

「結果的には、そうですね。でも責任逃れをするわけじゃないけど、由実だって積極的でした。あいつ、好奇心が旺盛というか、茶目っけがあるというか、わざと僕とつき合って、それで姉さんの態度をはっきりさせてやろうとか、最初はそんなつもりだったと思います。僕のほうもそれを承知で、由実と調子を合わせてるうちに関係が本物になって、気がついたら由実と結婚することになっていたんです」

「その間、香絵さんは、黙って見ていたのか」

「特別に反対はしませんでした。僕が思っていたほど向こうは僕に関心がなかったといえば、それまでですけど。あの人のこと、本当は今でもよくわからないんです。僕とつき合っていたあいだもキス以上はさせなかったし、他に男がいたとも、思えないし」

俺もビールを飲み干し、今度は俺が二つのグラスに、それぞれビールを注ぎ足した。

「そのへんが、どうも……」と、注いだビールを口に運びながら、まっすぐ上村の目を見返して、俺が言った。「あの島村香絵は、自分さえその気になればいくらでも自由に生きられる女だ。そのことを自覚できるぐらいの常識もある。そんな女が、どうしてあそこまでかたくなに生きているんだろう」

「それは、だから、そういう性格なんでしょうね」

「ただの性格の問題とも思えないが」

上村の視線が軽く俺の顔を撫で、それからその手が、ゆっくりとビールのグラスにのびていった。

「あの姉妹の父親が死んだのは五年前だそうだが、そのころにはもう君と香絵さんはつき合っていたのか」

「つき合っていました。でも問題は、僕と由実のことでしょう」

「個人的な興味さ。五年前というと、君たちがいくつのときだ」

「大学三年の終わりごろでした」

「母親はその前に死んでいて、今度は父親も死んで、ふつうなら誰かに頼りたくなる。君は結婚する意思をもっていた。香絵さんも他に好きな男がいたわけじゃない。それでどうして君たちの仲が進まなかったのか……なにか特別な障害が、あったんじゃないのか」

「だから、それが、わからないわけですよ。さっきも言ったけど、けっきょく僕が思っていたほど向こうはこっちを思っていなかったと、それだけのことでしょう」

「本当に香絵さんには、君以外の男はいなかったんだな」

「そんなこと、僕にはわかりませんよ。あのころあの人がなにを考えていたのか、今だってわかりません」

「男ということではなくても、特別に親しかった人間とか、相談相手になっていた人間とか、そういうのはどうだ。大学の三年ならまだ二十一だ。そんな歳で両親を亡くして、年下の妹と二人だけになってしまった。経済的に問題はなかったとしても、誰か頼りにする人間の一人や二人はいたはずだ。残念ながら、それは君ではなかったということだろうが」

上村が喉仏を見せてビールをあおり、天井に向かって、短く息を吐いた。

「名前だけは、聞いたことがあります」と、俺の顔に視線を戻して、上村が言った。「具体的に香絵さんとその人がどういう関係か、そこまでは知りません。たしか、彼女が高校のときに通っていた塾の、教師だということでした」

「名前は?」

「両角《もろずみ》とかいってましたね。僕は会ったこともないし、会いたいとも思いませんでした」

「由実さんも両角という男のことは、知っていたよな」

「知っていたでしょうね。でも、どうしてなんですか? 死んだのは由実のほうだし、僕はその由実と婚約していたんですよ」

「ただの個人的な興味だと言ったろう。それとも俺が彼女に個人的な興味をもっては、いけないとでも?」

上村が鼻白んだような顔でビールを口に運び、俺は煙草に火をつけて、その煙を、軽く上村の顔に飛ばしてやった。

「それで、妹とはけっきょく、どういうことになったんだ」

「ですから、ゲームみたいな感じでつき合いはじめたわけで……」と、疲れたように目を細めて、上村が言った。「僕も由実も、そのことがどこかにひっかかっていたんです。由実も結婚に実感はもっていなかったと思います、まだ大学生だったしね。なりゆきで婚約してしまって、それで姉さんの手前、ゲームだったとは言えないし、なんていうか、二人して恋人同士という芝居をしていた感じ、わかります?」

「だけど妹のほうとは、『ちゃんとした男と女の関係』では、あったんだろう」

「それは、そうですけど」

「上司の娘との結婚話が出たのは、いつのことだ」

「三月の、初めかな」

「由実は、どういう反応をした」

「褒《ほ》めてはくれませんでしたね。ただ、お互い内心では割り切れないものをもっていたし、こうなるほうがよかったというか、由実にしてもほっとした部分はあったろうと思います。僕にしたって、サラリーマンとして生きていく以上、出世はしたいしね。勝手なことはわかっていますけど、これでよかったと、由実だってそう思っていたはずです」

「君がサラリーマンとして出世をすることに、文句はない。だが女に関しては、もう少し慎重にやるべきだな」

上村が頭を掻き、顔をしかめて、背中を丸めながら、細かく首を横にふった。

「由実さんとの別れ話に関してはたいしたトラブルはなかった、そういうことか」

「そういうことです。だから殺人事件で、僕が由実を殺したなんて言われたら、こっちのほうがびっくりしちゃいますよ」

「島村由実が君とのこと以外で、問題を起こしていたようなことは？　たとえば、しつこく付きまとっていた男がいたとか」

「八方美人的なところはあったけど、由実は人間関係を捌《さば》くのがうまかったですよ」

「及川照夫という名前は？」

「さあ……一番仲がよかったのは、夏原祐子でした。変わった子だけど、へんな魅力のある子でね。由実のことは彼女が一番詳しいはずです」

「石神井の自然を守る会という名前、聞いたことはないか」

「石神井の、なんですか？」

「なければ、いいんだ。それで君が由実と最後に会ったのは、いつだった」

「三月の末だったと思います。正確な日にちは覚えていません」

「そのあと、島村香絵が君のところへ行ったろう」

「由実とのことを訊かれて、僕も正直に話しました」

「彼女の様子は？」

「冷静でしたよ。でもあの人のことはわかりません。面と向かって罵られたほうが、気は楽なんですけど」

「人生は、まあ、長いさ」と、伝票を引き寄せ、指の間に挟みながら、俺が言った。「君にもそのうち、いやでも女の怖さがわかるときがくる」

考えてから、つまんだ伝票を、俺は上村の前に押し戻した。ここのビール代ぐらいは香絵ではなく、やはり上村が払うべきだろう。上村もこんな勘定で重役の椅子が買えるとしたら、安いものだ。

額に皺を寄せている上村に会釈《えしやく》だけして、俺はそのまま出口へ歩きだした。背中には上村がビールの追加を注文する声が、耳ざわりに聞こえていた。

俺はそのスナックの階段を小走りに駆け上がり、目黒通りの公衆電話へ飛び込んで、とにかく友田美紗とかいう女のところへ電話を入れてみた。

寝ていたのか、それともそういう性格なのか、受話器からは投げやりな若い女の声が聞こえてきた。

「こちら、新宿警察署の青木《あおき》と申します」と、威嚇《いかく》にならない程度の低い声で、俺が言った。「夜分に恐れ入ります。ちょっと、お訊きしたいことがあります」

「あんた、これ、いたずら電話?」

「電話でご都合が悪ければ、これから伺ってもよろしいんですが」

「ええと、あの、本当に警察?」

「上村英樹さんのことを伺いたいだけです。よろしいですか」

「ええ、ええと、いいけど」

「先月の二十一日のこと、覚えておいでですね」

「先月って、六月よねえ」

「六月の二十一日のことです。予定表を確認していただけますか」

こういう女はたいしたスケジュールもないくせに、手帳かなにかに、しっかりと予定らしきものを書き込んでおくものだ。

なにかごそごそやる音が聞こえ、しばらくしてまた育ちの悪そうな、投げやりな声が戻ってきた。

「いいわよ。それで、なに？」

「六月二十一日の午後十一時。あなたと上村さんが一緒におられたという事実が確認できれば、それでけっこうです。前後の経緯《いきさつ》は関係ありません。それにこのことは外部に公表もされません。いかがですか」

「六月二十一日の十一時。思い出したわよ。たしかにあたし、上村さんと一緒だったけど、それがなんなの」

「いえ。失礼しました。捜査上の参考にお訊きしたまでです。このことは外部に漏らしませんように。それから念のために申しますが、上村さんとはもうお会いにならないほうが、ご自身のためだと思います。それでは、ゆっくりお休みください」

これで上村も、もう二度と、この女に会うことはないだろう。女にだらしないのは仕方ないにしても、島村姉妹に対して上村もそれぐらいの礼儀は、払うべきだ。

受話器を置き、つづけて俺は及川照夫のアパートに電話を入れてみた。及川はまだ帰っていなかった。

とっくに十二時をすぎていて、ためらったが、やはり俺は夏原祐子のアパートへも電話をかけることにした。しかし夏原祐子も帰っておらず、受話器からは録音の、あのとぼけた声のメッセージが聞こえてきただけだった。俺は発信音のあと、「子供の夜遊びは寝小便のもとだ」と吹き込んでやり、電話を切って、電話機に向かって力いっぱいあかんべえをした。最近の若いやつらときたらどいつもこいつも……と、まあ、それを言ったら愚痴《ぐち》になるか。

5

自分がこれほど寝起きの悪い体質だとは、三十八年も生きてきて、最近になって気がついた。以前は六時間も寝ればナポレオンなみに頭が働いたし、二晩ぐらい徹夜してもそのまま麻雀にだって出かけられたものだ。それが今では八時間も眠っていると自覚していながら、躰《からだ》のほうがどうやってもベッドから起きようとしない。歳のせいだといってしまえばそれまでだが、そういうことではなく、問題はたぶん、人生に対する気合いの入り方なのだろう。

人生に気合いの入っていない俺を、無理やりベッドから運び出したのは、今日もやはり電話の音だった。十一時にちかく、窓には俺の人生と同じぐらい気合いの入っていない光が射していたが、気温だけは生意気《なまいき》に、俺の胸にたっぷりと汗をにじませていた。

「昨日が締め切り日だったこと、まさか、忘れたわけじゃないでしょうね」

その声は俺に仕事を回してくれている、月刊雑誌の石田《いしだ》貢一《こういち》のものだったが、俺の原稿が締め切り日に間に合わないことぐらい、最初から計算に入っているだろうに。

「柚木さんが売れっ子だってこと、よーく知ってますけどね、うちのほうにも校了の都合があるんですよ」

「調べてるうち、例の事件、被害者のほうにも問題が出てきてしまった。その扱いで苦労してるんだ」

「被害者に問題があって、どこが悪いんです。それならそれでけっこうじゃないですか。だいたい犯人の不良たちが一方的に悪かったなんてのより、そっちのほうがインパクトがありますよ。殺された女子高校生のほうが犯人たちより、もっと不良だったとか、ねえ、読者はそういう記事を喜ぶわけでしょう」

「問題があったからって、殺されてばらばらにされてもいい理屈にはならない。そのへんの兼ね合いで、悩んでるわけさ」

「柚木さんが悩むのは勝手ですよ。好きなだけ悩んでくださいよ。それで原稿は、いつ上がるんです?」

「あと……二、三日。今月一杯、もらえるかな」

「冗談じゃないですよ。締め切りは昨日だったんですよ」

「だからさ、インパクトの強い記事にはリスクが付きまとう。あとで被害者の家族から訴えられたら、そっちだって困るだろうよ。そうならないように、裏づけをさ、もうちょっときっちり取っておきたいんだ」

「裏づけをきっちりねえ……それでその記事、面白くなるんでしょうね」

「なる。たぶん、いや、ぜったい、面白くなるはずだ」

「それじゃまあ、今月一杯ってことにしましょうか。いいですか? 三十一日の正午《ひる》までに、間違いなくあたしのデスクへ持ってきてくださいよ。昔の義理があるから嫌味なんか言いたくないけど、雑誌っていうのは発売日が決まってるんですからね。こう毎度締め切り日に遅れたんじゃ、あたしだっていつまでも仕事を回しきれませんよ。柚木さんとちがって、こっちはただのサラリーマンなんだから」

「わかってる、雑誌に発売日があることも、おたくに迷惑をかけてることも、みんなわかってる。三十一日の正午、間違いなく原稿はもっていく」

「頼みましたよ。雑誌に穴があいたら、柚木さん一人が責任をとるだけじゃ、済まないんですからね」

「わかってる。そういうことも、みんなわかってる。とにかく原稿は、なんとしても月末にはもっていくさ」

石田がもう一度嫌味を言い、締め切り日の念を押して、それから、俺たちは同時に電話を切った。フリーのライターなんて聞こえはいいが、要するに雑誌という猿回しに操られる、首に紐がついた猿でしかないのだ。立場によって紐の長さが変わったり首の締められ方がちがったりするものの、どっちみち野に放たれたら、そのとたんに飢え死にしてしまう。

受話器を置き、一つだけ欠伸《あくび》をしたときまた電話が鳴って、俺はトイレに行く間もなく置いたばかりの受話器を取り上げた。

「早川功の住所と電話番号、教えてやろうと思ったの」と、電話に出た俺に、昨夜《ゆうべ》よりはいくらか機嫌のいい声で、吉島冴子が言った。

無理やり気分を入れ替え、住所と電話番号をメモ用紙に書き取ってから、手の甲で顎の下の汗を拭って、俺が訊いた。

「そっちの例の人、もう、東京に出てきているのか」

「今朝一番の新幹線でやって来たわ。今ごろは法務省の会議に出ているはず」

「これから四日間は、ゆっくり新婚気分を味わえるわけだ」

「そういう言い方、やめなさいね。わたしだって好きでつき合うわけじゃないのよ。それより仕事のほう、どうなの。昨夜あれから、無茶したんじゃない?」

「上村英樹にかまをかけてやった。やっこさん、事件の日のあの時間、早川功とは会っていなかった」

「それなら、島村香絵の、思っていたとおり？」

「なんとも言えないな。一応は別のアリバイがある。どっちにしても事件《やま》には登りはじめたところだ」

冴子が小さく鼻を鳴らし、受話器の向こうから、ふっと気弱に聞こえる息の吐き方をした。

「なにかあったら、警察《かいしゃ》に電話をちょうだいね。わたしのほうからは、電話はできないから」

「今日から四日間、俺は仕事に没頭するさ。今朝起きたときから気合いが入ってるんだ。生きてることの喜びを今、躰じゅうで味わっている」

「幸せな性格よね」

「そう、か」

「草平さん、奇麗な女がからんだ事件には、妙に闘志が湧く体質じゃない」

「そういう問題じゃないんだ。そういう問題ではなくて、なんていうか、人生に対する取り組み方の問題なんだが……」

俺は目で机の上に煙草《たばこ》を捜し、引き寄せて、その一本に片手だけで火をつけた。

また手の甲で首筋の汗を拭ってから、俺が言った。

「早川功ってやつ、デザイナーらしいけど、なんのデザイナーかわかるか」

「それはわからないけど、自分で広告代理店をやってるらしいわよ。オフィスは南青山《みなみあおやま》二丁目のステータスビル。会社の名前は、スタジオ・アド」

「スタジオ・アド……広告代理店なあ」

「それ以上は調べられないわ。この事件に関してだけ、特別に興味を示すわけにはいかないもの」

「島村香絵の勤め先も広告代理店だ。会社の名前、なんていったっけ」

「アジア企画。会社は新宿よ。草平さん、まだ島村香絵のことを疑ってるの」

「世の中には広告代理店というやつがそんなに多いのかと、不思議に思っただけだ」

「とにかく三日間は連絡が取れないと思う。その間に、無茶はしないでね」

「君は俺を誤解している」

「そうかしら」

「俺は君が思っているほどタフじゃないし、ハンフリー・ボガートにだって似てないさ」

吉島冴子が軽く笑い、その声を聞いてから、俺は電話を切って、灰皿で煙草の火をもみ消した。こんな鬱陶《うっとう》しい天気で、八時間も眠ったくせに躰が目をさまさなくて、なにを無茶なんかできるものか。

この日三回めの電話が鳴ったのはエアコンのスイッチを入れ、トイレで用を足して、それから洗面所で洗濯の用意をはじめたときだった。

電話をかけてきたのは、困ったことに、夏原祐子だった。祐子には俺のほうから電話をするつもりでいたが、このときはまだ、気持ちに準備ができていなかった。

「君の恐ろしいバイト、週に一度だけだったはずだぞ」と、精一杯見栄《みえ》を張って、つとめて冷静に、俺が言った。

「昨夜は友達の部屋に泊まっただけです。わたしが寝小便をしたかどうか、教えてあげようと思ったの」

「あれは、まあ、冗談だ」

「冗談を言うのに、あんな怒った声を出すんですか」

「優しく言ったつもりだがな。俺は子供を脅《おど》したりはしない。それで、どうしたんだ」

「なにがですか」

「寝小便さ。したかどうか、教えてくれるんだろう」

電話の中からむっという唸り声が聞こえ、それから例の半分寝ぼけたような声が寝ぼけたような調子のまま、少しだけ真面目に変化した。

「柚木さん、昨夜、わたしにお休みを言うために電話してきたわけでは、ないでしょう?」

「この次からはそうしたいもんだ」と、また煙草に火をつけて、俺が言った。「君に聞き忘れたことがあって、それを確認したかった」

「由実のこと?」

「由実さん、五月の連休すぎごろ、及川くんが運転するクルマに乗っていて、接触事故にあわなかったか」

「由実……が」

「事故というほどのものでは、なかったかもしれない。及川くんのクルマが、ちょっとへこんだだけらしい」

「五月の連休すぎ……」と、その口を結んだ顔が目に浮かぶように、静かに息を吐いてから、夏原祐子が言った。「そんなこと、あったかもしれないなあ。及川くんがなにか言ってた気がする」

「及川くんは、なんと言ってた？」

「クルマのどこかが曲がっただけなのに、たしか、相手の人がお金をくれたんじゃない？」

「十万円も出したそうだ」

「そう。十万円だった。相手のほうが大きく壊れたのにって及川くん喜んでいたもの。そのことクラスじゅうに言いふらしていた……でもそれ、本当の話？」

「それって？」

「クルマに由実が乗っていたこと」

煙草の煙が一瞬喉《のど》にからまり、俺は横を向いて、軽く咳払《せきばら》いをした。

「由実さんからは、聞いてないのか」

「由実が一緒だったなんて、初めて聞いた。及川くんだって言わなかった。その話、及川くんから聞いたの」

「木戸千枝さんからだ。五月の連休すぎに由実さんと及川くんが、彼女のライブへ行ったらしい。事故はその途中だったそうだ」

「おかしいなあ。もしそうだったら、由実、わたしに言うはずなのになあ」

「君も木戸千枝さんとは、知り合いなんだろう」

「二回ぐらい由実と彼女のライブに行ったことがある。そのあとみんなで、お酒を飲んだの」

「君、その……今夜も友達の部屋に泊まるのか」

「わたしだって卒論の資料集めはします」

「できたら今夜会えないか。俺がそっちへ行ってもいいし、君が新宿あたりまで出てこられれば、夕飯を食いながらでもいい」

「へええ」

「なんだ？」

「今のそれ、デートの誘いですか」

「まあ……そんなようなもんだ」

「柚木さん、いつもそういうふうに、デートへ誘うの」

「いつもこういうふうに誘って、いつもOKしてもらえる」

一瞬言葉を切ってから、急に目をさましたような声で、夏原祐子が言った。

「わたし、そんなふうに、軽く見えますか」

「いや……」

もうしっかりエアコンは効《き》いているはずなのに、顔から汗が吹き出て、意味もなく、俺は電話機に向かって首を横にふった。

「そういうつもりでは、なかった。歳のせいか、前の日の疲れが取れにくいのかもしれない」

「柚木さん、いくつですか」

「三十八」

「嘘みたい。三十五、六だと思ってた」

「たいした変わりはないさ」

「そういうもんでもないです。三十八ぐらいの人って、老け込む人とへんに若ぶる人と、けっこう極端です」

「俺はべつに、無理に若ぶってるわけじゃない」

「それがいいです。無理に自分を型に嵌《は》めようとすると、生き方が不自然になります」

「君が中年男のプロであることはわかってるけど、どうなのかな、今夜のこと。さっきの言い方が悪かったことは、謝る」

溜息《ためいき》をついたのか、笑ったのかはわからなかったが、なにか声がして、しばらく黙ったあと、夏原祐子が俺の耳に、止めていた息を力一杯吐き出した。

「わたし、どぜうが食べたいな」

「なんだと?」

「柚木さん、どじょうは嫌いですか」

「考えたことは、なかった」

「夕飯を奢《おご》ってもらうなら、わたし、どじょうがいいです。渋谷《しぶや》においしいどじょう屋さんがあるの、知ってました?」

「そういうことは君が知っていればいい」

「それじゃ渋谷に決めた。わたしどうせ、渋谷へ買い物に行こうと思ってたんです」

どうせ渋谷へ買い物に出るなら、いくらかこっちも気が楽なわけで、それから待ち合わせの場所と時間を決め、俺は電話を切った。

俺はそれから洗面所へ行って、洗濯機をセットし、台所でコーヒーをいれてまた電話のところに戻ってきた。そこで及川照夫のアパートに電話をしてみたが、昨夜から帰っていないのか、それとももう出かけてしまったのか、十回コールしても及川は電話に出なかった。

どうにも気はすすまなかったが、コーヒーで神経にかつを入れ、俺は中野のサンフラワーにも電話を入れてみた。こっちのほうもくどいほど発信音を鳴らしてみたが、出払っているのか店が休みなのか、誰も電話に出ようとはしなかった。

俺はそのまま仕事机の前でコーヒーを飲み干し、パジャマを脱ぎながら、また洗面所へ歩いていった。洗濯なんて男が必死になってするほどの事業でもないが、一人暮らしの身ではこれも人生の、必須課題ではある。特に汗をかく夏場は、俺はもうほとんど毎日洗濯機を回している。一人で暮らすようになったここ三年ほどの習慣でもあるが、独身時代からの、一種の趣味でもある。俺の洗濯という趣味を、知子は当てつけだといやがったものだ。

俺はすっ裸になって洗濯機の二回めをセットし、その間にとなりのバスルームですこし熱めのシャワーを浴びた。躰が眠っていようが人生に嫌気がさしていようが、仕事は仕事だ。それに俺自身、今度の事件に力が入りはじめていることも、正直なところ、本音だった。吉島冴子に言われなくても、『いい女がからんだ事件には妙に闘志が湧く体質』であることは、自分が一番よく知っている。

電話なんて、こないときには三日も四日もこないのに、くるときにはたてつづけにくる。腰にバスタオルを巻いて部屋の中に洗濯物を干しているとき、この日四回めの電話が鳴って、俺は干しかけのパンツを肩にひっかけたまま電話のほうへ歩いていった。

電話をしてきたのは、なぜか、木戸千枝だった。

「起こしちゃったらご免なさいね」と、かすれているがよく響く声で、木戸千枝が言った。

「昨日はビール、ごちそうさま」

「俺がこんなに人気者だと知ったら、女房も考え直すだろうな」

「柚木さん、奥さんがいたの」

「もうすぐ十歳になる女の子もいる。二人とも、俺と暮らすことはなにかの罪だと思っているらしいが」

「要するに、別居？」

「友達は『逃げられた』という言い方をする」

「ねえ、寝てたんなら、あとでかけ直すわよ」

「俺がどれぐらいしっかり起きてるか、見せてやりたい。コーヒーも飲んだしシャワーも浴びたし、洗濯だって二回もした」

関心もなさそうに、へえと言ってから、少し改まった口調で、木戸千枝がつづけた。

「昨日、柚木さん、あたしが武道館でコンサートやったらチケットを買ってくれる、と言ったわよね」

「昨日は感傷的になっていた。それとも本当に、武道館でコンサートをやるのか」

「武道館ではないけど……昨日の稽古《けいこ》、どう思った」

「ビートルズが流行《はや》ったころのことを思い出したな」

「明後日《あさって》ね、代々木《よよぎ》でライブをやるの。ライブってけっこうお金かかるのよ。チケット、引き受けてくれないかなあ」

「そんなに俺、顔が広いように見えるか」

「一枚でも二枚でもいいの。その代わり武道館でやるときは招待してあげる。それに今度のライブ、大手のプロダクションからも聞きに来るの。メンバーも気合いを入れてやるしね、二千五百円なら聞き得かもしれないわよ」

「ドラムは入れ替えたのか」

「なんのこと？」

「昨日、聞いていて、ドラムが弱いような気がした」

「意外にわかるんじゃない。そのとおりなの。今別のプレーヤー探してるんだけど、ライブには間に合わないのよ。でも明後日はあたしがバンドを組んでから最高のステージになるはず。だから一枚でも二枚でもチケットを捌《さば》きたいの。由実が生きていたら、五枚ぐらいは引き受けてくれたはずなんだけど」

意識的に島村由実の名前を出したのか、それは知らないが、由実の名前が俺にいくらか木戸千枝に対する義理を感じさせたことは、単純な事実だった。

「明後日は、何時から」と、仕方なく、俺が訊いた。

「七時半。でも本当に始めるのは八時ごろから。来てくれる?」

「仕事の都合で約束はできない。ただチケットは由実さんの代わりに、五枚だけ引き受けよう」

ぴゅーっと口笛を吹き、電話の向こうでVサインを作ったことを、木戸千枝が超能力で俺の頭に送り込んできた。

「やったね。そういう気がしてたんだ。あたしって人を見る目があるの。場所は代々木塾のとなりのピン・スポット。柚木さんの名前で受付にチケットを置いておく。もし明後日来られなかったら、いつかお金だけもらえばいいわ」

ある意味では、これはパーティー券の押し売りのようなものだったが、その強引さに不愉快なものを感じないのは、木戸千枝という女の子に奇妙な魅力があるせいだろう。それともたんにこれも、俺のそういう病気ということか。

木戸千枝との電話を切り、電話帳で石神井の自然を守る会の住所を調べて部屋を出たのは、どうにか陽射しが強くなりはじめた、午後の一時だった。洗濯さえなければ時間はもっと有効に使えるはずだが、本当を言うと俺は時間なんて、有効に使いたいとは思っていないのだ。

＊

そういえば昔、石神井公園の池でボートに乗ったことがあるな、と思い出しながら、一昨日《おととい》島村香絵と待ち合わせをした改札口から石神井公園の駅を南口に出た。あのときは大学に入ったばかりで、高校のときに同級だった女の子と一緒だった。女の子とはそれから二ヵ月ぐらいつき合ったはずだが、どういうわけか、名前が思い出せない。

石神井の自然を守る会事務局が入っているビルは、駅前の道を島村香絵のマンションがある方向とは逆に五分ほど歩いた、バス通りぞいにあった。そのビルは四階建てで、一階には本屋とCDショップが入っており、二階と三階の部分には〈英進舎《えいしんしゃ》〉という縦長の看板が掛かった進学塾が入っていた。エレベータはなく、俺は事務局がある四階まで、汗をかきながら内階段を上がっていった。

四階に上がってすぐ気がついたのは、石神井の自然を守る会事務局は、どうやら進学塾の事務所に同居しているらしい、ということだった。ドアの横には二つの案内板が掛かっていて、中に入ってみても、仕切りのないオフィスが窓のほうまでつづいているだけだった。

ドアの近い席にいた事務服の女の子に名刺を渡し、用件を言うと、女の子は席を離れていって、奥から派手な眼鏡をかけた四十ぐらいの女を連れてきた。

「昨日電話をくださった週刊誌の方？」と、俺の名刺を目の高さで眺めながら、聞き覚えのある甲高い声で、眼鏡の女が言った。

「今日もたまたま近くへ来たものですから、ついでにと思って、寄ってみました」と、とっておきの笑顔を一つサービスしてやってから、俺が答えた。

「あいにく今日も会長はこちらには参りませんのよ。事前に連絡してくだされればわたしのほうで手配しましたのに」

「会の活動状況だけでも事務局の方にお話し願えませんかね。活動の実態については、会長さんよりも実務責任者の方のほうが詳しいものでしょう」

「それはまあ、そういうことも、あり得ますわねえ」

実務責任者という言い方が気にいったのか、それとも俺の笑顔に昔の男でも思い出したのか、女が気取った手つきで俺をフロアの中にうながした。眼鏡も派手だがブラウスも銀ラメの派手なやつで、黒いタイトスカートが肉づきのいい腰にぴったりと張りついている。十年も前ならそれなりに見られた女だろうが、たとえ十年前でも俺の美意識は、たぶん、遠慮していたことだろう。

女は俺を壁際の応接セットに座らせ、自分では奥のデスクへ歩いて、金色の札入れを持って戻ってきた。

「この名刺、英進舎のものですけど、石神井の自然を守る会の仕事も兼ねております」と、札入れから取り出した名刺を俺に渡しながら、微笑《ほほえ》んで、女が言った。

その名刺には、〈総合ヒューマン教育の実践　英進舎事務長　丸山菊江《まるやまきくえ》〉と書いてあった。

「丸山さんが二つの仕事を兼ねておられて、事務所も一緒ということは、英進舎の中で守る会をつくられている、ということですか」と、俺が訊いた。

「そういうわけではないんですの。英進舎の理事長が守る会を組織されて、まだその準備段階なもんですから、とりあえずわたしが事務局の仕事をしておりますのよ。もちろん近いうち、どこか適当な場所に守る会は独立させます」

最初に名刺を渡した女の子がアイスコーヒーを持ってきて、俺と丸山菊江の前にグラスを置いていった。

「実は今、他の事件を取材しておりましてね、たまたまこの会のことを知ったわけです」と、置かれたグラスを脇にどけながら、俺が言った。「今取材している事件と直接の関係はないんですが、わたし、自然保護の問題には前々から興味をもっておりまして、内容次第ではこちらの活動を週刊誌で取り上げたいと思うんです。自然保護問題、環境問題というのは、やはり人類の最重要課題ですからね」

満足そうに口を結び、濃くアイラインを引いた目を見開いて、丸山菊江が、ふんと鼻で息を吐いた。

「以前からフロンガスや二酸化炭素のことが、問題になってるでしょう。原発の安全性の問題もありますわよ。そういうことを問題にして運動として取り組むこと、もちろんそれも大事なことなんですわ。でも、ねえ？　それでは日常の市民レベルでなにができるかということになると、たとえば地球の温暖化問題なんていうの、なかなか実感は湧かないものですわね。この会の趣旨《しゅし》は、最終的には人類全体の未来を考えるにしても、とりあえずは自分の足下《あしもと》から、まず自分が住んでいるこの町の環境問題から解決していこうと、そういうことなんですの」

「地に足の着いた、立派な運動だと思いますね」

「会長は長く教育問題に携わりましたから、環境保護運動をとおして人間の在り方を見つめ直そうという考えなんです」

大変立派な考え方で、大変立派な運動ではあるが、その口上がこの派手なおばさんの口から出てくると、なぜか、妙に嘘っぽくなる。

「『自分の足下から』ということで、それで、例のイベントホールの問題になるわけですね」

それが癖なのか、また大袈裟《おおげさ》に目を見開いて、丸山菊江が小指を立てながらアイスコーヒーのグラスを取り上げた。

「この運動、やっと週刊誌の耳に入りましたの。地道な活動って、いつかは結果が出るものなんですのね」

「さっきも言いましたように、別な事件の取材中に聞き込んだだけで、具体的にはなにも知らないんです。素人《しろうと》考えでは、公園にイベントホールを建てること自体、それほど問題だとは思えませんが」

「ですからその実情をわかっていただくために、わたしたちが運動しておりますのよ。そりゃあね、このあたりはまだ緑も畑もけっこう残っておりますけど、そんなのあなた、十年もしてごらんなさいな、あっという間にコンクリートだらけになりますわよ。それにわたしども、イベントホールになにがなんでも反対しているわけじゃありませんの。なぜ児童公園をつぶしてまで建てなくてはならないのか、それが問題なんですのよ。公園をただの空き地としか見られない行政の貧しさ、役人の文化程度の低さ、それこそが問題なの。それにあの公園、今は児童公園になっておりますけど、あの下にはもともと弥生時代の遺跡が眠っていて、重要な史跡保存の役割だって果たしていますのよ。そこにイベントホールを建てるなんてことになったら、自然破壊だけでなく歴史破壊になってしまいますわ。自然も歴史も、一度破壊してしまったらもう二度と元には戻りません」

ますますご立派で、ますますごもっともだが、そんなこと、わかるだけなら俺にだって生まれる前からわかっている。

「で、会の当面の目標は、そのイベントホール建設を阻止しようということですか」

「いえね、そんなのはほんの、運動の手はじめにすぎませんのよ。今正式な事務局を開くためのスタッフを集めているところですの」

「つまり、運動自体を、もっと大規模なものにしようと?」

「だって、まずこの腐りきった区政を変えなくてはなりませんでしょう。それにはただ声を揃えて反対するだけでなく、実質的な政治力が必要なんです。守る会の会長は、次の区長選挙に立候補を予定しておりますわ」

なるほど、そういうことか。趣旨も考え方も活動方針も、妙にできすぎていると思ったら、つまりは区長選挙のための組織作りであったわけだ。だからってもちろん、生活や環境や歴史的遺跡を守ろうとすること自体、悪いことではない。

「守る会の組織作りのほうは、今、どの程度進んでいるわけですか」と、へんに甘ったるいアイスコーヒーに口をつけて、テーブルの遠くへ置きながら、俺が言った。

「そりゃあもう、区民のみなさん、費用を自分もちで参加してくださってます。こういう運動は参加することに意義があるんです。これまで政治に無関心だった主婦の方々、今こそ自分が立ち上がらなくてはならないってこと、みなさんわかっていらっしゃいます」

「具体的には、どれぐらいの人数に？」

「わたしの口からは申し上げられませんわよ。まだ組織も固まっておりませんしね」

「主体はやはり、主婦の方々ですか」

「なんといっても地域の住環境問題は、教育問題と並行して主婦の一番の関心事ですもの。逆に言えば主婦こそ、この運動の主体に相応《ふさわ》しい存在だということなんです」

「しかし、主婦だけの運動では、活動の基盤に問題が出てくるでしょう」

「もちろんそれは、ですから各地域の老人会や自治会のみなさんにもご理解いただいて、総合的な運動を展開していこうということですわ」

「中にはボランティアで運動に参加する学生なんかも、いるんでしょうね」

「いますわねえ。最近の若い人たち、ファッションやグルメにしか興味がないように言われてますけれど、どうしてあなた、人生を真面目に考える人たちも、けっこう多いですわよ」

「島村由実という学生も守る会に参加していましたか」

丸山菊江がまた大袈裟に目を見開き、派手な眼鏡の向こうから、じっと俺の顔を見つめてきた。

「それは、なんとも言えませんわねえ」と、ファンデーションを厚く塗った頬《ほお》に太い皺を刻んで、丸山菊江が言った。「最近はプライバシーのうるさい時代ですもの。特定の個人がどういう運動に参加しているか、どういう団体に所属しているか、そういうことはご本人の許可がなければ口外できませんわ」

「本人の許可を取りたくても、もうできない状況です」

「と、おっしゃいますと?」

「死んでるんです、一ヵ月前に。覚えておられませんか? 一ヵ月ほど前、この近くで女子大生がクルマに轢《ひ》かれた事件」

「どうでしたでしょう。石神井といっても広いですし、交通事故も数えきれないほどありますものねえ……それで、その事故で亡くなられたのが、島村由実さん?」

「本当にご存じないわけですか」

「知りませんわよ。いえね、そういうことであれば申しますけど、そりゃあ島村由実さんのことは覚えております。たしか春先二、三度集会に見えられて、カンパと署名をしてくださったお嬢さんですわ。でも特別熱心に活動されていたわけではありませんし、交通事故で亡くなっていたなんて、ぜんぜん存じませんでした」

「二、三度集会に顔を出しただけの人の名前を、丸山さん、よく覚えておいでですね」

「ですから、それは……柚木さんとおっしゃいましたか？　その島村由実さんとうちの会、どういう関係がありますの」

「関係はありません。最初に言いましたように、今その島村由実の事件を取材していまして、たまたまこの会のことを知ったわけです。話のついでに由実さんが守る会でどういう活動をしていたのか、それが聞ければと思っただけです」

赤く塗った唇を舌の先でなめ、肩の力を抜いて、丸山菊江がゆっくりと椅子の背に背中をあずけた。

「たしかに、そのとおりですわね。そんな交通事故とうちの会が、関係あるわけありませんものね。選挙をひかえて大事なときなもんですから、へんに神経質になっていたの。よくあるのよねえ、スキャンダルをでっちあげて相手候補を牽制するようなこと」

「島村由実の事故から一ヵ月もたっているのに、まだ犯人を検挙できないでいる警察の在り方、つまり警察という組織なり捜査のやり方なりに根本的な問題があるのではないかという、その観点から取材をしているわけです」

「そうなんですの……たしかに警察って、交通事故なんて本気で捜査をしない部分、ありますわよねえ」

「それで、その、島村由実のことですが……」

「いえね、おっしゃるとおり、二、三度集会に来てくださっただけの人の名前なんか、ふつうならわたしだって覚えてはいませんわ。ただあのお嬢さん、会長が以前から知っている方の妹さんでしたの。初めて集会に見えたとき、わたしとそんなことを話して、それで覚えていましたのよ」

「島村由実の姉というと、島村香絵さん？」

「名前までは聞きませんでしたわねえ」

そのとき俺は、自分が忘れていてそしてこのときになって急に思い出したそのことについて、ほんの一瞬、寒気のような感覚を味わった。たとえビルの二フロアを専有していようと予備校的な体裁を整えていようと、この英進舎が私塾であることに、変わりはない。

「守る会の会長さんと英進舎の理事長さんは、同じ方だと言われましたが……」と、思わず煙草をくわえ、火をつけてから、俺が言った。「会長さんのお名前は、両角さんとおっしゃいませんか」

「両角ですけど？　ご存じありませんでしたの」

「いや……ちょっと、他の会と混同しておりました」

両角といえば、今はどうか知らないが、五年前までは島村香絵の相談相手になっていた男ではないか。上村英樹は、たしか、俺にそう言ったはずだ。ここが石神井であり、英進舎が私塾であるならば、島村香絵が通っていた塾が英進舎であっても、少しも不思議はない。しかしそれでは、妹の由実は石神井の自然を守る会の電話番号を、なぜＳＳＫなどという紛らわしい書き方をしていたのか。

「島村由実の姉の香絵という人、昔この塾に通っていたんです。覚えておいでですか」

「塾の生徒の名前まで覚えていませんわねえ。それにその昔って、いつごろのことですの」

「たぶん、十年ほど前」

「それなら尚更《なおさら》ですわよ。わたしが英進舎に入ったのは七年前ですもの。それまでは駅の向こう側で小さくやっておりましたものを、わたしが入りましてから徐々に大きくいたしましてね、四年前に現在のような体制にいたしました」

「両角さんは今でも生徒を教えていらっしゃるわけですか」

「現在はもう、運営だけになっております。だって、ねえ、今はそれどころじゃありませんでしょう?」

「小さい私塾から始められて、今はもう区長さんになられようとしている。週刊誌の記者としてはぜひともお目にかかりたい方ですね」

丸山菊江が口を結んだまま笑い、軽く顎《あご》をしゃくって、俺のほうに目を細めてきた。

「もちろんね、当方としても週刊誌の方とは、友好的なおつき合いをお願いしたいですわ。あくまでも友好的でなくては、困りますけれど」

「社会の表舞台に立たれる方とは常に友好的なおつき合いをすることにしています。両角さんには、どちらへ伺えばお目にかかれます?」

「ふだんは練馬の東都《とうと》開発《かいはつ》という会社に出ております。でもなにしろ忙しい方ですからね。わたしも他の用事でさっき電話をしてみたら、やっぱり出かけておりましたわ」

「連絡先、教えていただけますか」

二、三秒眼鏡の中で目を見開き、それから小さく息を吐いて、丸山菊江が札入れからまた一枚の名刺を取り出した。
「これ、わたしの名刺ですけど……」と、名刺を俺に渡しながら、丸山菊江が言った。「でも申しましたように、なかなか連絡は取れませんわよ」

渡された名刺には〈株式会社東都開発　取締役　丸山菊江〉と書いてあって、もちろんその左下には住所も電話番号も載っていた。守る会も英進舎も実質的にはこのおばさんが取り仕切っているらしいから、両角という男を中心にした組織の中で、たぶん丸山菊江はそれなりの地位を占めている。

「お忙しいところをお邪魔しました」と、立ち上がりながら、俺が言った。「丸山さんからもわたしがそのうちお目にかかりたいと、両角さんにお伝えください」

丸山菊江も立ち上がり、派手な会釈《えしやく》をして、俺の前を歩いて自分の席に戻っていった。

俺はフロアをドアのほうへ歩き、思い出して、ドアに一番近い席に座っている女の子に、小声で声をかけた。

「アイスコーヒーの味について、あとでゆっくり感想を聞かせよう」

女の子が弾かれたように顔を上げたが、俺はまた笑顔をサービスし、ドアを押して、そのまま部屋を出た。島村由実の事故死について調べているはずなのに、俺の頭には調査を依頼してきた姉のほうの顔が、はっきりと浮かんでいた。知子も吉島冴子も否定するだろうが、それはぜったい、俺がたんに女好きだから、というだけの理由ではない。

今夜夏原祐子とどぜうを食うにしても、とりあえず腹になにか入れる必要があったので、俺は駅前まで戻り、靴屋の二階にあるレストランに入って生姜《しょうが》焼き定食とビールを注文した。

定食が来るまでの間、ためしに及川照夫のアパートとサンフラワーに電話をしてみたが、どちらも予想どおり、果てしないコール音が鳴りつづけるだけだった。及川照夫がどこへ行ったのか知らないが、花屋のほうはたぶん、今日は休みなのだろう。俺はそれから、さっき丸山菊江にもらった名刺をポケットから取り出し、東都開発にも電話を入れてみた。電話には中年らしい声の男が出たが、両角はやはり不在で、今日は会社に戻らないという。東都開発という会社がどんな仕事をやっているのか、知りたくはあったが、両角には直接会いたかったので、挨拶だけで俺は電話を切った。

＊

ビールを一本飲み、定食を食ってレストランを出たときには、暗くもない空から性懲《しょうこ》りもなく細かい雨が降りはじめていた。今年はもう、このまま梅雨《つゆ》があけないのか。ずっと陰気くさい天気がつづいて太陽は萎《しぼ》んでしまって、人間も犬もゴキブリも、みんな黴《かび》だらけになる。そういえば子供のころ、『マタンゴ』という映画があったが、あれは人間が茸《きのこ》を食って黴だらけになってしまう話だった。難破した船の乗員が茸の島に流れ着き、食い物は島に生えている茸だけ。その茸を食って茸の化け物として生きのびるか、それとも人間としての尊厳を守って飢え死にするか、考えてみれば無茶な選択を迫るストーリーだ。その映画を見たのは小学校の一年か二年のころだったが、子供ながら自分ならどちらを選ぶだろうかと、けっこう真剣に悩んでしまった。馬鹿馬鹿しいといえば馬鹿馬鹿しいが、それでは今なら結論が出せるかというと、やはり俺は考えてしまう。人間はそれぞれ、自分の美意識の中でできるかぎり奇麗に生きたいと思う。しかしそれが拒否された場合、あっさり生への執着にへつらうものか、どうか。自分の生き方の汚さを承知で生きつづける不快感は、ただ疲れるなどという言い方で済むものでは、決してない。そしてこんな生き方をしている俺が絵空事の人生観をあれこれいじくりまわすことにも、もちろん意味はない。

駅前で拾ったタクシーを練馬西署の正門に横づけしたときも、まだ雨は細かく降りつづいていた。警察をやめて三年たっているからといって、都内にある所轄《しょかつ》の場所ぐらい、まだちゃんと覚えている。

一般に警察署というと、警備が厳重で部外者は入りにくい聖域と思うだろうが、なんのことはない、現実にはラーメン屋の暖簾《のれん》をくぐるよりもかんたんなものだ。都内でも桜田門とかその他主だった所轄には立ち番の警官もいるが、多くはどこも開けっ放《ぴろ》げで、よくこれで過激派に爆弾を仕掛けられないものだと、ずっと不思議に思っていた。

俺は受付も通さず、勘で見当をつけて、勝手に二階の刑事課へ上がっていった。

所轄の規模にもよるが、練馬西署の刑事課は机の数からして、ざっと二十人ぐらいの陣容だった。俺も昔は所轄にいたし、本庁に上がってからも研修会や捜査会議はあったし、殺しがある度に本庁の専門家として出張《でば》ってもいた。だからどの所轄の刑事課にも知った顔の二人や三人はいて、それに警視庁内部ではなんといっても、俺はある種の有名人ではある。

半分以上が出払っているその部屋にも、やはり名前を知っている刑事が一人いて、俺は机の間を進み、そいつの肩をぽんと叩いてやった。

一瞬不審そうな顔はしたが、すぐに気がついたらしく、鮎場《あゆば》という刑事が口を丸めて、俺のほうにほーっと長い息を吐いた。歳は俺より五つほど下で、四年ぐらい前、港区《みなとく》で起こった殺人事件を一緒に捜査したことがある。

「六本木から練馬じゃ、ずいぶん飛ばされたもんだな」と、口を丸めたままの鮎場に、会釈をしてから、俺が言った。

「マル暴関係が少ないぶん、楽なもんですがね」と、椅子ごと躰を回し、眼鏡を光らせて、鮎場が答えた。「柚木さんこそ、まさか交通違反のもみ消しに来たわけじゃないでしょう」

「似たようなもんだ。ここの署長、今、誰がやってる?」

「高野《たかの》警視です。例のエレベータ組ですよ」

「刑事課長は?」

「大森《おおもり》警部。隅田川向《かわ》こうが長かった人です」

「何年か前、足立《あだち》の信用金庫強盗を手がけた、あの大森さんか」

「そうらしいですね。あと二年で定年だそうです……今日は、休んでます」

「警察が暇なのは、まあ、いいことだ」

俺は鮎場のデスクに軽く尻をのせ、煙草を取り出して、それに火をつけた。

「君に訊きたいことがある。交通違反のもみ消しよりはかんたんなことさ」

「お手やわらかに願いたいですね。柚木さん今、月刊誌に警察関係の記事を書いてるでしょう。お偉いさんたち、頭にきてるようですよ」

「俺だって食っていかにゃならんさ。人間を撃ち殺したことがある元刑事なんて、銀行のガードマンにも雇っちゃもらえない」

口を結んで、目をぱちぱちやりはじめた鮎場の前から、勝手に灰皿を引き寄せて、俺が煙草の灰をはたき落とした。

「一ヵ月ほど前、石神井公園駅の近くで女子大生が轢き逃げされた。覚えているよな」

五秒ほど深く呼吸をしてから、眉間に皺を寄せ、鮎場が、ちらっと俺の顔を見上げてきた。

「まずいんですよねえ。いくら柚木さんでも、今は民間人のわけだし……」

「民間人でジャーナリストだぜ。正当な取材に正当に答えてもらいたいだけさ。べつに国家機密を聞き出そうってわけじゃない。それに場合によっては俺のほうから情報を提供することもある」

俺の顔から視線を外し、またなん秒か深く息をついて、それから急に、鮎場がぎしっとスチールの椅子を軋《きし》らせた。

「石神井の轢き逃げ事件というと、被害者はたしか、島村由実という女の子でしたよねえ」

「恵明大学の四年生で、写真を見たかぎりでは、明るくて素直そうな女の子だった」

「あんな轢き逃げ事件で、どうして柚木さんが動くんです？」

「飯のたねだからさ。桜の代紋をしょってるときとちがって、国家権力が鼻であしらうような事件に首をつっ込んでこそ、食っていける。君も警察をやめることになったら、そのへんのこつはしっかり教えてやるよ」

小さく鼻で笑い、俺のほうに目を細めてから、椅子を立って、鮎場がぶらぶらと部屋の反対側へ歩いていった。

安物の湯呑に茶をいれ、戻ってきて、デスクの端に置いてから、鮎場がまた元の椅子に座り直した。俺は空いているとなりの椅子を引き出し、湯呑を取り上げながら、鮎場と向かい合って腰を下ろした。

「あの事件はたしかに、変わってはいるんですよねえ」と、湯呑を口に当てた俺の顔を、横目でのぞき込みながら、鮎場が言った。「国家権力側も、べつに鼻であしらってるわけじゃないんですよ」

「事故から一ヵ月以上もたってるのに、クルマの持ち主を割り出せないでいる。車種だって、古いチェイサーだとわかってるそうじゃないか」

「柚木さんのことだから、それくらいはどこかで調べるんでしょうけど……」

「この一ヵ月、警視庁のコンピュータが故障していたわけじゃあるまい？」

「それなんですよ」と、机の上の煙草を取り上げ、火をつけてから、鮎場が椅子の背に深く背中をもたれさせた。「警視庁管内はもちろん、隣接する埼玉側の同車種はぜんぶリストアップしたらしいんですがね、どういうわけか、該当するクルマが出てこないんです」

「交通課の仕事だよな」

「最初はね。交通課でも最初はありきたりの轢き逃げ事故だろうということで、二、三日で片づくと踏んでたらしいんです。それが始めてみたら、まるで幽霊みたいにクルマが消えちまって、あわてて刑事課のほうへ上げてきたわけですよ」

「刑事課に上がった事件なのに、なぜただの交通事故ということで処理したんだ」

「ただの交通事故で処理したなんて、誰が言いました?」

「被害者の姉の、島村香絵」

煙を長く吐き出し、右の手で頭のうしろを掻いて、にやっと、鮎場が笑った。

「そういうことですか。柚木さん、そっちのほうから動いているわけですか……いえね、わたしだって調べてはみたんですよ。これが故意の殺しで、わたしがその犯人でも捕まえてやれば、もしかしたら彼女とおつき合い願えたかもしれない」

「君、まだ嫁さんをもらっていないのか」

「去年やっと巡査部長ですからねえ」

「調べてみて、それで、どういうことになった」

「なーんにも。あの島村由実って被害者、きれいなもんでした。婚約者だった上村英樹という男にも、柚木さん、当たってみたでしょう」

「一応は、な」

「島村香絵はあの男に遺恨があるようです。でも婚約を解消したといっても、被害者との間にトラブルがあったふうでもないし、それに上村には事件当夜、ちゃんとしたアリバイがあるんです。被害者はなんといっても女子大生ですからね、殺されるほど誰かに恨まれていたということも、考えにくいわけですよ」

「事件のほうは、それでも、捜査中ではあるわけか」

「打ち切りにはなっていないと、そういうことですね。ただ刑事課のほうでこれ以上なにか摑めるとも思えませんし、保険屋もそのうち諦めるんじゃないですかね」

「保険がからんでいるのか」

「保険屋のほうが渋っているわけですよ、支払いをね。ある意味じゃ警察より、保険会社のほうがそういうことにしつこいですから」

「島村由実にはいくらの生命保険がかかっていた?」

「五千万」

「五千万?」

「驚くことはないでしょう。最近じゃそれぐらいの保険、中国マフィアだってかけていますよ」

「受取人は、当然、姉の島村香絵か」

「そういうことですね。他に親兄弟はいないし、お互いに同額の保険をかけ合っていたそうです」

「保険がかかっていたのなら、早く事故死と断定されたほうが、都合がいい」

「知りませんよ。うちとしてはまだ事故死とも故意の殺人とも、断定する材料はない。とりあえず捜査は継続中ですが、新しい手がかりが出てくる見込みもない。交通課のほうからなにか出てくるのを待っている。そういう状況です。こういう事件は意外なところから、たとえば例のクルマがまた交通事故を起こすとか、なにかの検問にひっかかるとかね、そんなところから案外かんたんに解決するもんです。わたしとしてはまあ、島村香絵の気持ちも、わからなくはありませんが」

鮎場に、どういうふうに香絵の気持ちがわかるのか知らないが、たった一人の妹に死なれた姉の悲しみとかいう図式的な感想は、だいたいの場合、問題にはならない。俺がこうやって事件を調べているのはたしかに香絵から調査を依頼されたからだが、しかし今のこの状況で香絵が俺に事件を調べさせる必要など、どこにあったのだろう。最初に香絵は『警察は交通事故で処理しようとしている』と言ったが、鮎場に言わせれば捜査はまだ継続中ではないか。もちろん捜査自体に熱が入っているとは思えないが、警察の捜査なんて、しょせんはこんなものだ。それに島村香絵は保険金のことなど、俺に一言も言わなかったではないか。

「事件が起きたのは六月二十一日の、夜中の十一時ごろだよな」と、味のないぬるい茶を飲み干して、湯呑を机に戻してから、俺が言った。

「そうですねえ。あれからもう一ヵ月以上たつんですねえ」

「その日のその時間、島村香絵は会社の旅行で伊香保にいたそうだが、裏は取ってあるのか」

灰皿で煙草をつぶしていた鮎場が額に皺を寄せて、不満そうに俺の顔をうかがった。

「電話だけじゃなかったのか。島村由実のアドレス帳から香絵の会社を割り出して、その同僚の家族かなにかから伊香保のことを知った。それで伊香保に電話で連絡をした、なあ？」

「だとすると、どうだって言うんです？」

「どうだとも言ってないさ。確実なのは、警察は電話で連絡をしただけということだ」

「柚木さんの言いたいことはわかりますけど、でも、それはちょっと、考えすぎじゃないですか」

「人間一人が死んだ事件に、考えすぎなんてことはない。四年前君と扱った事件、あれだって女房のほうの狂言だった。特に女がからんだ事件は徹底的に裏づけを取る必要がある。もちろん俺は、今度の事件で、島村香絵が犯人だと言ってるわけじゃない。将来の警視庁を担う巡査部長殿に、基本的な心構えをアドバイスしただけさ」

「柚木さんのアドバイスは、そりゃあ、参考にはなりますけどね」

「君が警視総監になるにしても、落ちぶれてごろつきライターになるにしても、な？」

鮎場が苦しげに鼻を鳴らし、また右手で頭のうしろを掻きながら、サンダル履きの足をずるっと前に投げ出した。

「まあ、確認はしてみましょうかねえ。たしかに伊香保なんて関越《かんえつ》に乗れば練馬まで、二時間もかからないわけだし」

「その確認ができたら、君とはもう一度おつき合い願いたいもんだ。で、話は変わるが、両角という男、ここの署でなにかのリストに挙がっていないか。石神井で英進舎という進学塾をやってる男だ」

「両角……ねえ」と、自分の足先から視線を上げ、鮎場が興味もなさそうに俺の顔を見返してきた。「その男が、どうかしましたか」

「いや。素性《すじょう》がわかればと思っただけだ。この辺りでは名士ということになってるかもしれない」

「わたしもこの所轄にきてまだ二年半ですから……でもたしか、地区の防犯協会の会長が、両角といったと思いますよ」

自然保護の団体をつくったり、区長選挙に出ようとする男なら、たしかに防犯協会の会長ぐらいはやっているかもしれない。そしてそういう男はどうせ、自治会の会長とかも兼ねているのだ。

「坂田《さかた》さん……」と、俺の頭越しに、五つほど離れた席で新聞を読んでいる五十すぎの男に、鮎場が声をかけた。「防犯協会の会長、たしか両角さんといいましたよねえ」

坂田と呼ばれた刑事が眼鏡を押し上げながら、面倒臭そうにむっくりと顔を上げた。毒にも薬にもならないが、自分の縄張り内のことならなんでも知っているという、どこの所轄にも一人や二人はいるタイプだ。

「防犯協会の会長もやってるし、交通安全協会の役員もやってますなあ」と、口のまわりに浮かべた太い皺を、ほとんど動かさずに、坂田が言った。

「両角さんは石神井で進学塾をやってるんですか」

「進学塾もやってるし、ファミリーレストランもスーパーもやってなさる。最近この辺りじゃ一番の羽振りってことだよ」

「七、八年前までは個人で小さい塾をやっていただけだそうですね」と、椅子ごと坂田のほうへ躰を回して、俺が訊いた。

「運のいい人間というのは、どこにでもいるもんです」と、俺の顔を知っているらしい目つきで、皺の刻まれた頬を、坂田がごしっとこすり上げた。

「両角さんのその運はどこからやって来たんです？」

「いいスポンサーがついたと、そういうことでしょうなあ」

「そのスポンサーというのは？」

「そりゃああんた、これに決まってますがね」

坂田がこれと言ったときにはもちろん、立てられた右手の小指が、新聞の上にちょっとだけもち上げられていた。

「女ができただけでただの塾の教師が、そこまで出世したわけですか」

「それがまあ、人間の運なんですなあ。女ってのがつまり、ただの女じゃなかったわけですよ」

「丸山菊江、ですか」

「知ってなさるかね」

「顔だけは、一応」

「それなら話は早いですわ。いえね、あの丸山菊江って女、もともと大地主の一人娘なんですよ。婿《むこ》をとってしばらくはおとなしくしてたんですが、なんせ金のほうが腐るほどあるってことで、型どおりにゃあ納まらなかったわけです」

「その丸山菊江と両角は、どこで関係が？」

「どこでですかなあ。最初は丸山菊江が子供を両角さんの塾へ通わせたとか、そんなところでしょうよ。女ってなあ恐ろしいもんですわ。たった七、八年で両角さんをあそこまで押し上げちまったんですから。もともと両角さんに商売の才能があったといやあ、それまでですけどねえ」

「二人の家庭はどうなんです？　それぞれに相手も子供もいるわけでしょう」

「離婚したって話は聞きませんねえ。そりゃあどうせすったもんだやってるでしょうけど、あっちもこっちも金はあるわけだし、それでなんとか収まってるんでしょうよ。死ぬの生きるの別れるのなんてのは、しょせん貧乏人の悪あがきですがね」

坂田のその哲学が人間すべてに当てはまるとは思わないが、知子と別れるの別れないのと言っているこの俺が貧乏人であることは、残念な事実だ。

「その両角さんが島村由実の事件と、なにか関係があるんですか」と、坂田の目を憚《はばか》るように俺のほうへ身を屈《かが》めて、鮎場が訊いた。

「あるのかないのか、こっちで聞きたいくらいさ。もっともそんな名士が事件と関係があったら、この練馬西署はパニックになるだろうがな」

「柚木さんのほうも情報を提供するって、そういう約束だったじゃないですか」

「約束なんかしてない。場合によっては提供できる情報があるかもしれないと、そう言っただけさ。俺が提供しようと思っていた情報は、両角のことではなくて、上村英樹のことだ」

「上村英樹って、島村由実の婚約者だった、あの上村英樹ですか」

「さっきのアドバイス、覚えてるよな」と、くわえかけた煙草を途中でやめ、煙草とライターを上着のポケットにしまって、俺が言った。「女がからんだ事件には、とにかくしつこく裏を取る」

「上村英樹のどこが問題なんです?」

「アリバイさ。上村は事件当夜の十一時前後、早川功と六本木のバーで飲んでいたと証言した。警察は早川功から裏を取ったが、バーのほうからは取れなかった。上村はあの店の従業員が、十一時なんていう混んでいる時間に客の顔なんか覚えていられないことを、知っていたんだ」

「つまり、それ……本当ですか」

「俺が君の歳のときは警部補だったんだぜ」

鮎場が背中を引いてスチールの椅子を鳴らし、机の引き出しから取り出した黒い手帳を、なにやら唸りながら猛烈な勢いでめくりはじめた。

「その時間上村は、本当は女と一緒だった」と、立ち上がりながら、俺が言った。「友田美紗とかいう飲み屋でひっかけた女だそうだ。女のほうもその時間は上村と一緒だったと言ってるが、ああいう連中の言うことがどこまで信用できるか、わからんな」

ドアに向かって歩きだした俺を、鮎場がなにか言いたそうに目で追いかけてきたが、それを無視して俺は歩きつづけた。坂田が会釈を送ってきて、そのほうにだけ、俺も小さく会釈を送り返した。どうせあと二、三年で定年なのだろうが、坂田のような警官人生も、まあ、悪くはない。

練馬西署に着いたときに降っていた雨が、今ではもう上がっている。おまけにうすい西日まで射してミニパトから降りてくる婦人警官の顔に、くっきりと影をつくっている。

俺は署の前から流しのタクシーを拾い、来た道を逆に走って、また石神井公園の駅前に出た。夏原祐子との待ち合わせが七時だから、時間はまだ二時間以上ある。

俺は駅からすこし離れた喫茶店に入って道路に面した窓際に席をとり、ビールを注文してから、店にあった女性週刊誌を当てもなくめくりはじめた。週刊誌には百五歳になって赤んぼうを産んだ女の話や、宇宙人に強姦された女のインタビュー記事なんかが載っていたが、世の中には俺の知らないところで、ずいぶん大変な事件が起きているものだ。

ビールとその週刊誌で二十分も時間をつぶしたころ、英進舎が入っているビルの出入り口からアイスコーヒーを出してくれた女の子が、やっと姿を現した。五時半まで待って出てこなかったら今日のところは諦めるつもりでいたが、俺の運も、まんざらではない。もちろんそれは両角なんとか氏の運とは、比べものにもならないだろうが。

ビールの勘定を払って、俺はその店を出た。

俺が女の子に声をかけたのはしばらくうしろをついて歩いて、急ぐ様子もなく駅へ向かっていることを確かめた、そのあとだった。女の子は事務服をジーンズと袖なしの綿《めん》シャツに着替えていたが、それで印象が変わるほど特徴のある子でもなかった。歳はたぶん、夏原祐子より一つか二つ下といったところだろう。

立ち止まった女の子が肩から提げていたキャンバス地のバッグを胸の前に抱え直して、なにやら困ったような目つきで、そっと俺の顔を見上げてきた。

「ナンパされるの、初めてみたいな顔じゃないか」と、女の子よりもっと困った目つきをつくってやって、俺が言った。「君を一目見て忘れられなくてな。あのまま帰る気には、どうしてもなれなかった」

「よーく言うわ。どうせなにか聞きたいだけでしょう。塾のこととか、守る会のこととか」

「俺の顔、下心があるように見えるか」

「丸ごとぜんぶ下心みたい」

「困ったな。歳をとると、いやでも人生が顔に出るらしい」

女の子があはっと笑って、胸の前で抱えていたバッグを、暑そうに肩へかけ直した。

「さっきだって、あたし、びっくりしちゃったわよ」

「さっき?」

「事務所を出るとき、急に言うんだもの。アイスコーヒーの味についてあとで感想を聞かせるとか」

「中年の証拠だ。可愛い女の子には、ああいう口のきき方しかできなくてな。アイスコーヒーの味、どこかで勉強してみないか」

「それ、今すぐってこと?」

「早いほうがいいな。君みたいに勘のいい子なら、アイスコーヒーの味なんか二、三十分で勉強できる」

上目づかいに黙って呼吸をしてから、女の子がまた、あはっと笑った。

「柚木さんだったっけ? あたし、アイスコーヒープラスケーキの味だったら、勉強してもいいわよ」

「やっぱり君は勘がいい」と、女の子をうながして、とりあえず駅のほうへ歩きだしながら、俺が言った。「ここだけの話だけど、本当を言うとこの前ナンパが決まったのは、もう二十年も昔のことだ」


女の子が俺を連れていったのは、踏切りを北口側へ渡った、ケーキ屋の二階のだだっ広い喫茶店だった。隅の席に向かい合って腰をかけ、女の子は予告どおりアイスコーヒーとチョコレートケーキを注文し、俺のほうも飲む気はなかったが、それでも一応コーヒーを注文した。

「久しぶりで、ナンパの礼儀を忘れていたらしい」と、シートに深く腰かけ、メンソールの煙草を屈託なく吹かしはじめた女の子に、俺が言った。「君の名前をまだ聞いていなかった」

「広地美代子《こうじみよこ》。電話番号も知りたい?」

「電話番号はこの次でいい。見かけによらず俺は、気が小さいんだ」

煙草を取り出して火をつけ、煙を吐いてから、俺が訊いた。

「君、あの塾に勤めてから、どれぐらいたつ？」

「一年半ぐらいかな。最初はアルバイトで入ったのよ。そしたら前の事務の子がやめちゃって、面倒くさいからあたしが社員になったの。でもあたし、本当はもう転職しようとか思ってるの。あんなだっさい服着て採点表の整理やるの、面白くもなんともないし」

「次の仕事は決まっているのか」

「仕事なんか、なんでもよければいくらだってあるじゃない。雑誌の編集なんかにも興味あるんだけど、そっちのほうにコネ、ある？」

「なくはないが、あまり薦《すす》めないな」

「お給料安いから？」

「給料も安いし、仕事の時間も長いし、それにあの世界の連中はみんな性格が悪くてな。君みたいな可愛い女の子には、男として薦めにくい」

「雑誌の記者とか編集者って、恰好いいと思うけどなあ」

「君、いくつなんだ？」

「二十歳《はたち》」

「東京の子か？」

「福島。大泉でアパート借りてるの」

「俺が事務所で話した丸山っておばさん、あの人はどういう人なんだ」

「やーなおばさんよ。口やかましくて自分勝手で、可愛い女の子はみんないびり出すの。あたしの前にやめた子だって、丸山さんにいびり出されたんだから」

「実家は金持ちだと聞いたが」

「だからさあ、世の中って不公平なのよねえ。あんな意地の悪いおばさんでもお金さえあれば、みんなちやほやするんだもの。ちやほやして、ぺこぺこしてさ」

「理事長の両角もちやほやしてぺこぺこする口か」

「理事長はちがうわよ。あれは丸山さんのほうがいかれてる感じ」

注文したケーキとアイスコーヒーがきて広地美代子がそれに取りつき、俺のほうはコーヒーのカップを脇にどけて、広地美代子の元気のいい口の動きを眺めながら、しばらく黙って煙草を吹かしていた。

「両角の下のほうの名前は、なんと言うんだ」と、広地美代子のケーキが半分ぐらいの大きさになったとき、煙草を消して、俺が訊いた。

「啓一《けいいち》。両角啓一」と、フォークを口に当てたまま、広地美代子が答えた。

「理事長と丸山さんの関係は、公然の秘密ってわけか」

「そうみたいね。誰もなんにも言わないけど、ずっと前からそういうことみたい」

「それぞれに家族があって、よくトラブルが起きないな」

「丸山さんの旦那さんて、婿養子なんだって。ああいうお金持ちの家に婿養子にいく人なんて、最初からそういうこと、覚悟してるんじゃない」

「理事長の、奥さんのほうは?」

「似たようなもんよ。あのね、このこと、前にやめた子から聞いたんだけど、理事長、丸山さんとそうなる前は小さい塾をやってただけなんだって。丸山さんのお陰で塾だって大きくしたし、レストランとかスーパーとかも始めたわけだし、奥さんだって文句なんか言えないわよ。愛だとか恋だとか言ったって、世の中けっきょくお金だもの」

「それだけ金があるのに、丸山さんはどうして英進舎の事務長なんかをやってる」

「だって、そんなの、お金の次は名誉じゃない。やめた子がそう言ってた。丸山さんはPTAの会長もやってるのよ。いくら大地主の一人娘で大金持ちだって、ただの主婦じゃPTAの会長にはなれないわ」

「丸山さんの家は商売をしていないのか」

「ガソリンスタンドとか、自動車の修理工場とか鉄工所とか、そういうのをやってるわ。だけど、ねえ? ガソリンスタンドとか鉄工所とかって、ぜんぜん文化的じゃないでしょう。あの人あんな顔してて、ものすごく文化的なことが好きなのよ。石神井の自然を守る会だって、本当は丸山さんがやってるんだから」

「両角理事長は次の区長選挙に立候補するそうだな」

「そうらしいわね。丸山さん、お金をばら撒《ま》いてるっていうから、ひょっとしたら当選するかもしれないわね」

「両角というのは、どういう男なんだ」

「どういうって、そんなの、ふつうのおじさんだけど?」

「ふつうのおじさんに、そんな金持ちの女がどうして入れ込むのか、理由が知りたい」

「あたしだって知りたいわよ。あたしなんか、あんなおじさんとおばさんがそんな関係だなんて、聞いただけでも気持ち悪いわ。理事長はほとんど英進舎に顔を出さないけど、丸山さんが来させないっていう噂もあるの。それって、案外当たっているかもねえ」

「両角理事長が塾に顔を出して悪い理由が、なにかあるわけか」

「だって、大学の受験生なんかで可愛い子、いるじゃない? あたしなんか笑っちゃうけど、丸山さんて、そういうことでへんに本気になるの。ぜったい本人だけの考えすぎなんだけどさあ」

いつの間にか広地美代子の前からケーキが姿を消していて、残った皿に、俺が軽く顎をしゃくってやった。

「いくつ食ってくれても、かまわないぜ」

「もういいの。あたし一応、ダイエットしてるの」

アイスコーヒーのグラスに手をのばし、ストローをすすってから、上唇を尖《とが》らせて、広地美代子が大袈裟な瞬《まばた》きをした。

「だけど柚木さん、なんでそんなこと調べてるわけ? 守る会の活動とか、そういうのを聞きたかったんでしょう」

「活動が成功するかしないかは、リーダーの人格と会員の目的意識の問題だからな。当然内部の人間関係にだって興味は出る。君も守る会へ入っているのか」

「形だけよ。あそこに勤めてるかぎり、それぐらい仕方ないわ」

「島村由実って子、覚えていないか。会員になっていたかどうかは、わからないが」

「あたしさあ、本当に形だけなのよ。丸山さんへの義理で一回だけ街頭署名とかをやっただけ」

俺は上着の内ポケットから島村由実のアドレス帳を取り出し、間に挟んであった写真を抜いて広地美代子の前に差し出した。

「右側に写ってる背が高くて髪の短いほうの子だ」

「見たこと、あるような気はするけど……」

「丸山さんはその子が二、三度集会に来たと言ってる」

「丸山さんがそう言うんなら、そうじゃない？　あたしもなんとなく見た気はする。事務所に来たことも、あるんじゃないかなあ」

「写真の、となりの女はどうだ。そっちのほうは見たことないか」

「見たことない気がするなあ。これぐらい奇麗な人なら、会ってれば覚えてるわよ」

広地美代子が興味もなさそうな顔で写真を押し返し、俺はそれを元のポケットにしまって、また煙草に火をつけた。

「ケーキ、本当にもういいのか」

「本当にもういいの。夕飯が食べられなくなるしね」

「転職の件は慎重に考えたほうがいいな」

「だってもう決めたのよ。このままあそこにいたって、面白いことなんかないもの」

「どこにいたって、特別に面白いことなんかないさ」

「そうでもないわよ。友達でテレビのアシスタントやってる子がいるけど、けっこう面白いってよ。いろんなスターに会えて、たまに飲みになんか連れてってもらうって」

「雑誌の編集、やりたかったんだろう?」

「それもいいけど、テレビ関係だっていいわよ。柚木さん、テレビのほうにはコネないの」

「テレビとか映画ってのは、見るだけのものだと思っている」

「あたしさあ、せっかく東京に出てきたんだし、面白いことをやりたいのよねえ。テレビなんか見てると面白く生きてるような子、たくさんいるのにさあ」

「ふつうが一番いい」と、腕時計をのぞきながら伝票をつまんで、俺が立ち上がった。「最後までふつうに生きられれば、それで人生の九十パーセントは成功だ。あとの十パーセントがなんなのか、俺にも、よくはわからない」

キャンバス地のバッグを膝の上に引き上げ、半分腰を浮かせて、広地美代子が丸い目で俺の顔を見上げてきた。

「ねえ、本当に、聞かなくていいの」

「なにを?」

「だからさあ、最初に言ったじゃない……あたしの電話番号」

6

石神井公園の駅で広地美代子と別れ、渋谷に着いたのは夏原祐子と約束した七時よりも十分ぐらい早い時間だった。空にはまだ夕方の明るさが残っていて、駅から出ていく人間の足取りも駅に向かう人間の足取りも、なんとなく慌ただしい。

夏原祐子と待ち合わせをした場所は、自慢ではないが、ハチ公の前だった。電話で祐子にはパルコがどうとか東急《とうきゅう》ハンズがどうとか言われたのだが、俺の人生ではそのどちらにも、全面的には確信がもてなかった。もちろん俺にだってパルコや東急ハンズの所在ぐらい、見当はつく。しかしその中の何階のなんというカフェとか言われても、もうそれだけで混乱してしまう。俺が学生のころは新宿なら紀伊國屋《きのくにや》前、渋谷ならハチ公前と善良な市民が待ち合わせすべき場所は、ちゃんと決まっていたのだ。

夏原祐子は、俺がハチ公の鼻面を眺めながら、どうもこいつは昔と立っている場所を変えたのではないかと疑いはじめたとき、道玄坂《どうげんざか》の方向から銀色の紙袋をぶら提げて登場した。紙袋の中味が買い物の正体なのだろうが、たいした大きさではなく、ぶら提げている手つきからしても代わってやるほどの重さではなさそうだった。

「どこかでビールでも飲むかな。それともすぐ、飯がいいか……」

「もちろんすぐ、ビールを飲みながら食事がいいです。わたし二時間も買い物をしていて、お腹《なか》がすいて、それで少し気が立ってます」

夏原祐子はそこで深くうなずいてみせ、それから俺の頭の上に目をやって、なんとなく困ったような顔をしているハチ公に、ひらっと手をふった。

「柚木さん、知っていました？」

「なにを」

「ハチ公のこと。映画で見たときは白い犬だったのに、ハチ公って本当は、黒い犬だったんですねえ」


夏原祐子が言っていた『どぜうのうまい店』というのは、センター街をつき当たり近くまで歩いてそこから路地に入っていった、古い店構えのどじょう屋だった。こんな子がこんな店を知っていて、俺のほうがそれにのこのこついて来る構図こそが、まさに困った現実なのだ。

二階の座敷におさまり、鍋が出てくるまでの間冷やっこと枝豆を肴《さかな》に、とりあえず俺たちはビールを飲みはじめた。夏原祐子はまさか俺のためではないだろうが、プリント模様のスカートとすこし前襟の開いた草色のサマーセーターを着ていた。これで口をきかなければ実際の年齢より二つ三つは、大人っぽく見える。

「買い物はぜんぶ済んだのか」と、エアコンとビールでいくらか気分が鎮まったような顔の夏原祐子に、俺が訊いた。

「第一目標だけはクリアしました」と、しっかりコンタクトレンズを入れているらしい目で、悪びれもせず、夏原祐子が俺の顔を見返してきた。「女の子の買い物が大変なこと、知っていますよね」

「女の買い物は男にとって、社会問題だ」

「女の子って、買い物に人生をかけてるところがあります。わたしなんか今日、お店を五軒まわって、それでやっぱり最初の店で見たやつがよくて、けっきょくそこへ戻って買ってきたんです。水着を一つ買うのがなんでこんなに大変なのか、最後には自分で腹が立ちました」

食事だけで買い物にまでつき合う運命になかったということは、今日の俺はやはり、運がいい。水着を選ぶのに二時間もつき合っていたら俺は間違いなく、拒食症になっていた。

「見てみます?」

「なにを?」

「わたしが買った水着」

「いや……」

もちろん俺は、『いや。見なくてもいい』と言ったつもりだったが、夏原祐子はなぜか『いや。見てもいい』と取ったらしく、銀色の紙袋を引き寄せて、中から青い布きれを魔法のようにつまみ出した。

「これより少しうすい色のと、どっちにしようか迷って、けっきょくこっちに決めました」

それは色こそ鮮やかなブルーだったが、形はどう見ても競泳用としか思えない、平凡なワンピーススタイルの水着のようだった。

「本当を言うと、かなり頑張《がんば》ったんです。わかります？ 着てみるとこれ、ものすごくビキニラインが深いんですよ」

ビキニラインが深いというのは、昔でいうところの、ハイレグということか。見ただけではわからないがそれもなにやら、ものすごくだという。しかし俺の背中がへんに恥ずかしくなったのは水着のせいではなく、その水着を着る、夏原祐子のせいだ。

「どう思います？」

「色は、いいな」

「形だっていいんです。いかにも泳げそうに見えますからね」

「いかにも水泳の選手のように……君、泳げないのか」

「二メートルぐらい進むと沈むんです。どうしてでしょうねえ」

「俺に訊かれても、困るな」

「訊いてるわけじゃないけど、だけど沈む理由が納得できないの。どうしてわたしだけ沈んじゃうのかなあ」

「君以外の人はどうして沈まないのか、その理由を考えたほうがいい。俺の経験からいって、まず間違いない」

仲居がどじょうの鉄鍋を持ってきてガスコンロにセットし、山盛りのきざみネギとごぼうを置いて戻っていった。

「君、今度の夏休みに由実さんと、ハワイへ行く予定だったそうだな」と、二つのコップにビールを注ぎ足しながら、俺が言った。「昨日及川くんが、そんなことを言ってた」

「ハワイというわけでは、なかったんです」と、水着を紙袋に戻してから、座布団の上に座り直して、夏原祐子が答えた。「由実は学生時代最後の夏休みだし、どこかへ旅行に行こうかって、そんなことを話してたの」

「及川くんも一緒にか」

「人生はそんなに甘くありませんよ。そういえば昨日、及川くんから電話があったなあ」

「何時ごろ」

「五時ちょっと前。わたし、友達と待ち合わせがあって、出かけるところだったの」

「俺のほうは接触事故のことを訊きたいんだが、捉まえられないでいる。及川くんはなにか言ってたか」

「それがね、一緒にハワイへ行かないかだって。及川くんがわたしを連れていくって言うの」

「及川くんも気合いを入れてきたな」

「なにを考えたのかなあ。喫茶店でお茶を飲むのと、わけがちがうのになあ」

「連れていくと言うんなら、連れていってもらえばいい。及川くんも一生懸命バイトをやってる」

「そういう問題じゃないですよ。わたしが一緒に行くかどうか、常識で考えてもらいたいです」

「昨夜《ゆうべ》君が一緒だった友達に、失礼にあたるわけか」

夏原祐子が生真面目な目つきで鼻の穴をふくらませ、眉をひそめて、尖《とが》った顎《あご》を毅然《きぜん》と俺のほうへつき出した。

「柚木さん、そういうふうに考えるんですか」

「常識的に考えてみた」

「わたしが昨夜泊まったの、高校のときの同級生の部屋ですよ」

「俺の高校なんか三分の二が男だった」

「女子校に男の子はいません。柚木さんて、ぜんぶそういうふうに考えるんですか」

「疲れてるせいか、考え方が安易になる。気に障ったら謝る」

「昼間も電話で謝りました」

「そうだったか」

「そういうふうにいつも謝るの、男の価値を下げると思いますよ」

俺だって他人に謝るのは嫌いだし、ここしばらく誰かに謝った覚えもないが、言われてみれば今日は夏原祐子に、二回も謝っている。疲れているからといって俺の性格が、素直になったわけでもないだろうに。

それはそれとして、と頭の中で呟《つぶや》いてから、口を尖らせてどじょうを小鉢に取りはじめた夏原祐子に、俺が言った。

「さっき君、『由実は学生時代最後の夏休み』と言ったけど、君のほうは最後ではないのか」

「わたしは大学に残ります」と、俺にともどじょうにともなく、深くうなずいて、夏原祐子が答えた。

「大学にってことは、大学院に？」

「学部に残ってまで学生食堂には勤めませんよ」

「大学院でまた『テレクラにおける中年サラリーマンの希望と挫折』の研究をつづけるのか」

「あれは卒論だけの単発的なテーマ。目標はあくまでも、全体社会における人間心理の構造学的な研究です」

「非常にわかりやすい、その、重大そうな研究だ」

なんだかよくはわからないが、一般社会とやらで無意味に歳をとっていくよりも、大学という無菌室で汚れずに生きていくほうがこの夏原祐子という女の子には、たぶん相応《ふさわ》しい。

俺としてもできれば今日はこのまま、『全体社会における人間心理の構造学的な研究』とやらを聞いていたかったのだが、しかし今こうやって夏原祐子と向かい合っているのは、そのためではない。

「由実さんのことを調べているうちに、すこしひっかかるところが出てきた」と、目のまわりをかすかに赤く染めはじめた夏原祐子に、集中力を仕事に戻して、俺が言った。「この春からのことで君に思い出してもらいたいことがある」

小鉢と箸を下に置いてまた座り直し、夏原祐子が生真面目にうなずいた。飯を食うためだけに俺が呼び出したのでないぐらいのことは、この子にはもちろん、ちゃんとわかっている。

「昼間電話でも訊いた接触事故のことだ。昨日及川くんはそのことを俺に言わなかった。言う必要はないと思ったのかもしれないが、それにしても、おかしい気がする」

「由実がそのとき、一緒に乗っていたこと？」

「一緒に乗っていて、そしてそのことを、由実さんが誰にも言わなかったこと」

ふーんと溜息《ためいき》のように息をつき、目を天井に一巡りさせてから、夏原祐子が頬《ほお》に自分で人さし指をつき立てた。

「おかしいと思わないか。由実さんはなぜ、君に言わなかったんだろう」

「由実が及川くんと一緒だったこと、本当なのかなあ」

「木戸千枝さんはそう言ってる」

「及川くんがね、そういうことがあったのは本当だと思う。学校でみんなに言ってたし、わたしも学食を奢《おご》ってもらった。でも及川くんも由実のことは言わなかった。二人が人に言えないほど深い関係だったなんて、そんなこと、なかったはずだけど」

「三回デートをして及川くんはキスもさせてもらえなかったらしい」

「及川くんが由実にキスをしようとしたことは、あるの。由実からちゃんと聞いてる。でもそのとき由実が、『及川くん鼻毛が出てる』って言ったら、やめちゃったって」

「娘が中学に入ったら今の技を教えてやろう」

「柚木さん、子供がいたんだっけ。そんなふうに見えないのになあ」

「そんなふうに見えないのが女房には面白くないわけさ。それでな、もしその接触事故のとき由実さんが及川くんといたことが本当だとしたら、どう思う？　及川くんの鼻毛事件まで君に話した由実さんが、なぜ接触事故のことは言わなかったのか。由実さんはそのことを、姉さんにも喋《しゃべ》っていない。それに話の様子からすると、自分が一緒だったことを及川くんに口どめしていたことになる。いったい由実さんは、なぜそんなことをしたんだろう」

「それが、そんなに、大事なこと？」

「大事かどうかはあとで考える」

「でも及川くんの話では軽くこすっただけで、警察だって呼ばなかったのよ」

「だからおかしいんだ。事故の相手は警察を入れずにその場で示談《じだん》にしている。本当にただの接触事故なら警察を呼ぶ。クルマは保険に入っているし、警察の事故証明がなければ保険金はおりない。つまりそのとき相手のクルマに乗っていたやつは、保険金なんかおりなくてもいいから事故をその場で処理したかった。その場で処理する必要があったから、ポンコツを承知で及川くんに十万円の金を払った」

「その場で処理する必要って、たとえば？」

「保険金を受け取ると更新料が高くなる、というケースもあるが、しかし相手のクルマは、相当に破損したという。だからこの場合は酔っ払っていたとか、無免許だったとか、あるいはその場にいたことを他人に知られたら具合が悪かったとか……」

ビールのコップを口に当てたまま目を見開き、夏原祐子がどじょう鍋の上に、平然と額をつき出した。

「もし、ね、事故をその場で処理したかった理由が柚木さんの言うとおりだったとして、そのことと由実の事件が、どういうふうに関係するの」

「それを君に教えてもらいたい」

「わたし、そんなこと、知らないけどなあ」

「知らないかもしれないし、知ってるかもしれない。目をつぶってくれないか」

「どうして？」

「いいからつぶれよ」

「わたしが目をつぶったらキスするつもりでしょう」

「あの、なあ？」

「冗談ですよ。でもどうして、目なんかつぶらせるんですか」

「思い出してもらいたいんだ。接触事故があった五月の連休すぎ、及川くんと由実さんがどんな様子だったか。君と会っていたときの表情でも仕草でも、なんでもいい。目をつぶってそのときの情景を思い浮かべると、人間は意外といろんなことを思い出す」

「長年のキャリア？」

「そういうことだ」

「本当にキスは、しない？」

「俺はどじょうを食いながら、女の子にキスはしない」

夏原祐子が一瞬とぼけた目で俺の顔を睨み、鼻を生意気《なまいき》に動かして、小さく喉《のど》を鳴らした。

それでも黙って目を閉じたところをみるとこの件に関してだけは俺のキャリアを、信じる気になったらしい。

「いいか、時期は二ヵ月ちょっと前、五月の連休をすぎたあたりだ。場所は学校の食堂でも廊下でも、教室でもいい。友達が何人かいてそこで及川くんが接触事故のことを喋っている……浮かんだか」

「浮かんだ浮かんだ」

「及川くんはどんな服を着ている?」

「ジーンズにTシャツに、それと手にセーターを持っている」

「昨日さあ、ちょっとクルマこすっちまってさあとかなんとか、そんなこと言ってるよな」

「言ってる言ってる」

「場所はどこだって」

「場所は、ええと、井《い》ノ頭《かしら》通りとか、井の頭公園のそばとか……たぶん、そう」

「あっちが急に出てきてよう、俺も目一杯ブレーキ踏んだんだけどよう……な?」

「そうそう」

「相手のクルマを運転していたのは男、女?」

「それは、言わなかった」

「何人乗っていたとか」

「やっぱり言わなかったなあ」

「そのとき由実さんは？」

「由実が、なに？」

「及川くんが友達に喋っていて、それを君が聞いている。君のそばには由実さんもいるだろう」

「柚木さん、見てたんじゃないですか」

「気を散らすとキスするぞ」

目を開きかけてあわてて閉じ、夏原祐子がむっつりと口を尖らせた。

「由実さんは、どこにいる？」

「由実は、わたしのとなり。教室の椅子に座ってる」

「及川くんの話を聞きながらなんの気なしに、君はちらっと由実さんの顔を見た」

「見た見た」

「由実さんの様子は、どうだ」

「由実は、そうねえ、由実は……及川くんの話なんか、聞いていないような顔してた。そういえばなにか他のことを考えてるような」

「石神井の児童公園にイベントホールを建てる話な……」と、夏原祐子の輪郭のはっきりした形のいい唇に、素直に見とれながら、俺が言った。「由実さんは具体的に、いつごろまで怒っていた？」

「いつごろまでって……」と、寝起きのように頼りなく目を開いて、夏原祐子が困ったように肩をすくめた。「目をつぶってるの、疲れました」

「開いてもいいから意識はまだ由実さんのことに集中させておく」

「そういう言い方、好きではないです」

「そういう、なに？」

「そういう、子供に言うみたいな言い方」

「そんなつもりは、ない。また謝るか」

「謝らなくていいけど、来月、わたしは二十二です」

「ふつうの二十二は高校のときの、男の同級生の部屋に泊まるもんだ」

「柚木さん。顔にビールをかけましょうか」

「顔は、ちゃんと、洗ってきた」

俺の顔にビールをかける代わりにコップを口に運び、夏原祐子が短く、くっと鼻を鳴らした。鼻ぐらいいくら鳴らしたってかまわないが、その怒っているのか笑っているのかわからない目でじっと俺の顔を睨むのは、なんとかならないものか。

「問題はイベントホールの件だ。思い出してくれたか」

「でも、それ、由実が勝手に怒っていただけで、わたしは関係ないです」

「俺と君に関係があるのは由実さんがいつまで怒っていたか、ということさ」

「そんなこと、死ぬまでずっと怒っていたのに、決まってるじゃないですか」

「君が最後に由実さんに会ったのは、いつだ？」

「死んだ日の二日前」

「そのときも由実さんはイベントホールのことを怒っていたか」

「それは、だって、会うときいつもその話をしたわけじゃないもの。イベントホールのことなんか、なにかのついでに話すだけだった」

「それじゃ最後についでの話したのは、いつ？」

「そういうこと、わたしが覚えていると思います？」

「君なら思い出せるさ。俺が今まで会った女の子の中で目のつぶり方は、君が一番うまい」

夏原祐子がじろりと俺の顔を睨み、座布団の上で、傲然と背筋をのばした。これで本当にビールが飛んできたら、たまったものではない。

「わかった。今のは冗談だ。今のは冗談だけどイベントホールのことは、冗談で訊いたわけじゃない。いつまで由実さんが怒っていたのか、本当に知りたいんだ」

「でも……」と、首を右にかたむけて、どじょうときざみネギを小鉢に取りながら、夏原祐子が言った。「由実、もう怒るのはやめたとか、イベントホールには賛成することにしたとか、そんなことは一度も言わなかった」

「由実さんが死んだのが六月の二十一日。及川くんが接触事故を起こしたのが、五月の十日だったとする。その間が約一ヵ月半。その一ヵ月半の間に限って考えてみたら、どうだ。君と一緒にいるとき、由実さんはイベントホールの話題を持ち出したことが、あったか」

口の中で低く唸り、また人さし指を頰につき立てて、夏原祐子が尖らせた唇を柔らかく動かした。

しばらく待ったが、答えが出てこなかったので、俺が言った。

「五月の連休前とそれ以降と、単純に分けてみたら、どうかな。由実さんが最初にイベントホールのことを言い出したのは、いつごろだった」

「最初に言ったのは春休みが終わって、初めて学校で会った日。由実、へんにそのことを怒っていて、森林破壊だとか酸性雨のことまで言い出して、それでその日は、最後までそのことを喋っていた」

「由実さんも専攻は君と同じ、その……」

「由実は社会科学。学部は同じ社会学部だけど三年から専攻が分かれるの」

「もともと由実さんは、環境問題に興味があったわけだ」

「ふつうの人よりいくらかっていう、その程度じゃないかな」

「で、春休みが終わったとき、初めてイベントホールの話題が出た。それから?」

「それからは喫茶店でぼーっとしてるときとか、部屋に泊まりに来たときとか、何度かは喋ったと思う。これ、そんなに大事なこと?」

「なんとも言えない。ただどうにもひっかかるし、今度の事件では他にひっかかるようなことが、なにも見当たらないんだ」

「あのね、もしかしたら、間違ってるかもしれないけど……」と、顎をななめに引きながら小さく唇をなめて、夏原祐子が言った。「由実がそのことをよく喋ったの、連休前だったような気がする。怒るのをやめたかどうか、それは知らない。でも連休をすぎたころからはイベントホールのことを言わなくなった。気にもしなかったけど、言われてみればたしかに、連休をすぎてからは一言も喋らなくなった……これ、どういうことですか」

「どういうことなのか、わかる気はするが、わからない気もする。今わかっているのは君がビールを飲みすぎていることとだけだ」

「わたしの……」

口を半分開いたまま鉄鍋ののったテーブルに、夏原祐子が生意気な仕草で肘をひっかけた。

「わたしがどじょうを好きだとか、ビールをどれぐらい飲むとか、そういうことは、今は問題ではないです」

「それは、そうだ」

「今は由実のことを問題にしてるんです。由実は誰かに殺された、あれはただの交通事故ではなかった、そのことは間違いないんですか」

「確率は今でも半分以下だと思う。由実さんは人に恨まれる子ではなかったようだし、トラブルに巻き込まれていた様子もない。だけどトラブルってのは、勝手に向こうからやって来ることもある。由実さん自身が気づかないうちに、とんでもないトラブルを背負い込んでいた。もっと悪く考えると、環境そのものにトラブルを生む芽が含まれていたと、そんな気がして仕方がない。ぜったいかと訊かれればぜったいではないが、俺の勘としては、殺人事件だと思う」

俺が喋っている間に息でも止めていたのか、夏原祐子が音が聞こえるほどの勢いで、ふーっと溜息をついた。

「わたし、昨日から、ずっと考えていました。でも由実が殺される理由がわからなくて、柚木さんがわたしをからかっただけなんだろうって、ずっと、そう思おうとしていました」

夏原祐子の目にいつの間にか涙が膜をつくっていたが、それがどじょう鍋のネギのせいでないことだけは、俺にも理解できる。

「わたし、柚木さんのこと、信じることに決めましたよ」と、座椅子に背中を引き、顎に妙な力を入れて、夏原祐子が言った。「由実のためにも、柚木さんを信じるべきだと思うんです。由実がそんなふうに殺されたのなら、わたしだって黙っていられませんよ。ぜったい頑張って、犯人を見つけてやります」

「ビール、もうすこし、飲むか」

「わたしはご飯がいいです」

「飯を食う?」

「食べますよ。いけませんか」

夏原祐子の腹にはどじょうもビールも枝豆も、かなりの量が納まっているはずだったが、これがいわゆる、歳のちがいか。俺は通りかかった仲居に注文を取らせて、ついでに自分もビールを追加した。

仲居がいなくなってから、ぼんやりした視線をテーブルの上に据えて、夏原祐子が言った。

「わたし、由実とは映画に行ったり買い物をしたり、いつも一緒で、なんでも知ってるつもりでいた。でも、それ、本当だったのかな。由実のこと、わたし、わかっていたのかな。いろんなこと、由実はぜんぶ喋っていたと思うのは、勝手な思い込みだったかもしれない。わたしだって由実に言わなかったこと、やっぱりあるんです。どうしても人に言えないことって、あるんですよね。由実だってわたしに言えないこと、あったと思うんです。そんなことも気がつかなくて、親友だなんて、人間て、勝手なもんですよね」

「人間が勝手な生き物でないとは、俺も思わない」と、やって来たビールを自分のコップにだけ注いでから、俺が言った。「それぞれ勝手な価値観をもって勝手なことを考えて、勝手に生きている。だからって人間に対して懐疑的になることもないさ。お互いに言えないことはあったとしても由実さんが君の親友だったことに、変わりはない。打ち明けられない問題が一つか二つしかない友達だったことのほうが、意味があると思う」

夏原祐子が目の端で笑い、頬杖をついて、背中を丸めるように肩をすくませた。

「そういうふうに恰好つけるのも、決まっていますけどね。基本的に二枚目志向の人って、わたし、嫌いではないです」

わかるようで、よく考えるとなんだかよくわからない言い方だが、夏原祐子の目つきからして否定的な意味ではないらしい。それにしてもたった今まで『友情』について懐疑的な考察をしていたというのに、この子はいったいどこで、いつ機嫌を入れ替えたのか。

「君が協力してくれれば事件は解決したようなもんだ」と、ビールを口に運んでから、頬杖をついたままコップを玩《もてあそ》んでいる夏原祐子に、一つうなずいて、俺が言った。「由実さんの姉さん……島村香絵さんのことを、君はどれぐらい知ってる」

「どれぐらい？」

「君はあのマンションに泊まったことがある。由実さんからも話は聞いている。私生活の具体的な様子、たとえば香絵さんの交遊関係とか仕事の内容とか個人的に興味をもっていることとか、具体的に知ってることがあったら、教えてもらいたい」

「由実のお姉さんのことを具体的に知って、どうするわけですか」

「それは前にも言った。由実さん個人が被害者になる要因はなかったとしても、環境のほうにあった可能性はある。由実さんの家庭環境ということになれば当然姉の香絵さんに、興味が出てくる」

「それって、おかしいですねえ」

俺の顔と俺が手にもったビールのコップとを、含みのある目つきで、のんびりと夏原祐子が見くらべた。

「昨日、柚木さんは言いましたよ。ある人の紹介でお姉さんに事件の調査を依頼されたって。そういう関係なら今言ったようなことは、直接本人から聞けるでしょう。本人に直接訊けない理由、なにかあるんですか」

昨日初めて会ったときも感じたし、それからも何度か認識させられたが、本当にこの子は、見かけよりも頭のいい子なのだ。

「由実さんに生命保険がかけられていたことは、君、知っていたか」

眉がひっそりと動いたが夏原祐子は口を開かず、目だけで、俺に先をうながした。

「たった二人の姉妹だから保険をかけ合っていたことに、不思議はない。ただ五千万というのは、どんなもんかな。保険のかけ金だけでも馬鹿にならないはずだし、当然二人ぶんのかけ金は香絵さんが出していたことになる。そのこと、由実さんは君に話したことがあるか」

「五千万……ですか」と、それが癖なのか、また丸い目を大きく天井に巡らせて、夏原祐子がひゅーっと口笛を鳴らした。「由実の値段として、高いのかな、安いのかな。でも今わたしに五千万もくれると言われたら、困りますよねえ」

「保険のことは知らなかった？」

「生命保険のことは、言ってたような気はする。でも金額のことまでは聞いていなかった。由実自身、そこまでは知らなかったと思う」

「香絵さんは俺に調査を依頼したとき、保険のことを言わなかった。言う必要がなかったといえば、それまでかもしれないが」

「柚木さん、もしかして……」

「可能性の問題を言っただけだ。人間によって金の価値は様々だが、五千万という金額は、半端じゃない」

「柚木さんの仕事って、そこまで考えなくてはいけないんですか」

「そこまで考えなくてはいけない仕事に協力はできないか。俺が言ったのはあくまでも、可能性の問題さ。もし相手が香絵さんでなくても理屈は同じことだ」

「相手がわたしでも同じことですか。ボーイフレンドを由実に取られて、わたしが由実を恨んでいる可能性があるとしたら、柚木さんはわたしのこと、疑うんですか」

「君のことは疑わない。人を見る目には自信がある」

「そんなのはおかしいです。論理的に、破綻《はたん》しています」

「大きなお世話だ。こういうことは破綻したっていいんだ。相手によっては俺だって破綻する。恰好よくばかりは決められない。それとも君は無理にでも、疑ってもらいたいのか」

「柚木さん……」

「なんだよ」

「ビール、飲みすぎじゃないですか」

「俺は、なんていうか、つまり、今回の事件を冷静に……」

「それで由実のお姉さん、他にどういうところが怪しいんですか」

「たとえば警察にしたって……君、今、俺をからかったのか」

「とんでもないです。わたしだって人を見る目はあります。ただわたしは柚木さんがわたしのことをどう思っているのか、誘導尋問しただけです」

俺としてもここで一言決めてやるべきだったが、残念ながら出てきたのは言葉ではなく、背中の冷や汗だけだった。

「警察は保険のことで、由実のお姉さんを疑っているわけですか」

「そういうわけでは、ない」と、頬杖の上で生意気そうに上を向いている夏原祐子の鼻の頭を、無駄は承知で、俺は思いきり睨みつけてやった。「警察は誰も疑っていない。ただ香絵さんが俺に言ったように、交通事故で処理しようとしているわけでもない。やり方がかったるいとしても捜査は継続中だ。この段階で彼女が俺のところへ事件を持ち込む必然が、常識的に考えて、あるのかどうか」

「上村さんのことはどうなんでしょうね」

「上村英樹の、なに？」

「由実のお姉さん、上村さんのことが許せなくて、結婚を邪魔したいと思っていたのかもしれません」

夏原祐子の顔を睨みつける仕事を、つい忘れて、俺が言った。

「そのことは俺も考えた。上村をもう一度事件の中に引っぱり出して、それで騒ぎが大きくなれば上村には都合が悪い。ただ、それだけでなんの根拠もない事件を、殺人事件だと騒ぎ立てるかどうか。どっちにしても俺には香絵さんという人が、よくわからない」

「それ、個人的な興味も含まれてます？」

「どういう意味だ」

「だって由実のお姉さん、あんなに奇麗じゃないですか」

「そういうことは、とりあえず、関係ない。今問題にしているのは香絵さんの私生活だ。とにかくあれだけの美人だ。由実さんの母親がわりをつとめる必要があったとしても、少し限度を超えている気がする。彼女があそこまで自分を犠牲《ぎせい》にする必要が、どこにあるのか。香絵さんと由実さんは本当に仲がいいだけの姉妹だったのか……捜査への協力は、そのへんから始めてくれないか」

夏原祐子がコップに残っていたビールを力を入れて飲み干し、自分自身を納得させるように、こっくんとうなずいた。

「由実のお姉さんのこと、変わった人だとしか思わなかったけど、見方を変えることにします。お酒を飲むとわたし、頭がものすごく論理的になるんです、知ってました？」

そんなこと知るわけはないが、夏原祐子に言われるとなんとなく知っている気になって、ごく自然に、俺はうなずいた。

「とりあえず二人の両親のことから始めようか」と、目に妙な気合いが入りはじめた夏原祐子に、ビールをあおってから、俺が言った。「母親は以前に死んでいるらしいが、問題があったようなことを、聞いているか」

「お母さんが亡くなったのは由実が中学生になって、すぐだったらしいです」と、もう頭の中で整理されているらしい言葉を、ひょいとテーブルに置くように、夏原祐子が答えた。「ずっと肝臓《かんぞう》が悪くて、二年ぐらい入院していて、由実が中学生になったのと同時に亡くなったそうです。それからはいろいろあったみたいだけど、でも由実、どこの家でも母親が死ねば大変に決まってるって、そんなふうに割り切っていた。わたしと知り合ったのは大学へ入ってからだから、時間もたっていたしね」

「父親が死んだときのことは、どうだ。香絵さんも由実さんも学生だったから、困ったんじゃないのか」

「そのことも由実はあまり喋らなかった。お父さん、千葉へ釣りに行って岩場から足を滑らせたらしいの。もしかしたら自殺だったかもしれないって、そんなようなことは言ったことがあった」

「自殺かもしれないと思った理由も、聞いたか」

「由実のお父さん、自分で小さい電気工事会社をやっていたの。仕事がうまくいかなくて借金があったらしい。由実はそのとき高校二年生だったそうです」

「由実さんが勝手に自殺と思い込んでいただけ、ということも、あるかもしれないな」

「どっちにしてももうわからないって。事故でも自殺でも、もう済んだことだって、そんなふうにも言ってた」

「父親が死んだあとの始末は香絵さんが一人でやったわけだ。香絵さんは俺に、父親の保険金が入ったと言ったが、実際のところ金の問題はどうなのかな。香絵さんの勤めだけで由実さんの学費や二人の生活を賄うことが、できたと思うか」

「由実はお金のこと、あまり気にしない子だった。お父さんが亡くなったときにお姉さんが言ったそうです。マンションもあるしお父さんの保険金もある、だから由実がお金のことを心配する必要は、なにもないって」

「毎月の小遣いを、由実さんは、どうしていた」

「お姉さんからもらっていた。アルバイトもしたけど、それは洋服を買ったり旅行へ行ったりの、資金稼ぎ」

「父親が死んだときのあと始末や生活の問題を、香絵さんは両角啓一という男に相談していたらしい。その男の名前、由実さんからも聞いたことがあるかな」

口を尖らせて額に皺をつくり、夏原祐子が二、三度、不審そうに瞬《まばた》きをした。

「そいつは香絵さんが高校のときに通っていた塾の教師だった男だ。上村英樹の話では由実さんもそいつのことを知っていたはずだという」

「由実から聞いたことはないと思うけど」と、尖らせていた口を頬杖の手で塞ぎ、夏原祐子がゆっくりと首をひねった。「わたしね、あのお姉さんのこと、たいして知ってるわけではないの。友達の家へ遊びに行ってそこのお母さんが気まずいこと、あるでしょう。由実のお姉さん、そういう感じの人。だから由実のほうがよくわたしの部屋へ泊まりに来ていた。わたしがお姉さんの友達で知っているのは、早川さんという人だけ」

「早川功……君、知ってるのか」

「知ってますよ。上村さんと由実とわたしと早川さん、四人で箱根《はこね》へドライブしたことがあるもの」

早川功と上村英樹は、早川が上村のアリバイを偽証《ぎしょう》したほどの仲だから、二人が親しいのは当然といえば当然。そして島村由実は上村の婚約者であり、夏原祐子が由実の親友となれば祐子と早川が知り合いであっても、それもまた当然だ。しかし上村は早川と香絵の関係をなぜ昨日、俺に言わなかったのか。だいいち上村のアリバイ証人が早川であることは香絵だって知っていたはずだ。香絵もそのことをやはり、俺には言わなかった。

「早川功はつまり、香絵さんや上村と同じ大学だったと、そういうことか」

「それはちがうみたい。早川さんは由実のお姉さんと高校が一緒だったの。由実の話では早川さん、高校のときからずっとあのお姉さんにアタックしてたみたい。それでも友達以上の関係にはならなくて、別の大学にいってからもやっぱり友達としてつき合っていて、それで上村さんとも知り合ったらしいの」

「上村と由実さんがつき合いはじめてからの早川功は、どういう立場になっていたんだ」

「そこまでは知らない。でも上村さんと早川さん、気が合っていたみたいですよ。由実たちがドライブにわたしと早川さんを誘ったの、あれ、ぜったいそういうつもりだったと思うな」

夏原祐子の屈託ない視線を外してコップのビールを飲み干し、そして視線を外したまま、俺が訊いた。

「四人でドライブに行ったあと、君と早川は、つまり、どういうことになったんだ」

「どういうことって？」

「由実さんと上村はそのつもりで君と早川を会わせたんだろう」

「二人がそのつもりでも、わたしには関係ありませんよ。柚木さん、もしかして、気にしてるんですか」

「そういうわけではない。関係があまり複雑になると、ちょっと、整理がつきにくいと思っただけだ」

俺の背中にまた冷や汗が噴き出しかけたとき、まったくうまい具合に、仲居が夏原祐子の注文したイクラ丼を運んできた。顔は失礼なほどの鬼瓦だがこの仲居は死んだあと、天国へ行ける。

仲居がいなくなったあと、自分の前に据えられたイクラ丼をじっと睨みつけて、夏原祐子が肩で大きく溜息をついた。

「柚木さん、知ってました?」

「なにを?」

「わたしが一番好きな食べ物、イクラご飯です。二番めが柳川鍋で、三番めが油揚げです」

俺にだかイクラにだかていねいに頭を下げ、箸を取り上げて、限りなく満足そうに夏原祐子が食事にとりかかった。下高井戸でラザニアを食べたときもそうだったが、本当にこの子は、うまそうにものを食う。

「君、出身、どこだったっけ」

「松江です、島根の。言ってなかったと思いますよ」

「夏休みでも故郷《くに》へ帰らないのか」

「帰ります。でも、お盆になってからです。卒業の年ってけっこう忙しいんです」

「ハワイへも行くんだろうし、な」

「あれは、やめです」

「どうして」

「由実と二人で行こうと思っていたのに、由実がいなくちゃ、行ってもつまらないです」

「君のあの水着姿、日本の男にだけ見せたら国際問題になるだろう」

手を止め、しばらく口を動かしてから、すこし横向きに角度をつけて夏原祐子が俺の顔を睨みつけた。

「そういうことばかり言ってると、柚木さん、いつかは奥さんに逃げられると思います」

「そこが俺としてもむずかしいところだ」

「本当はね、この水着、どこかに行くために買ったんではないんです」

俺の感慨を無視して、箸の先につまんだイクラ粒に話しかけるような口調で、夏原祐子が言った。

「今年の夏がこういう夏であったことの思い出に……由実が死ぬ前に二人でデパートへ行って、今年は二人ともこういう水着で決めてやろうと相談していて、それで、ハワイへもどこへも行かなくても、やっぱり今年はこういう水着を買おうって、そう思って買ってきたんです」

俺がここもまた謝るべきかと考えはじめたとき、夏原祐子がふと顔を上げ、イクラ粒を元気よく口に放り込んだ。

「それにね、今年の夏、へんな天気がつづいているでしょう。だからわたしが水着を買って、ぜったい海に行くんだと決めてやれば、天気もちゃんと頑張ってくれると思うんです」

夏原祐子にそう決められれば、もちろん天気だって頑張るしかないだろうが、しかし夏が本当に夏らしくなってしまったら冗談ではなく、祐子があのものすごい水着とやらを着ることになる。大きなお世話だとは思いながらそれを考えると、俺もいくらか、憮然とした気持ちになってくる。

幸せそうな顔で箸を動かす夏原祐子の顔を目の端に入れながら、俺は自分でビールを注ぎ、黙って、ゆっくりと飲み干した。祐子のものすごい水着はともかく、それにしても島村香絵はなぜ自分と早川の関係を隠していたのか。なぜ由実にかけていた生命保険のことを言わなかったのか。そしていったい、なぜ、俺に事件の調査なんかを依頼してきたのか。

＊

こんな季節に部屋の中で洗濯ものを乾かすには、エアコンを除湿にセットすればいい。これは一人暮らしが考え出した自棄《やけ》っぱちのアイデアで、この三年間梅雨《つゆ》どきはずっとこの手を使っている。出かける前に洗濯をしておけば帰ってきたときに、みんなぱりぱりに乾いている。

夏原祐子とは九時すぎにどじょう屋を出て、そのまま渋谷の駅で別れてきた。俺自身そのことに心が残らないわけではなかったが、祐子に関しては常識が素直に反応してしまう。学生時代に戻れるわけではないがたまには、こういうことがあってもいい。石神井に戻って島村香絵に会う気にもならず、及川照夫のアパートを捜して張り込む気にもならず、けっきょくは荒木《あらき》町《ちょう》の飲み屋にひっかかって、へんに感傷的な気分で十二時すぎまで飲んでしまった。本当にたまにはこういう気分のこういう日が、あってもいい。

俺が酔っ払って自分の部屋にたどり着き、シャワーを先にするか洗濯物の始末を先にするかと考えていたとき、ドアの外に足音がして、そいつがチャイムを鳴らしてきた。冴子は大阪から帰っている亭主と一緒のはずだし、まして知子や加奈子がこんな時間にやって来るはずはない。一瞬俺の頭に夏原祐子の顔が浮かんだが、人生というのは、もちろん、そんなに甘いものではない。

ドアの外に立っていたのは練馬西署の鮎場と、もう一人坂田とかいう、あの五十すぎの貧相な顔をした刑事だった。

「警察なんかやめたほうが、人生は楽しく生きられますかねえ」と、たっぷり汗を浮かべた顔をにやっと歪《ゆが》めて、鮎場が言った。「もう二時間も下で待っていたんですよ」

「気持ちのいい女の子とデートして、気持ちよく帰ってきたのにな。そういえば麻雀ではいつも、最後に満貫をふり込む」

二人の刑事が面白くもなさそうに笑ったが、俺にしたって酔った頭で無理やり冗談を言いたいわけではない。こんな時間に刑事が二人もやって来ることが尋常な事態でないことぐらい、警官くずれでなくても理解できる。

俺はとにかく二人を中に入れ、長いほうのソファに座らせて、自分では立ったまま一つ大きく欠伸《あくび》をしてやった。

「これからまだどこかへ回るのか」と、部屋の中を見渡しながら、ハンカチで顔の汗を拭いている鮎場に、俺が訊いた。

「いいえ。柚木さんに話を聞けば、今夜は二人ともあがりです」

「それじゃビールぐらいは飲めるな。ゆっくりしていけとは言わないが、追い返せるような話でもなさそうだ」

　俺はそのまま台所へ行って冷蔵庫からビールのロング缶を二本抜き、グラスと一緒にソファのところまで運んできた。

　三つのグラスにビールを注ぎ、二人にすすめてから、自分のグラスを取って俺が言った。

「まさか島村由実殺しで、姉の香絵をひっぱったという話じゃあるまい」

「そっちのほう、柚木さん、そういうめぼしを付けてるんですか」

「訊いてみただけさ。それ以外におたくらがこんな時間に善良な市民を襲う理由が、思いつかない」

「どこでどういうふうにからんでるんだか……」と、ビールを飲み干し、自分で勝手に注ぎ足してから、鮎場が言った。「これって、ただの偶然なんですかねえ」

「これって、なんのこれだ」

「いえね、それなんですわ」と、ビールにぴちゃっと舌を鳴らしてから、坂田が遠慮もなく、俺のほうへ肩をのり出させた。「柚木さん、及川照夫って男、ご存じですかな。恵明大学の学生だそうですわ」

　鮎場と坂田がどんな話を持ってきたのか、見当もつかなかったが、とりあえず俺は、うなずくだけはうなずいた。

「その及川ってのが今日の夕方、死体で発見されたんですわ。昼間柚木さんが警察《かいしゃ》にみえられて、二、三時間もせんうちのことです」

及川照夫が、今日の夕方、死体で……それまで快適に躰《からだ》の中を巡っていたアルコールが瞬間に温度を上げ、次の瞬間には急激に温度を下げて、極度に緊張した神経を俺の頭の中に、ぽいと投げてよこした。

「発見された状況を、詳しく聞かせてもらえますか」

「遺体が発見されたのは石神井川の川の中で……その前に、柚木さんと及川のつながりを、話してもらえませんかなあ。だいたいの見当はつきますが」

「死んだ及川が俺の名刺を持っていたと、そういうことですか」

「そういうことですわ。それに及川は恵明大学の学生で、一ヵ月前に死んだ島村由実と同じ大学です。柚木さんは一ヵ月前の轢《ひ》き逃げ事件を調べておられた。たしか、そうだったですなあ」

俺が島村由実の事件を調べていることは、秘密でもなんでもない。その件で及川照夫に会ったことも、隠さなくてはならない理由はない。

「及川というのは一ヵ月前に死んだ島村由実の、ボーイフレンドだった男です」と、煙草に火をつけ、煙の中に坂田の顔を透かして、俺が言った。「ボーイフレンドといっても大学が同じで、二、三度デートをしただけという関係だったようです。おっしゃるように俺も昨日初めて会って、島村由実のことでいくらかつついてみました」

「つついてみて、なにか出てきましたんですか」

「真面目なんだかとぼけてるんだか、訳のわからん男だった。俺としてもまさかこういうことになるとは、思わなかった」

坂田がまたぴちゃっとビールをなめ、軽く息を吐きながら、猫背の背中をゆっくりとソファの背もたれに引いていった。

「それで発見の状況は、どんな具合なんだ」と、鮎場のほうに、俺が訊いた。

「発見時間は今日の夕方、六時ごろです」と、目で坂田に了解を求めてから、鮎場が答えた。

「近くの団地に住んでいる小学生が石神井川に落ちたサッカーボールを追いかけていって、橋脚にひっかかっている及川の死体を発見したということです。鑑識の所見では、死因は右胸を刃物で刺されたことによる失血死。水は飲んでおらず、全身数箇所に見られる打撲痕《だぼくこん》や擦過傷《さっかしょう》に生活反応がないことから、被害者は別の場所で殺されて現場に遺棄されたと、そういうことのようです」

「死亡推定時間は？」

「解剖結果は出ていないんですがね。硬直の進行度からすると、だいたい前日の夜中あたりでしょう」

「被害者の服装は、どんなものだった」

「ふつうのジーンズに黒いポロシャツです」

俺が会ったときもたしか及川は、その恰好だった。つまり及川が殺されたのはまだ日が変わらないうちで、俺が昨日の夜中にアパートへ電話を入れたころには、もう及川は殺されていたということか。及川照夫の青春は自分で思っていたより、こんなにも短かったのだ。

「現場の検視には君も出向いたのか」

「所轄《しょかつ》からはわたしと坂田さんが」

「防御瘡《ぼうぎょそう》は、どうだった。及川が抵抗した形跡は？」

「防御瘡はありませんでした。油断しているところを不意にやられたんでしょう。凶器はまだ発見されていませんが、柳刃のような細身で鋭い刃物だと思います」

「犯人につながる手がかりでも、残っていたか」

「それがどうも、今わかっているのはこれが殺人《ころし》だということだけで……明日の朝から川ざらいをしてはみますが、期待はできないでしょう。今度の事件に関しては柚木さんから手がかりをもらったほうが、早いと思いましてね」

「俺もまさか、及川が殺されるとは思っていなかったが……」

新しい缶ビールのプルトップを抜いて、二人のグラスに注いでやってから、俺が言った。

「一ヵ月前の事件とは関係なく、及川が喧嘩ででも殺されたのなら俺とは関係ない。ただそう考えるには、ちょっとばかり、タイミングがよすぎる」

「島村由実事件との関連で、と、うちとしてもそう考えるより、ないわけですよ」

鮎場でなくともそう考えるのは当たり前で、二つの事件がまったく別の要因から、まったく別に独立して起こったと考えるのは、あまりにも無理がある。及川照夫の死で島村由実事件の手がかりが消えてしまった事実は否定できないとしても、逆に言えば、島村由実事件が故意の殺人であったことを、結果的に証明したことにもなるのだ。

「今度の事件でおたくの所轄に、特別捜査本部ができそうか」

「どんなもんですか……二、三日様子を見てというところでしょう。うちの課長、本庁さんの出張《でばり》を仰ぐのが好きじゃない人ですからね。一ヵ月前の事件とからみがあるとすれば、なおさらでしょう」

「島村由実事件での香絵のアリバイ、あれは、どうした」

「すぐに調べてみました。交通課の話では香絵の居所を割り出すのに時間がかかって、連絡がとれたのは事件発生から二時間後だったそうです。ただその警官が電話を入れたとき、香絵は間違いなく旅館にいたとのことです」

「香絵の会社の同僚から、あとで裏を取っておくんだな」

「必要なら、まあ、やりますけど」

「及川照夫のことは俺にもまだわからない。昨日は俺もすこし高を括《くく》っていたところがある。結果的には及川になめられたんだろうが、そのせいでやつも寿命を縮めたわけだ。やつはたぶん、うまく立ち回ればまた小遣いが稼げるとでも思ったんだろう」

「また、ですか？」

「及川は二ヵ月半ほど前に、ちょっとした接触事故で相手から十万円の金をせしめている。そのときの状況が気に食わなくて、俺もやつからもう一度話を聞きたいと思っていた」

「その気に食わない状況っての、面白そうですなあ」と、煙草を吹かしはじめていた坂田が目を細めて、しゅっと鼻水をすすった。「どこがどういうふうに、気に食わないんです？」

「まずその接触事故は警察を入れずに、当事者同士の示談にしている。及川のクルマを知っている人間の話ではとても、十万の価値があるクルマではないらしい。それを承知で相手は金を払った。そして一番の問題は事故のとき、及川は島村由実と一緒だったということです」

「しかし、柚木さん……」と、ソファの上で尻をずらして、脚を組みながら、鮎場が言った。

「及川と島村由実は大学での友達なわけですから、そのとき一緒のクルマに乗っていたとしても、不思議ではないでしょう」

「不思議ではないが、島村由実はどういうわけか、自分がその現場に居合わせた事実を隠そうとしていた。少なくとも触れてもらいたくはないという雰囲気では、あったらしい」

「事実そうだったとしても、そのことと島村由実の事件とは、どういうふうに結びつくんです？」

「俺だってどういうふうに結びつくのか、それが知りたかったのさ。無関係だったかもしれないし、あるいは直接、島村由実殺しの犯人につながる手がかりになったかもしれない」

「なあ鮎場くん……」と、灰皿の中でていねいに煙草の火をつぶしながら、またしゅっと、坂田が鼻水をすすった。「俺はやっぱり、柚木さんの話は面白いと思うなあ。柚木さんがおっしゃるのは、もしその接触事故と島村由実の事件とが無関係だったら、犯人はわざわざ及川なんかを殺す必要はなかった。それで及川が島村由実事件にどこかで関係してるとしたら、その接触事故以外には考えられないと、柚木さんはそこまで調べておられる」

鮎場が小さく鼻を鳴らしてビールを飲み干し、脚を組みかえながら、面倒臭そうに俺の顔をうかがった。

「つまり警察も柚木さんも、犯人《ほし》に先を越されたってわけですよねえ」

「考え方の問題さ。犯人がなにを焦ったのかは知らないが、これで警察としても島村由実殺しに本腰を入れる。昔から言う藪蛇《やぶへび》ってやつだが、犯人にしても蛇が出ることは承知で藪をつつかなくてはならなかった。この時点でもう、俺たちよりも相手のほうが苦しくなっている」

「その考え方の問題で、ついでに犯人の名前、教えてもらえませんかねえ」

もうとっくに二本めのビールが空になっていることは知っていたが、三本めを出してまで二人に飲ませてやる義理はない。俺が現役のときだって聞き込み先でここまでの接待は、受けなかった。

「及川がこういうことになっても、とりあえず、打つ手はある」と、立ち上がって仕事机の前に歩いてから、視線を巡らせてきた二人の刑事に、俺が言った。「及川のクルマがどこにあるのか知らないが、まだ処分はしていないはずだ。五月の接触事故以来バンパーの修理もしていないだろう。だとすれば及川のクルマのバンパーに相手方のクルマの塗料が残っている可能性がある。塗料が残っていれば相手のクルマを割り出すのはかんたんだ。そのクルマの持ち主を割り出したあと、どういうふうに持っていくか、それは君たちの腕次第だ」

坂田がほうほうというようにうなずき、立ち上がって、自分の開襟シャツで掌《てのひら》をこすりながら、俺のほうにひょいと腰を屈《かが》めた。

「時間も時間ですし、ここへは寄らずに引き揚げようと思ったんですが、まあ、お帰りを待っていた甲斐があったようですわ」

「警察への協力は市民の義務ですよ」

「当分はその、なんですわ、義務だけにしておいてもらいたいですなあ。週刊誌に書かれるのは事件の片がついてからと、そういうことに願いましょう」

鮎場も立ち上がり、坂田と顔を見合わせてから、俺に会釈《えしゃく》をしてドアのほうへ歩きはじめた。二人のあとについていって、ドアの前で、俺が鮎場に声をかけた。

「六月二十一日の夜、上村英樹と一緒にいた友田美紗とかいう女、当たってみたか」

「課の若いやつを行かせてますよ。こっちは夕方からずっと及川照夫にかかりきりでした。どっちみち上村と早川には明日、朝から冷や汗をかいてもらいます」

「冷や汗をかいてもらうには、天気もちょうどいいしな」

「なんですか?」

「こっちの話だ。天気も明日からは夏らしく頑張る事情があるんだ。天気も君も、お互いにご苦労なことさ」

怪訝《けげん》そうな顔の鮎場をとにかく外へ追い出し、二人に手をふって、俺はドアを閉めた。一時避難していたウイスキーの酔いが戻ってきて、ドアの内側に立ったまま、一つ俺は深呼吸をした。及川照夫が殺され、警察がそれを島村由実の事件と関連させて捜査を始めるとすれば、俺に対する香絵の依頼そのものが無意味になる。俺のほうは事件から手を引いてもいいとして、問題は夏原祐子だ。由実を殺した犯人が及川照夫まで殺したとなれば、そいつの焦りは、いやでも想像がつく。自分の周りをうろつく危険の芽は無理を承知でも摘み取ろうとするだろう。そして犯人は俺や夏原祐子が考えていたよりも、ずっと俺たちの近くにいる。あの夏原祐子のことだ。『ぜったい犯人を見つけてみせる』と宣言した以上、どんな無茶をするか、知れたものではない。うっかり事件に巻き込んでしまったが、ここから先は俺としても精一杯、大人の分別を働かせなくてはならない。大人の分別として、夏原祐子だけは、なんとしても危険から遠ざける。

7

世の中にはその存在が人類全体にとって特別に意味のある人間というものが、たまにはいるものだ。ベッドの中で茫然《ぼうぜん》と目をつぶっているだけでも、俺はその真理に確信がもてる。七月になってから観光業者も農民も死ぬ思いで天気の回復を願っていただろうに、天気のほうはそいつらの願いなんか、完璧に無視してきた。それが一日たった今日の天気は、どうだ。朝の十時だというのに光と気温が向きになって俺をベッドから追い立てようとしている。夏原祐子が水着を買っただけでここまで夏が蘇生するなら、観光業者と農民はもっと早く彼女にハワイの島でもプレゼントしておくべきだったのだ。

もっとも俺のほうは躰《からだ》じゅう汗まみれなのを承知で、このままどこまでも夏原祐子の神通力に抵抗をつづけようと、必死の思いでベッドにしがみついていた。俺の人生観は完全に朝を拒否するようになっていたし、なんといっても昨夜《ゆうべ》は事件の顚末《てんまつ》を考えながら四時までウイスキーを飲みつづけていたのだ。

夏が急に夏らしくなったことは俺の責任ではないが、電話機の操作のほうはやはり、俺の責任だ。わかっていればちゃんと呼び出し音をオフにし、機能を『留守』にセットしておいたのに。寝ているところを電話で起こされる度にいつも反省をし、そしていつも忘れてしまう。歳のせいだとは思いたくないが、どうもいまひとつ、この留守番電話というやつとは相性が悪いらしい。

いつからコールがつづいているのか、ほとんど意識はなかったが、それでも俺は這《は》うようにベッドを抜け出し、はるか彼方の電話機のところまで、実際に這って進んでいった。

「柚木さん、ぜったい家にいると思いました。こういうことの勘、ものすごく当たるんです」

夏原祐子の声を聞くことはたとえ地獄に落ちていく途中でも、俺を平和にしてくれる。しかし自分の息が酒臭いことにうんざりしている現実のこの人生は、間違いなく地獄より始末が悪い。

「俺がぜったい家にいることは、君よりも俺のほうがよく知ってる」

「寝起きみたいな声ですね。わたしは今日は、早起きをしました」

「そいつは、よかった」

「柚木さん、起きていたでしょう?」

「俺が起きてるって、どうしてわかるんだ」

「最初の日に言ったじゃないですか、歳をとると目がさめるのが早いって」

俺は本心から、このまま受話器を叩きつけてやろうかと思ったが、あいにく電話機の本体は腕をのばしても届かない、机のずっと上に納まっている。

「よくは覚えてないが、昨夜君に、モーニングコールを頼んだか」

「寝ぼけたこと言わないでください。今朝の新聞、読んだでしょう」

「天気のいい日は新聞を読まないことにしている」

「柚木さん、まだ、寝ていたんですか」

「こういう天気のいい日は夕方まで眠って、それから気象庁《きしょうちょう》に電話して今日の天気は君の仕事だと教えてやって、それから農水省《のうすいしょう》にも電話して、もし今年の米の取れ高が平年並みだったら君に国民栄誉賞を贈るように掛け合って、それからシャワーを浴びてビールを飲んで、それから……」

「なんだか、酔っ払ってるみたいですね」

「酔っ払ってはいない。酔っ払った人間はこれほど、頭脳明晰には喋《しゃべ》らない」

「どうでもいいですから、早く新聞を読んでください。酔っ払って寝ぼけてる暇はないんです。及川くんが、大変なことになっています」

「及川くんが石神井川の中で死んでいたか」

電話の中で一瞬喉《のど》が詰まる音が聞こえ、それから夏原祐子が鼻から息を吐く、低くて尊大な音が聞こえてきた。

「そのこと、知っていたんですか」

「昨夜刑事が来て教えてくれた」

「どうして、昨夜なんですか」

「昨夜では悪いか」

「昨夜って、何時ごろの昨夜ですか」

「あれから一人で飲み屋へ寄って、十二時すぎに帰ってきて、そうしたら、刑事が来た」

「それなら柚木さん、昨夜からちゃんと、及川くんのことは知ってたわけじゃないですか」

「最初からそう言ってる」

「そんなのって、ありですか？　わたしだって二時ぐらいまで起きていました」

「若い女の子が夜更かしするのは、よくない」

「大きなお世話です。昨夜から及川くんのことを知っていて、どうして報《しら》せてくれなかったんですか。今度のことでは協力し合うって、約束したじゃないですか」

「そんな約束、したか？」

「しましたよ。正式にはしなかったかもしれないけど、したのと同じことです。柚木さんだってそう思ったでしょう。わたしだってそう思いました。それなのに電話をくれないなんて、わたしを裏切るんですか」

「そんな、大袈裟《おおげさ》な問題では、ない」

「大袈裟な問題ですよ。信頼関係の問題ですよ。わたし、柚木さんを信用すると言ったでしょう。柚木さんはわたしのこと、信用できないんですか」

「あの、なあ？　そういう問題では、ないんだ」

「そういう問題です。十二時でも何時でも、わたしのことを信用していれば報せるべきです」

「君、昨夜、悪い夢でも見たのか」

「悪い夢なんか見ません。悪い夢もいい夢も、わたしは夢を見ません。生まれてから一度も、夢なんか見たことはありません」

なにを怒ってるのか知らないが、寝不足の二日酔いの頭で議論するにはちょっとばかり、問題が複雑すぎる。だいいち俺は、昨夜一晩考えて、今度の事件から夏原祐子を降ろすことに決めていたのだ。

切れたりつながったりする意識の中で自分の声を遠くに聞きながら、俺が言った。

「君は疲れている。細い躰で日本じゅうの夏を相手にして、君は倒れるほど疲れている。走りつづけるだけが人生じゃない。休むことを覚えるのも、大人になる第一歩だ」

「なんのことですか」

「だから、その、及川くんのことは忘れて、君は学生らしい夏休みをおくるべきだと、そういうことだ」

「言ってる意味がわかりません。本当に、酔っ払ってるんですか」

「酔ってはいない、そう言ったろう。真面目に考えて真面目に言ってる。冷静に考えたら、由実さんや及川くんのことは、君とは関係のないことだとわかった」

「冗談を言わないでください。由実はわたしの親友でした。及川くんだってクラスメートです」

「生きてるうちは、な。だけど死んでしまったら、殺人事件の被害者という抽象的な言葉でしかなくなる。だから君が由実さんの親友だったことと、君が事件の捜査に首をつっ込むこととは、まるで関係はない。殺人事件というのは女子大生が遊び半分で興味をもつこととは、次元がちがうんだ」

「なにか、あったんですか」

「なにもないさ。三十八歳としての常識が俺を冷静にしただけだ。由実さんのことも及川くんのことも忘れて、君は、『テレクラにおける中年サラリーマンの希望と挫折』でも研究していればいい」

夏原祐子が電話の中で間歇的に息を吐き、それから突然、妙に静かな声で、断定的に言った。

「わかりました。柚木さんは大人だから、わたしとなんか話はできないんですね。それならそうと、最初から言えばいいんです。柚木さんがわたしを信用していないこと、よーくわかりました。もう迷惑はかけません。わたしはわたしで、勝手にやります」

がちゃんと受話器を置いたかどうか、そこまではわからなかったが、夏原祐子の声が聞こえたのはそれが最後だった。気がついたときには回線の切れた無機質な音が、顎《あご》に挟まった受話器の中で果てしなく鳴りつづけていた。

俺は最後の力をふり絞って受話器をフックに戻し、そしてそのまま、ばたりと床の上にひっくり返った。自分がベッドにまで戻れるとは、最初から、考えてもいなかった。だいいちこの暑さではベッドなんかよりも床のほうが、限りなく気持ちいい。

寝ていようが死んでいようが誰かが電話をかけてくれれば、コールは鳴る。そのコール音はこっちが受話器を取るか相手が諦めるかしないかぎり、どこまでも鳴りやまない。

床の上にひっくり返っていた俺を起こしたのは、またもや電話だった。

「パパ、わたしよ。元気にしてた?」

「おまえの声が聞こえるから、生きてはいるんだろうな」

「寝ていたの」

「いや。風邪をひいて、休んでいただけだ。おまえのほうは、どうだ。風邪なんかひいていないか」

「わたしは平気。これから友達とよみうりランドのプールへ行くの。友達のお姉さんが連れていってくれるの」

「そいつは、よかった。お母さんはどうしてる。元気にしてるか」

「ママは元気。今日はテレビ局へ行った。セクハラの討論会に出るんだって」

「なんの、討論会だと?」

「セクハラだよ。ママはそういうテーマ、好きだから」

「ああ……なあ、ちょっと待て。ほんの、ちょっとでいいからな」

俺はそのまま電話口に加奈子を待たせ、エアコンのスイッチを入れてから、仕事机の椅子に腰を下ろした。それから今日初めての煙草《たばこ》に火をつけたが、頭のほうはともかく躰のほうは、どうやらまだ人間をつづけているらしかった。

「ええと、なんだったかな、セクシャルハラスメントが、どうかしたんだっけな」

「ママがね、テレビの討論会に出るんだって。それでその討論会、夜中から朝までやるんだって」

「そんなものを夜も寝ないでやって、面白いのか」

「知らないよ。だけどママ、主婦の立場から家庭におけるセクハラの問題を取り上げるって、そう言ってた」

「それならドメスティックバイオレンスだろう」

「どっちでも同じだよ。男の子ってすぐ暴力ふるったり、スカートめくったりするものね」

「俺はお母さんに一度も、暴力はふるっていない。その逆は何度か、あったけど」

「パパ、ママのスカートをめくったこともないの」

「それは、なんというか、むずかしい問題があって一口には、言えない。お母さんはテレビで、俺にスカートをめくられたなんて言わないよな」

「言わないと思うよ。ママだってそのくらいの常識、あると思うよ」

「そうだといいけどな。それでおまえのほう、どうした。塾のこと、あれからどうなった」

「そうなの。そのことで電話したの。あのことはもういいって、心配しないようにって、それをパパに言おうと思ったの」

　心配しなくていいのは結構だが、それこそセクシャルハラスメントでもあるあのことを十歳の加奈子が、どうやって解決したというのだ。

「おまえ、塾の先生のこと、お母さんに言ったのか」

「先生のことは言わない。そういう常識、わたし、ちゃんとあるよ。ただママには塾へ行きたくないって言っただけ。わたしには向かなかったって、勉強は一人でやるものだと思うって」

「それでママ……いや、お母さんは、なんて言った」

「当たり前だって。勉強は学校ですればいいって。塾なんか行かなくても、ママはちゃんと大学に入れたって」

「ママ……いや、ええと、お母さんはまあ、かなり勉強はできたらしい。俺だって塾なんかへは行かなかった」

「だからね、あのことはもういいの。パパ、本気で心配してたみたいだったから、それで電話したの」

　今度の事件でうっかり忘れていたが、たしかに俺は『加奈子の教育』という社会的命題を抱えている。しかし加奈子の言うことが本当だとすれば塾の問題では責任を回避できそうだし、知子との決戦もとりあえずは不戦敗を決められる。俺も助かったがもっと助かったのはやはり、加奈子の頭をへんに撫《な》でるという、気の弱い塾の教師だろう。

「まあ、心配は、してなかったけどな」と、煙草をつぶして二本めに火をつけてから、俺が言った。「こういう問題はだいたい、うまく解決するもんだ。努力さえすれば人間はどんな問題でも解決できる。核戦争も避けられるし、環境ホルモンの問題も解決できる」

「そんな大袈裟な問題じゃ、ないよ」

「それはまあ、そうだ」

「それでね、パパ、わたしをオーストラリアへ連れていってくれない」

「なんだと？」

「オーストラリアだよ」

「オーストラリアぐらい、わかってる。連れていってくれないかというのは、俺にという意味か？」

「パパに言ってるんだから、パパに決まってるじゃない」

「どうして俺が、おまえを、オーストラリアへ？」

「だってパパ、わたしの父親でしょう。友達はみんな親子で夏休みの旅行へ行くんだよ。今までパパ、わたしを旅行へ連れていってくれたこと、あった？」

「今まではその、仕事が忙しかったから……おまえなあ、この前会ったときパパと呼ぶのを、やめろと言わなかったか」

「パパって呼ばなければ、オーストラリアへ連れていってくれる？」

「それとこれとは問題がちがう。だいいちママ……お母さんが、旅行ぐらい連れていってくれるだろう」

「今年は駄目なの。ママずっと忙しくて、講演会とかずっとあって、お休みがとれないの」

「お祖母《ばあ》ちゃんはどうした。お祖母ちゃん、元気なんだろう」

「わたしがお祖母ちゃんと旅行して、楽しいと思う？」

「しかし……その、なあ？　それはそうだけど、なんで急に、オーストラリアなんだ」

「わたしね、カモノハシが見たいの」

「鴨の足ぐらいオーストラリアでなくても、見られるじゃないか」

「鴨の足じゃないよ。カモノハシ。この前テレビでやってたの、知らない？」

「テレビは、しばらく見てないんだ。それでなんだ、そのカモノハシって。コアラみたいなものか」

「コアラとはぜんぜんちがう。コアラなんか多摩《たま》動物園で見られるよ。カモノハシって顔がアヒルみたいで躰がカワウソで尾っぽがビーバーで、足に水掻きがついてて、それでオーストラリアにしか棲んでいないの」

「顔がアヒルで水掻きがついていて尾っぽがビーバーで、要するにそいつは、なんなんだ？」

「そういう動物だよ。ものすごく可愛いの。カモノハシは卵を産んで、卵から孵《かえ》った赤ちゃんをお乳で育てるの」

「卵から孵った赤ちゃんを、なあ……」

思わず感心しかけて、ふと、俺はそのことに気がついた。哺乳類が卵なんか産むわけはないし、もしそれが鳥類や爬虫類だったとしたら、産まれた子供を母乳でなんか育てない。

「おまえ、今、冗談を言ったわけか」

「そうじゃない。本当にそういう動物がいるんだよ。ものすごく可愛いの」

「顔がアヒルで、躰がなんだっけ？」

「躰はカワウソ」

「それで尾っぽがビーバーで、足には水掻きがついてて……そんな動物が、本当に可愛いのか」

「本当に可愛いよ。パパだって動物、好きでしょう？　パンダだって見に連れていってくれたよね」

「上野《うえの》とオーストラリアでは、わけがちがう。それに今からでは飛行機もホテルも、とれない」

「お盆よりあとなら大丈夫だよ。ママの友達で旅行会社やってる人がいるから、聞いてみようか」

「しかし、その、急に言われても、なあ」

「お金がない？」

「金はなんとかなるとしても、大人にはいろいろ都合があって、その、仕事やなにかが……わかるだろう？」

「わかるけど、パパ、ずっと仕事仕事って言ってたよねえ。最近はママも仕事仕事って、そればっかり。最近わたし、親子のコミュニケーション、ちっともしてないよ」

「俺とはこの前遊園地に行って、コミュニケーションしたじゃないか」

「あんなの、たった半日じゃない。夏休みだしさあ、友達なんかみんな家族で旅行に行くよ。わたしだってパパと旅行に行って、人生とはなにかとか、そういうこと、ちゃんと話し合ったほうがいいと思うんだ。そう思わない？」

「そりゃあ、そうは、思う」

「だからオーストラリアへ行こうよ。カモノハシを見て、コアラとカンガルーを見て、ついでに親子で人生のことを話し合おうよ」

「ついでに、なあ」

「それにオーストラリアへいけば、金髪で若くて奇麗な女の人、たくさんいるよ。パパ、若くて奇麗な女の人、好きでしょう？　ママがそう言ってた」

「おまえ、もしかして、お母さんとぐるになっていないか？」

「そんなことないよ。ママには塾の先生のことだって言わなかったし、今日パパに電話することも言ってないよ。純粋にわたしとパパの問題だもの」

「しかし、その、たとえばな、俺の都合がついたとして、それで飛行機やホテルがとれたとして、お母さんがＯＫすると思うか。それが一番の問題だろうよ」

「人間努力すれば、どんな問題でも解決できるんでしょう？　パパとママは一応夫婦なんだし、それぐらいのこと、解決できると思うよ。パパだってわたしに父親らしいこと、たまにはしてみたいでしょう」

　どうも、なんとなく、加奈子の発言の裏には知子の影が見えないでもないが、たとえそうだったとしてもその状況はもちろん、加奈子の責任ではない。

「ぜんぶのことが、ぜんぶうまくいったら、一応考えてみよう」と、火種をつぶした煙草を灰皿の中に放ってから、椅子の背もたれに躰をあずけて、俺が言った。

「パパは、OKってことだね」

「飛行機とか仕事とか、なにも問題がなければな」

「平気だよ。わたしも頑張《がんば》る。パパも努力してみて」

「俺の人生は努力の連続だった……お母さんは、そうは思っていないだろうがな。とにかくお母さんにはあとで電話するからって、そう言ってくれ」

俺は電話を切り、半分無意識で、また新しい煙草に火をつけた。加奈子の塾の問題が片づいたと思ったら、今度は旅行だという。場所がオーストラリアとなれば短くても四泊五日ぐらいだろうし、へたをすれば一週間ということにもなりかねない。一週間も加奈子と二人だけで、この俺にどんな人生を話し合えというのだ。人生とはなにか、それがわかっていれば俺自身こんな街で、こんな仕事をつづけてはいないだろう。しかしまあ盆がすぎるまでにはまだ、二十日もある。飛行機もホテルもとれないかもしれないし、知子だって海外旅行なんて無茶は認めないかもしれない。塾のことがなんとかなったように、旅行のことも、たぶんなんとかなる。本当はたいして努力なんかしなくても人生ってやつは、だいたいは、なんとかなる。

まだ眩暈《めまい》のする頭とだるい躰を無理やり持ち上げ、だだっ広いワンルームを横切って、俺はふらふらと台所へ歩いていった。そこでパーコレータにコーヒー豆をセットし、バスルームへ行って、熱いシャワーに飛び込んだ。そしてそのとき、突然、俺はそのことを思い出した。加奈子の前に電話をしてきた夏原祐子は最後に、たしか『わたしはわたしで、勝手にやる』と言ったのではなかったか。夏原祐子は、勝手に、なにをやるというのか。『勝手に犯人を捜す』、そういう意味に、決まっているではないか。

俺はすっ裸のままシャワーを飛び出し、電話まで走って、もう暗記している夏原祐子のアパートに電話を入れてみた。四回のコールのあと、一瞬間があり、留守になっていることを告げる、おなじみのとぼけた声のメッセージが聞こえてきた。居留守を使っているのでないとすればさっきの電話も、外からかけてきたのか。

俺は一度電話を切り、もう一度同じ番号にかけ直して本当に留守であることを確かめてから、仕方なく、出しっ放しになっているシャワーへ戻ってきた。夏原祐子は事件から遠ざけておかなくてはならないが、とりあえずさっきは居場所だけでも確認しておくべきだった。こんな朝っぱらから、といっても十時半だが、あの困った魔法使いは、いったいどこをほっつき歩いているのだ。

それから俺は改めてシャワーを浴び直し、台所のコーヒーを持って、また電話のところへ戻っていった。気はすすまなかったが事件の経緯《いきさつ》に関してだけはやはり、吉島冴子に報告する義務がある。

「警視庁に電話するのに、どうして罪の意識を感じるんだろうな」と、コーヒーの匂いにいくらか気分を励まされて、俺が言った。「法務省の会議とやらは、まだ終わらないのか」

「三十日までよ。明日は休みをとって、一日わたしをお芝居と買い物に連れていってくれるらしいわ」

「俺よりは優しいな。いっそのこと亭主と結婚すればいい」

吉島冴子が皮肉っぽく唇を鳴らし、憤然とした息を長く、受話器の中に吐き出した。

「そのほうが草平さんも自由になれる、という意味？」

「ただの冗談さ」

「あなたの冗談には半分以上の本音が入っている」

「からまないでくれないか。二日酔いで、まだ頭に元気が出ていないんだ」

「からんだのはどっちよ。彼と結婚しろなんて、ずいぶんな言い方じゃないの」

「だから、あれは、ただの冗談だ。君の亭主にやきもちを焼いた、そういうことにしておいてくれ」

コーヒーをすすり、顔を背けて溜息《ためいき》をついてから、受話器を持ちかえて、俺が言った。

「今度の事件のことで、君に相談したいことがある」

「面倒な話？」と、声を落として、吉島冴子が訊いた。

「本質的にはかなり面倒だと思う。君の旦那が大阪へ帰るまで待てないから、無理やり電話で片づける」

「二、三十分なら抜け出せるけど」

「危険は冒したくないな。お互いにその程度には大人のはずだし……話というのは、島村香絵のことだ。彼女、今度のことを、君のところへはどういうふうに持ち込んだ」

「最初に伝えたとおりよ。なにか問題が？」

「問題だらけさ。事件の調査を依頼しておきながら、島村香絵は事件の核心を隠している。それに所轄《しょかつ》の練馬西署もあの事件を、ただの交通事故では処理していない」

「事件の核心になる部分、というのは？」

「上村英樹のアリバイを証明した早川功と香絵自身との関係とか、妹の由実に五千万円の保険をかけていたこととか」

「保険が、かかっていたの」

「それも五千万だ。めずらしくはない額かもしれないが、一般的には大金だろう」

「早川功と島村香絵の関係のほうは？」

「早川と香絵は、高校のときの同級生だそうだ。早川が一方的に惚《ほ》れていたらしい」

「つまりは、どういうことなの」

「どういうことなのか、俺にもわからない。香絵は上村のアリバイを崩したかったわけだから、それを証明しているのが早川だということは、知っていたはずだ。知っていて俺には話さなかった。香絵が本当に事件を解決したいのかどうか、怪しく思えて仕方がない」

「草平さん、島村香絵が犯人なら、わざわざ事件をむし返すはずがない、と言わなかった？」

「言ったさ。理屈で考えればそうなる。ただ恐ろしいのは女が、理屈ではものを考えない生き物だということだ」

「わたしが女だということ、知ってるわよね」

「その、今のは、初歩的な一般論だ。一般論を当てはめるには君は、美人すぎる」

どうもいま一息調子が出ないのは躰に残っているウイスキーと、急にやって来た夏のせいか。

俺はコーヒーを飲み干し、煙草に手をのばして、火をつけた。

「だからって島村由実の事件が、ただの交通事故だったわけではない」と、煙を長く天井に吹いてから、俺が言った。「昨日及川照夫という大学生が殺された。こいつは大学が由実と同じで、由実の件についてなにかを知っていたらしい。俺が動きはじめたせいか、あるいは偶然か、そのへんはわからない。ただ昨日の殺しが島村由実事件と関係していることは、間違いないと思う。俺がこのまま調査をつづけて、いやな結果が出た場合……」

「草平さんの言うことは、わかるわ」

「もともとこの事件は島村香絵が持ち込んだものだ。しかし今の状況だと依頼者である香絵本人を、調べなくてはならない。そしてもし結果が悪く出たら、いろんなこととの都合が悪くなる」

「調査料がもらえない？」

「それもあるが、問題は香絵の口から君の名前が表に出る恐れが、あるということだ」

吉島冴子が一瞬息を止めた気配が、受話器を握っている俺の手にいやな汗を滲《にじ》ませた。

皮肉っぽく口を歪《ゆが》めた顔が目に浮かぶような声で、吉島冴子が言った。

「そういう事態って、いつかは、起こるかもしれないわね」

「かんたんに言うじゃないか。それほどかんたんな問題では、ないと思うがな」

「かんたんではないわよ。でもわたしと草平さんのことも、わたしたちがやっていることも、このままつづくとは思わない。それぐらいは覚悟しているわ」

「俺は君みたいに、覚悟をしていなかった」

「女は理屈でものを考えないのよ」

「さっきのは、あれは、冗談だ」

「わたしのほうも冗談よ。でもわたしは、それぐらいの危険は覚悟であなたに仕事を回しているの。覚悟をしているからといって、もちろん破綻《はたん》していいとは思っていないけど」

「俺が言ってるのは今度の仕事、この時点で手を引くこともできるってことだ。安全を考えれば、そういうこともできる」

「今さら安全を考えることに意味はないでしょう？　もし結果が悪いほうに出たら、いずれ香絵はわたしの名前を喋ることになる。そうなったらわたしのほうは、でたらめだと言い張ればいいの。苦しいかもしれないけど、それぐらいは頑張れるわよ」

「君がそこまでハードボイルドだとは、思わなかったな」

「わたしは草平さんほどロマンチストではないの。それに女の勘として、香絵が妹を思う気持ちが嘘だとは、思えないの」

「無茶はしないでやれるところまでやる……そんなところかな」

「彼が大阪へ帰ったらわたしのほうから連絡するわ。そのときにゆっくり話し合いましょう」

「それまでに結論が出ていなければ、そういうことにしてもいい。俺のほうも安全でかつ最善の方法を考えてみる」

それから一言二言、吉島冴子の言葉に相槌《あいづち》を打ち、電話を切って、俺は煙草の吸殻をぽいと灰皿に放り込んだ。安全でかつ最善の方法なんて、あるはずもないが、言葉というのは気休めにだけは便利に使えるものだ。

俺はそのまま台所へ歩き、カップにコーヒーを注ぎ足して、また机に戻って島村香絵のマンションに電話を入れてみた。平日のこんな時間に堅気《かたぎ》の人間が家にいるはずはなく、俺は電話を香絵が勤めているアジア企画とかいう会社にかけ直した。電話に出た若い声の男が、香絵は外出中で一時まで戻らないと言い、伝言をせずに、俺は電話を切った。

＊

夏という季節が好きでなくなったのは、いつごろからだろう。子供のころはもちろん夏が好きで、夏の大部分を占める夏休みというやつが、人生最大の楽しみだった。学生時代は海にも行ったし、女の子と知り合うのも、夏が多かった。それが三十をすぎたころからだろうか、夏がやって来ることに興奮を感じなくなっていた。社会というものが大体こういうものであり、人間というものが大体こういうものであると、頭ではなく躰が理解しはじめたのだろう。いつの間にか躰が汗をかくことを嫌うようになり、強すぎる光が鬱陶《うっとう》しくなり、クーラーの効《き》いた薄暗い飲み屋でウイスキーをなめることに、中途半端な楽しみを感じるようになった。躰が腐っていくに連れて人生もやはり、こうやって腐っていく。それはわかっていて、しかし今日の夏の光は、どこか子供のころに見た光の色に似ている。

昨夜片づけなかった洗濯物の始末をし、着替えをして、俺は十二時半に部屋を出た。


新宿って街は、どうしていつもこう人間が多いのだろう。新宿に限らず渋谷でも銀座《ぎんざ》でも同じことだが、東京のこの類《たぐい》の街は二十四時間、なにがしかの人間が蠢《うごめ》いている。こいつらが皆それぞれに仕事をもち、金を稼いで、有意義かどうかは知らないが皆それぞれに人生を展開させている。一千万の人間が一千万の人生を抱えているのだ。考えてみたら気味が悪いがそれをいえば俺自身の人生が一番、気味悪い。知子や加奈子から解放されて自由といえば自由だが、三十八にもなって社会のどこにも根を下ろしていない現実は、客観的には、風に飛ばされる紙くずみたいなものだ。そういう俺のような紙くずが無自覚に吹き溜まっている場所、それが東京という街なのかもしれない。

俺は丸ノ内線《まるのうちせん》の新宿御苑前駅《ぎょえんまえ》を出たところで薬屋の日陰側に入り、そこの壁に寄りかかって地下鉄の出口と新宿通りの往来を、ぼんやり眺めていた。この駅に着いてすぐ、夏原祐子の部屋と島村香絵の勤め先に電話を入れてみたが、どちらもまだ戻ってはいなかった。島村香絵が勤めているアジア企画は地図では靖国《やすくに》通りぞいの、厚生年金会館のそばにある。タクシーに乗らないとすれば香絵は新宿線の三丁目駅か丸ノ内線の御苑前駅かの、どちらかを使うはずだ。勘が外れた確率としては五分五分だったがとりあえず俺は御苑前駅のほうで待つことにした。

ら会社まで出向けばいいし、ここで捉まえられればそれだけ、手間が省ける。しかしそれにしてもこのくそ暑い中、夏原祐子はどこを飛び回っているのだ。

一時をだいぶすぎ、吸っていた煙草を靴の底で踏みつぶしているとき、地下鉄の狭い階段から島村香絵が新宿通りに姿を現した。三十分でも一時間でも同じ場所に立っていられるというのは商売で身についた、俺の性《さが》というしかない。

島村香絵が新宿通りを反対側に渡りはじめ、俺も薬屋の壁から背中を離して声をかけようとした、そのときだ。妙な違和感が、ふと俺の頭を横切った。顔を見間違うはずはないし、前を歩いている女は間違いなく、島村香絵のはずだ。たしかにそのはずなのだが、しかしどこか、なにかがちがう。香絵はベージュ色のタイトスカートを穿《は》き、長袖の白いブラウスを着て、しっかり前を向いて大股に歩いている。急いでいる歩き方ではないがハイヒールの動きは鮮やかで、今日になって突然襲ってきた真夏の陽射しすら、まるで気にする様子はない。脇に挟んだ茶色の紙封筒を支える腕は華奢《きゃしゃ》ではあるが力強く、歩くたびに揺れる肩までの髪も男に媚びを売る揺れ方はしていない。この女が本当に、あの頼りない表情で俺に事件の調査を依頼した、島村香絵なのだろうか。それとも最初に会った日は俺のほうが疲れていて、香絵のイメージを頭の中に間違って描きつけてしまったのか。

けっきょく俺は島村香絵に声をかけず、胸騒ぎのようなものを抱えたままアジア企画が入っているビルの前まで、うしろをついて歩くことになった。初めて会ったときもずいぶんいい女だとは思ったが、島村香絵は道を歩きながら、それもうしろから声をかけるのに相応《ふさわ》しい女では、決してなかった。

俺は香絵がビルの中に姿を消したあと、その場所に立ったまま煙草を一本吸い、それから六階に入っているアジア企画までエレベータで上がっていった。ビルの大きさからして香絵が『小さい会社』と言ったほどには、小さい会社でもなさそうだった。

六階の全体を占めるオフィスに受付のようなものはなく、だだっ広いフロアには机が並んで壁やつい立てや書類棚のあらゆる場所に、ポスターや広告のようなものが騒然と貼りつけられていた。入り口に近いところに座っている女の子が興味もなさそうに俺のほうを見たが、用件を尋ねてくるわけでもなかった。こういう会社は訳のわからない人間が始終出入りしていて、いちいち断らずに自分の用事を済ませて出ていくのだろう。俺が出入りしている雑誌社にも雰囲気は、似たところがある。

俺はしばらくそこに立って、フロアの窓に近い場所で若い男と立ち話をしている島村香絵の様子を、感動しながら眺めていた。香絵は少し脚を開きぎみにまっ直ぐ立ち、腕を組んで、しきりに相手の話に相槌を打っていた。その様子は男から指示を受けているものではなく、香絵のほうが上の立場で男からの報告を受けている印象だった。立っているだけで二人の格がちがうことはフロアの一番遠くにいる俺のところまで、恥ずかしいほど伝わってくる。

そのうち香絵が男との話を切り上げ、髪を無表情にふって、すこし通路を進んだところにある窓側のデスクまで歩いていった。俺は雑然と置かれている机と広告の山の中を縫うように進み、島村香絵の前に回り込んで、とにかく、声をかけた。

顔を上げた香絵の目が一瞬、戸惑ったように揺れた気がした。しかしその目にもすぐ、落ち着いた親しみのある好奇心が表れた。

「近くへ来たので、ちょっと、寄ってみた」と、香絵の視線を押し返し、だだっ広いオフィスの中を見回しながら、俺が言った。

島村香絵が開いていた書類を閉じ、肩を引いて、指の先で髪を分けながら俺の顔を見上げてきた。

「会社の場所、よくおわかりでしたわね」

「これも商売です。君を昼飯に誘うために必死で捜した」

「わたし、あいにく、昼食《おひる》は済ませてきましたの」

「それではコーヒーを」

「コーヒーだけなら、おつき合いできますわ。ビルの一階に喫茶店があります。十分ほど待っていただけます？」

「女を待つのは得意なんだ。もちろん君ほどの美人を待ったことは、生まれてから一度もなかったが」

口の端を笑わせた島村香絵に精一杯真面目な顔で会釈《えしやく》をし、手をふって、俺はその場から離れた。いい女を相手にすると人間が正直になってしまうというのも困った病気だが、頭の中だけで考えているより口に出してしまったほうが、気分は楽になる。楽になってどうすると言われれば、それは、それだけのことなのだが。

エレベータで一階まで下り、靖国通りに面している喫茶店に入って、俺は一番奥の席でコーヒーとトーストとハムエッグを注文した。それから店の新聞を借りて社会面を開いてみたが、及川照夫の記事も顔写真と一緒に当然、その一角を占めていた。しかし扱いは小さく、内容も昨夜鮎場と坂田が話していったものと、ほとんど変わらなかった。及川の死を島村由実の事件と関連させていないのは、事実関係を警察が故意に隠している、ということなのだろう。

島村香絵は俺がトーストとハムエッグをそれぞれ半分ほど片づけたとき、手に白いハンドバッグを抱えて現れた。前の席に座り、コーヒーを注文してから、気持ちを落ち着かせるかのようにコップの水で唇を湿らせた。

「声をかける前に会社の中で、しばらく君の様子を見ていた」と、両手を膝に揃えて座り直した香絵に、俺が言った。

香絵が目を見開き、首をかしげて、赤く塗った唇を怪訝《けげん》そうに引きしめた。

「気がつきませんでしたわ。しばらくって、どれぐらいの時間でしょう」

「ほんの二、三十秒。すぐには声をかけられなかった」

「喧《やかま》しい会社で、びっくりなさいました?」

「びっくりしたのは君に対してさ。テレビなんかで見る有能なキャリアウーマンを思い出した」

くすっと笑い、やって来たコーヒーにミルクを入れて、香絵がカップのほうへ腕をのばした。

「男の人だって家と会社では、顔がちがうものでしょう」

「たとえちがっても、君ほど生き生きとは働けないな。ほとんどの男は宿命で、仕方なく仕事をしているだけだ」

「わたしだって同じです。働きながら、宿命で、たった一人で生きていくんです。外では弱く見られたくありません……柚木さんも、人が悪いですね」

「君が落ち込んでいなくて安心したんだ。最初に会ったときの勘が外れたことにも、安心した」

「最初に会ったときの、勘？」

「この女はたぶん、男嫌いなんだろうと、そう思った」

またくすっと笑い、カップを受け皿に戻して、頰《ほお》の髪を耳のうしろに掻きあげながら、香絵が伏し目がちに俺の顔をうかがった。

「柚木さんがわざわざお見えになったのは、例の、由実の接触事故のことでしょうか」

「もちろん、それもあります」と、灰皿を引き寄せ、煙草に火をつけてから、俺が言った。

「くどいようですが、接触事故のことは本当に由実さんから、聞いていないんですね」

「わたしも、あれから、一生懸命考えてみました。でも由実からはやはり聞いていないと思います。そのこと、そんなに大事なことでしょうか」

「由実さんをクルマに乗せていた及川照夫が、殺された。そのことはご存じでしたか」

「及川って、あの、よく電話をしてきた、及川くん？」

「その及川くんが殺されたわけです」

脇に置いていた新聞を取り上げ、社会面を開いて、俺がテーブル越しに香絵の前に差し出した。

新聞を受け取り、二分ほど黙って記事に目を通してから、放心したように顔を上げて、香絵が静かに息を吐いた。

「わたし、知りませんでしたわ。及川くんに会ったことは、なかったけど……新聞も社会面は、ほとんど読みませんの」

「新聞には、由実さんの事件に関連がある、とは書いてありません。しかし警察はもうその線で動きはじめている。及川は由実さんの事件に関して、なにかを知っていた可能性がある」

「そのなにかが、接触事故？」

「それは、わからない。わたしも警察も犯人に先を越されたわけです。でもその結果、犯人は由実さんの事件を警察に引き戻すことになった。人間を二人も殺せば、関連性はどこかに出てくる」

煙草を消し、コーヒーに口をつけてから、空間のどこやら一点を見つめている香絵に、俺がつづけた。

「なんと言っていいかわからないが、とにかくこれで、由実さんの事件がただの交通事故でなかったことははっきりした。警察も今度は本気で調べる。犯人だって近いうちに捕まると思う。だから君の依頼は、この時点で、意味がなくなる」

空間から俺の顔に視線を戻し、集中力も戻して、香絵が二重の切れ長の目に困惑の色を走らせた。

「調査は、もう、していただけないということですか」

「そうは言ってない。ただ俺がこのまま仕事をつづけても、君にとって意味はないということだ。由実さんが誰かに殺されたことはわかった。犯人もすぐ捕まる。その犯人を俺が見つけても警察が見つけても、結果は同じことだろう」

「わたしの気持ちは、同じではありません。由実を殺した犯人がわかって、ただその犯人が捕まるということと、わたしの気持ちに決着がつくこととは別の問題です。自分がこのままなにもしないで、ある日突然、警察から由実を殺した犯人が捕まったと聞かされても、わたし、実感が湧かないと思います。わたしは直接、柚木さんの口から事件の結果をお聞きしたいんです」

煙草に火をつけたい気持ちをおさえ、コーヒーのカップを取り上げて、俺の顔にきっちり焦点を結んでいる香絵の目を、俺は黙って見返した。俺にしても調べたいことは山ほどあるし、事件の事実関係について確認したいことだって、山ほどある。それになんといってもうっかり巻き込んでしまった夏原祐子の安全が、やはり気にかかる。事件の結果に見通しはついたといっても、事件そのものが解決したわけではないのだ。

「一つ、君に、確認しておきたいことがある」と、我慢しきれず煙草に火をつけて、俺が言った。「上村が由実さんと婚約する前、君の恋人だったことをなぜ言わなかったのか。それに君は上村のアリバイ証人が早川功だということも知っていた。早川とは高校で同級だったことも、君は言わなかった」

島村香絵が奇麗に揃った歯の間から舌の先をのぞかせ、唇をなめながら、小さく咳払《せきばら》いをした。

「そういうこと、やはり、わかるものなんですわね。なんだか怖いみたい」

「最初に説明してくれていれば及川照夫に関しても、もう少し早く動けたかもしれない」

「そのことは、謝らなくてはなりません。でもわたし、事件に早川くんを巻き込みたくなかったの。彼は高校のときからの友達だし、上村くんにしたって、こんなことさえなければ、親しくつき合っていたはずの人です。それにわたしと上村くん、つき合ってはいましたけど、恋人という関係ではありませんでした。あのころはわたし、父が死んで、学校のことや就職のことで、それどころではなかったんです。由実が上村くんとつき合うようになって幸せになるのなら、それでいいと思いました。上村くんには裏切られたような気はしますけど、でも彼自身は、悪い人ではないんです」

本当は保険金のことも両角啓一との関係についても訊いてみたかったが、それを口にすることにはどこか、ためらう気持ちが働く。香絵の言葉を信じないわけではなかったが、最初に会った日の香絵と目の前のこの鮮やかな女との間には、俺を不安にさせる壁がある。

「もともとこの仕事は、君の依頼で始めたことです」と、煙草を消し、香絵との間に距離をとってから、俺が言った。「君が最初の日に言った『どんな結果が出ても文句は言わない』という約束が有効なら、もうしばらく、つづけてみよう」

「わたしの気持ちは最初の日と変わりませんわ」

「犯人が捕まるのも時間の問題だと思う。費用はなるべく節約する」

香絵が溜息をつきながらうなずき、肩をずらして、ちらっと腕時計をのぞき込んだ。

「わたし、会社に、来客がありますの」

「仕事の邪魔をして済まなかった。近いうちに連絡をする。今度の報告はもちろん、君の仕事が終わってから」

「夕飯に誘ってくださるわけね」と、目に冷静な微笑《ほほえ》みを浮かべ、腰を浮かせて、香絵が言った。「一昨日《おととい》の電話で柚木さん、そうおっしゃったわ。わたしの『結果に文句は言わない』という約束は、もちろん有効です。柚木さんのほうもあの約束は守っていただきたいわ」

軽く会釈をして香絵が席を離れていき、そのうしろ姿が店のドアに消えるのを待ってから、脚を投げ出して、俺はシートの中にふんぞり返った。冷房は効いているのに、腋《わき》の下が、妙に汗ばんでいる。自分で意識しているより、香絵と話をしている間、へんなふうに緊張していたということか。しかしその緊張はいったい、どういう種類の緊張だろう。

＊

残っていたトーストとハムエッグを片づけ、コーヒーを飲み干してから出かけたのは、法務局の練馬出張所だった。一般的に登記所と呼ばれる役所で、不動産関係の登記や公証などを扱う、法務省の出先機関だ。殺人事件でも不動産関係の財産がからんでいる場合、こういう役所で被害者の利害関係を調べることがある。

俺が調べようと思ったのは、もちろん、島村香絵が住んでいるマンションの所有権登記だった。香絵と由実の父親は自分で電気の工事業をやっていた男だから、仕事に関係してマンションに何らかの権利が設定されていた可能性は、じゅうぶんにある。

練馬の駅からタクシーで出張所へ行き、俺はマンションの建物登記簿閲覧《えつらん》を申し込んだ。思ったとおりその所有権は島村姉妹の共同名義ではなく、島村香絵個人の単独名義だった。

そしてその登記簿をさかのぼって調べていくうち、やはりある事実に気がついた。あのマンションは過去に抵当権が設定されたことがあるのだ。最初の所有権は島村喜久男《きくお》という名義で、八年前の九月に登記されている。前後の関係からこの男が島村姉妹の父親なのだろう。八年前といえば姉妹の母親が死んだ前後のはずで、もしかしたら母親の死後、親子三人でこのマンションへ移ったのかもしれない。マンションに最初の抵当権が設定されたのはその翌年の五月、共栄興業という会社が抵当権者になっている。電気工事会社の経営が苦しかったというから、マンションを担保に島村喜久男は共栄興業から金を借りたのだろう。しかし意外だったのはその抵当権者が、五年前の四月に東都開発という会社に移行していることだった。

俺はポケットから英進舎で丸山菊江に渡された名刺を取り出し、そこに書かれている〈東都開発〉という文字と見比べながら、思わず、口笛を鳴らしてしまった。名刺は丸山菊江のものだが東都開発という会社自体は、あの両角啓一が社長をしている会社ではないか。島村喜久男が死んだ直後に、抵当権者が両角啓一に変わっているのだ。それどころか二ヵ月後には抵当権そのものが解除され、改めて島村香絵が単独の所有権者になっている。いったいこれは、どういうことか。島村香絵は最初に会った日、『父親の保険金が入ったので、姉妹二人の生活は苦しくない』と言ったが、それならなぜマンションに設定されていた最初の抵当を、父親の保険金で解除しなかったのだろう。なぜ途中に、両角啓一の東都開発が顔を出す必要があったのか。なぜ最初から最後まで、島村香絵はこうまで俺に嘘を言いつづけるのか。そしてもう一つ、事態がここまで進んだ今となってまでも、なぜ香絵は俺に事件の調査をつづけさせるのか。

登記簿を係に戻して、俺はその出張所を出た。

真夏という言葉が相応しい陽射しが出張所前の狭い庭を、てらてらと炙《あぶ》っている。練馬なんて都心から比べればずいぶん田舎のような気もするが、それでもやはり狂ったようにやって来た夏の光を遮ってくれる木陰は、どこにもない。

俺は傾きはじめた陽射しを頭のうしろに受けながら、電話ボックスのドアを開けたまま、まず夏原祐子のアパートに電話を入れてみた。もう四時に近いから今朝の電話からは、六時間もたっている。しかし夏原祐子はどこへ行ったのか、まだ部屋に戻っていなかった。

それから俺は電話帳で東亜商事の番号を調べ、そこに電話をして上村英樹の第二営業部につないでもらった。電話には女の子が出て、上村は今日は風邪で休んでいると言う。答え方に躊《ちゅう》躇《ちょ》がなかったところをみると、上村が俺に対して居留守を使っているわけではないらしい。俺は電話を切り、上村のマンションにもかけ直したが、マンションの電話も留守になっていた。会社には病欠だと言い、しかも部屋は留守にしている。上村英樹は医者にでも出かけているのか。

電話をかけるだけでは消化不良を起こしそうだったので、俺は電話ボックスを出てタクシーを拾い、両角啓一の東都開発へ直行した。ふつうの仕事なら出向く相手の在不在を確認してから出かけるのだろうが、俺のような仕事では事前の連絡はしないことが多い。居留守を使われればそれまでだし、そうでなくとも相手に必要以上の警戒心を与えてしまう。そして当然のことながら、そのぶん無駄足になることも、必然的に多くなる。

両角啓一の東都開発という会社は東武練馬《とうぶねりま》駅の繁華街からすこし外れた、古い雑居ビルの中の暗くて狭い一室にあった。会社にいたのは六十ぐらいのおじさんと三十すぎの化粧っけのない女だけで、両角は朝から一度も顔を出していないという。二人が嘘を言っているとも思えなかったし、それ以上に俺にはこの二人がなにか、仕事をしているようにも思えなかった。両角は進学塾だのスーパーマーケットだのいくつかの会社を経営しているというから、東都開発は経理上のトンネル会社なのかもしれない。こういう半分幽霊のような会社が一時的にとはいえ、島村香絵のマンションに設定されていた抵当を肩代わりしたのだ。そして二ヵ月後には抵当権そのものを解除している。常識的に考えてそれは両角の、商売上の行為ではないだろう。

東都開発の次に行ったのは南青山にある、早川功のスタジオ・アドだった。二日酔いの寝不足の頭で、我ながらずいぶんまめに動き回るものだとは思ったが、だいたいのところそれは生まれながらの、そういう性分だった。動き回っているうちにこの動きがどこかで夏原祐子と重なってくれないかという、かすかな期待もあった。青山に着いたときも駅からすぐ祐子に電話を入れてみたが、電話からは相変わらずあのとぼけた声のメッセージが聞こえてきただけだった。そして俺がスタジオ・アドに訪ねていった当の早川功も、今日は会社に来ていなかった。時間はちょうど六時で、帰り支度《じたく》をしていた女に聞いたのだが、早川は今日、電話さえ入れずに会社を休んだという。いったい早川は、それに上村英樹も、今日は一日中どこへ消えてしまったのか。そして消えてしまった人間は、もう一人いる。夏原祐子は今朝十時に俺の部屋へ電話をしてきたあと、いったいどこへ行ってしまったのだろう。

*

下高井戸なんて街に、無理やり考えるほどの魅力はない。私鉄沿線のこの類の街はしょせん東京へ群がってきた人間たちに寝所《ねぐら》を与えるだけの、それぞれが一個の蜂の巣のようなものだ。それぞれの街に街の大きさに合わせたスーパーマーケットがあり、八百屋と魚屋とラーメン屋があり、ケーキ屋と喫茶店と飲み屋がある。ある期間、学生や独り者の勤め人がそういう街の一つに住み着き、そして街を離れたらもう、二度と戻ってくることはない。東京のこの類の街は、どこも似たようなものだ。俺だって下高井戸に夏原祐子のアパートさえなければ、二度とこんな街に来ることはなかったろう。

暗くなりはじめた商店街の道を、かすかな不安ともどかしさを感じながら、俺は夏原祐子のアパートへ向かって歩いていた。『わたしはわたしで、勝手にやります』と夏原祐子が最後に言った台詞《せりふ》が、時間がたつに連れて頭の中で膨らみはじめ、どうにも我慢できなくなっていた。俺だってもちろん、二十一歳の女子大生が遊び回る場所に不自由しないことぐらい、教えられなくても知っている。友達と喋るだけで半日でも半年でも時間をつぶせることだって、ちゃんと知っている。しかし今は、状況がちがう。直接祐子の顔を見て無事を確かめるまでは、どう考えても今日という一日は、終わらない。

俺は一昨日初めて来た白いアパートの外階段を上り、部屋に電気がついていないことを承知でチャイムを二度、強く押してみた。そのまましばらくドアの前で待ってみたが中からは返事も、人の気配も聞こえてこなかった。メモを入れておこうかとも思ったが、思い直して階段を下り、商店街の中を歩いて駅のほうへ引き返した。駅のそばに映画館があったことを思い出したのだ。

その古い映画館でやっていたのはベルイマンとヴィスコンティという、なんとも豪華な二本立てだった。なんとも豪華ではあるが、なんとも、居眠りをするのには具合がいい。

学生時代のある時期、俺もかなり映画を見たころがあった。俺自身がというより、つき合っていた友達が映画マニアだった。そいつは映画監督志望で年間一千本の『映画鑑賞』をノルマにしていた。一日平均三本という、信じられないようなペースだ。そんなやつがなぜ映画の世界を捨てたのか、聞いたことはない。けっきょくそいつは映画を作ることもなく岡山だか広島だかへ帰って、今は植木屋をやっている。俺は俺でなんの因果か警官になり、その警官もやめて、今はこんな場末の映画館でくだらない『名作』に見入っている。人生とはしょせんこんなものだとは思いながら、こんなものであることに意味もなく、腹が立つこともある。

その映画館を出たのはヴィスコンティはやはりただの病気だったのかと認識し直した、そのあとだった。人生には認識なんかしなくてもいいことをうっかり認識してしまうことが、たまにはあるものだ。


俺はそこからまた夏原祐子のアパートへ行き、前と同じように電気のついていない部屋のチャイムを鳴らして、前と同じようにメモを置かずに商店街へ戻ってきた。上村と早川の消え方も気にはなるが、そんなことは、どうでもいい。祐子の無事な顔を見るまで今夜は眠れない。どこかでビールでも飲みながら最後まであの不良娘を、待つしかないだろう。まったく、なんの恨みがあって、夏原祐子はこうまで俺を心配させるのか。ラザニアだって奢《おご》ってやったしどぜうだってあんなに、腹一杯食わせてやったではないか。

十分ほど商店街の中を歩き回ったあと、客の少ない小料理屋に入って、俺はビールを飲みはじめた。ビールはいつの間にか日本酒にかわっていたが、けっきょくはとっくりを三本空け、十一時半にその店を出た。知らない街の知らない店で酒を飲むことの息苦しさもあったが、それよりもやはり、夏原祐子の安否が気にかかる。どうせ苛々《いらいら》するなら誰にも顔を見られない場所で、一人でゆっくりと苛々したい。

またアパートまで戻り、部屋に電気がついていないことを確かめてから路地の暗がりに立って、そこで夏原祐子の帰りを待ちはじめた。階段の途中やドアの前で待ったのでは美学上の問題が出てくるし、どっちみち俺は物陰に隠れて人間を待つことに、慣れているのだ。

京王線の最終が何時なのかは知らないが、十二時をすぎ、いい加減苛立ちと心配が頂点に達したとき、商店街のほうから白っぽい人影がとぼとぼと路地を歩いてきた。それまでにも何人かは路地を曲がってきたが、それらの人間が夏原祐子でないことは一目で判断がついていた。そしてそれと同じ理屈で今度やって来た人影が祐子であることも、やはり一目で判断がついた。歩き方に特徴があるというよりも、祐子は躰全体から、なにか特殊な電波のようなものを発している。

夏原祐子の白っぽい影が路地の暗闇の中で大きくなり、十メートルほど先の街灯にはっきり浮かび上がったとき、俺は泣きたいような気分で一歩、塀の陰から進み出た。とぼとぼと歩いていた祐子が足を止め、息を呑んでから、俺の顔を確認して肩を聳《そび》やかした。

「こんなところで、柚木さん、なにをしてるんですか」

「近くに引っ越してきたわけでは、ない」

俺は気が抜けたような、ほっとしたような、それでいてやはり苛立たしい気分で煙草に火をつけ、街灯の下まで夏原祐子のほうへ距離をつめた。

「こんな時間まで、どこをうろうろしていたんだ」

「大きなお世話です。それにわたし、犬じゃないです。どこもうろうろなんかしていません」

「鎖に繋がれているぶん不良娘より犬のほうが、始末はいい」

ぱちっと、夏原祐子が目を見開いたときの音が、大袈裟ではなく俺の耳にまで聞こえてきた。

「わたしのどこが、不良なんですか。こんなふうに女の子を待つ人のほうが、ずっと不良じゃないですか」

「待ちたくて待っていたわけじゃない。礼儀として、電話で言ったことの念を押そうと思っただけだ」

夏原祐子が一歩俺に近寄り、赤いビニールのバッグを胸の前に抱えて、むっと唸り声を上げた。鼻の穴には妙に気合いが入っていて、ぼんやりした形の目も百面相のような寄り目になっていた。

「柚木さんの親切にはお礼を言います。わたしを信用していないことに、わざわざ念を押しに来てくれたわけですね」

「君がどう思っているか知らないが、俺もそんなに暇じゃない……君、コンタクト、ずれていないか」

「大きなお世話です。わたしのコンタクトは、ずれたほうがよく見えるんです」

「酒を飲んでるな」

「飲んでいますよ。わたしだってお酒を飲む友達ぐらい、ちゃんといるんです。コンタクトのこともお酒のことも、柚木さんに文句を言われたくないです」

「君が誰と飲んで、夜中までどこをほっつき歩いたって、知ったことじゃない。俺は電話で、事件から手を引けと言ったことを君が覚えているか、確認したかっただけだ」

鼻の頭に浮かべた汗を街灯の明かりに光らせて、夏原祐子がまた強く唸った。

「勝手なこと、言わないでくださいよ。信用していない人間がなにをしたって、柚木さんに関係ないでしょう。わたしに事件から手を引けと言う資格、柚木さんのどこにあるんですか」

「資格で言ってるんじゃない。プロとしての忠告だ」

「そんなこと、みんな、大きなお世話です。由実も及川くんもわたしの友達でした。柚木さんのほうこそ、わたしのすることに口を出さないでください」

「及川くんが殺された今、口を出さないわけにはいかない」

「及川くんが殺されたから、そのことを柚木さんが教えてくれないから、わたしだって、一生懸命調べているんです」

「俺は一生懸命調べることをやめろと言ってる」

「やめられませんよ。最初に由実の事件を殺人だと言ったのは、柚木さんです。今さら忘れろなんて、そんなの、論理的に破綻しています。わたしは勝手にやります。今日は及川くんの友達を捜して、一日中接触事故のことを調べていたんです」

「接触……事故のこと」

俺は下のアスファルトに煙草を捨て、躰を捻《ひね》って、暗いブロック塀に背中をもたれさせた。コンクリートブロックの冷たさがシャツを通して、かすかに背中へ伝わってくる。

「君、今日は、そんなことをしていたのか」

「わたしがなにをしたって、柚木さんには関係ないです」

「関係があるから言ってるんだ」と、急に腹が立って、思わず、俺が声を荒くした。

「だって、わたしがなにをしたって、もう関係ないって……」

「関係があってもなくても、どうでもいい。いったい今日は、どこをほっつき歩いていたんだ」

祐子の生意気《なまいき》な鼻の穴から気の毒なほど気合いが抜け、唾を呑み込んだあとの尖《とが》った顎が、ふてくされたように突き出された。

「そんなに、怒らなくたって、いいと思います」

「怒ったわけではない。ただ、君が今日誰と会ったのか、それを知りたいだけだ」

「わたしは、誰か、及川くんから……」と、俺の顔を上目づかいに睨みながら、悪戯《いたずら》を白状させられる子供のような口調で、夏原祐子が言った。「誰か、及川くんから事故のことを聞いていないかと思って、及川くんの友達に、会ってきただけです」

「事故のことを聞いていたやつが、いたのか」

大きくうなずいてから、路地を歩いてきた人間に目をやり、肩をすくめて、夏原祐子もブロック塀に身を寄せてきた。

「夏休みで、みんな故郷《いなか》へ帰ったり旅行に行ったりしてるの。でも三人だけ話が聞けた。及川くん、事故のことを友達に喋っていた」

「由実さんがクルマに乗っていたことは、間違いないんだな」

肩を落としてうなずき、俺と並んで、夏原祐子もブロック塀に寄りかかった。

「由実と一緒だったことは喋るなと言われていたらしい。でも及川くんて、黙っていられる子ではなかった」

「友達からは具体的に、どんなことが聞けたんだ」

「相手のクルマのことや、乗っていた人のこと」

「相手のクルマは白っぽいチェイサーだったか」

「ちがう。わたし、クルマのことはよく知らないけど、及川くんが友達に言ったのは、黒いセドリックだって」

「黒いセドリック……それで、そのセドリックに乗っていたやつは？」

「及川くんは、『そのおやじから十万円もらった』って、そう言ったらしい」

「及川くんのクルマは君も知っているよな」

「赤い小さいクルマ。従兄弟《いとこ》からもらったやつで、車検が切れるまで乗ると言ってた」

「そんなクルマをこすっただけで相手がなぜ十万円も出したのか、その理由も友達は聞いていたか」

「相手のクルマがホテルから出てきたところだったの。だから及川くん、十万円では安すぎたって、そんなふうに言ったらしい」

「つまり、それは、『おやじ』と一緒にクルマには、女も乗っていたということだ」

「そういうことみたいね」

「どんな女かも、喋っていたか」

「若い女だって。どうせ今はやりの、あれだろうって」

「今はやりの、あれ……か。由実さんがそのとき及川くんと一緒にいたことを、隠そうとした理由は？」

「そのことは及川くんから、誰も聞いていないらしい」

「たとえば、由実さんと及川くんもそのホテルを使ったとは、考えられないか」

「そんなこと、ぜったいないと思う。由実なら喋らなかったかもしれないけど、もしそういうことがあったら及川くんは誰かに喋っていた」

及川照夫が、島村由実にキスもさせてもらえなかった、と俺に言った言葉は、状況から考えても事実だったろうし、それ以上の関係であったら友達にも言いふらしていた。及川と島村由実は本当にそのとき、たまたまその場所を通りかかって、たまたまホテルから出てきたクルマと接触事故を起こしただけなのだろう。しかしそれでは島村由実はなぜ、親友の夏原祐子にその事実を隠そうとしたのか。

俺はまた煙草に火をつけ、ブロック塀から背中を離して、距離に注意をしながら夏原祐子の前に回り込んだ。

「君が今日会った人間は及川くんの友達の、その三人だけなんだな」

「最後にもう一人」

「もう一人？」

「大学の先輩で、その人とお酒を飲んできたんだもの。だけどそんなこと、柚木さんとは関係ないです。わたしが誰とお酒を飲んだって、そんなことはわたしの勝手です」

その大学の先輩がどんなやつであろうと、夏原祐子がそいつのことをどう思っていようと、たしかにそんなことは、祐子の勝手なのだ。

「事件に関係して会った人間が、本当にその三人だけなら、それでいい。ただ事件に首をつっ込むのは今日で終わりにしてもらいたい。事件はもう、君の手から離れている」

「今さら調べるのをやめろと言うのは、そういうのは、ずるいです」と、ブロック塀に背中をくっつけたまま、口を尖らせて、夏原祐子が言った。「柚木さんて、勝手だと思います。わたしの気持ちをわかろうとしないじゃないですか」

「君を事件に巻き込んだことは、俺が迂闊《うかつ》だった。謝れと言うなら謝る。だけど由実さんを殺したやつは及川くんまで殺した。君が考えている以上に相手は必死になっている。君がへんな動きをすれば、そいつは君だって殺すだろう」

夏原祐子の丸い目が街灯の光を受けて緑色に浮かび上がり、うすく開かれた唇から、意味のわからない息がこぼれ出た。

「君の気持ちは俺だって承知している。でも事件のことは、もう俺に任せてほしい」

自分の言った言葉が相手に伝わっているかどうか、確認のためだけに、俺は夏原祐子の目に顔を近づけた。祐子は唇をうすく開けたまま、意思を示す表情はなにも見せていなかった。

「警察だって今度は本気で動く。君が俺のことを卑怯だと思うのも、いやなやつだと思うのも勝手だ。だけど事件が解決するまではとにかく、もう余計な動きはしないでもらいたい」

俺はそれでもやはり念を押したくて、見開かれたままの夏原祐子の目に、もう一度顔を近づけた。夏原祐子が瞬《まばた》きをし、そしてその瞬間、寄りかかっていたブロックの塀に頭のうしろを、こつんと打ちつけた。

「あ」

「どうした?」

「コンタクト、本当にずれちゃった」

俺の肩から溜まっていた力が抜け、ひどく頼りない気分で、一歩、俺は夏原祐子から退《しりぞ》いた。

「まあ、とにかく、そういうことだ。君は事件が片づくまで、部屋でおとなしくしていればいい」

8

それから俺は、妙な恰好でブロック塀に張りついている祐子の顔を街灯の光で確認し、うしろ向きに歩いてから、躰の向きを変えて、狭い路地を商店街の方向へ歩きはじめた。歩きながら何度かふり返りたい思いにかられたが、俺は歩きつづけ、ほとんどの店が灯《ひ》を落としている商店街を通って、甲州《こうしゅう》街道に出た。まだ電車の一本や二本は残ってるかもしれないが、なんとなく、そんなものに乗る気分にはならなかった。この激しい脱力感は歳のせいだと、これからはしばらく、俺は自分に言い聞かせることだろう。

人生に分不相応な気合いが入っているわけではないが、それでも俺は、十時に目をさました。昨日一日、二日酔いと寝不足の頭で歩き回ったわりには、夜の眠りも浅かったらしい。急に天気が変わって体調と神経が混乱しているのか。それにしても朝の十時だというのに、これは、なんという陽射しだ。

俺はとりあえずエアコンをつけ、コーヒーをいれてきて、朝一番の煙草《たばこ》に火をつけた。煙草をくわえたまま練馬西署の刑事課に電話を入れてみたが、出たのは鮎場ではなく、古参の坂田のほうだった。

「クルマのこと、どうなったかと思いましてね」と、坂田の反応に耳を澄ましながら、俺が言った。「及川のクルマに相手のクルマの塗料は、残っていましたか」

「そのへんは、まあ、柚木さんの睨んだとおりでしたがなあ」と、含みのある声で、坂田が答えた。

「クルマの割り出しも進んでいるということですね」

「なんともお答えはできませんですよ。今日中に結論は出るでしょうが、今の段階でこれ以上は申し上げられんのです。とにかく柚木さんのご協力には、非常に感謝しておるということです」

坂田のその言い方からして、科研での塗料分析も終わり、クルマの持ち主に対する裏づけ捜査も、今日中には完了するということだろう。

「いい歳をしてポルシェなんかに乗ると、碌《ろく》なことはないもんですね」

「なんのことでしょうな」

「両角啓一のクルマは白いポルシェでしょう」

「やっこさんのクルマはセドリックですがね」

「セドリック……ほう？」

坂田が電話の中で鼻を鳴らし、なにか短い言葉を呟《つぶや》いてから、溜息《ためいき》をついて咳払《せきばら》いをした。

「ところで、上村英樹と早川功、昨日おたくの署で引っぱりませんでしたか」

「そりゃあ、鮎場くんが、引っぱりましたけどなあ」と、表情が想像できるような苦っぽい声で、坂田が言った。

「引っぱって、それから？」

「鮎場くんも頭にきておったらしいですわ」

「まさか、一晩留めたわけじゃないでしょうね」

「お泊まりいただきましたよ。それで今朝早く、お帰りになりましたがね」

上村と早川が昨日一日姿を消していた場所は、練馬西署の取り調べ室だった。予想をしなくはなかったが、しかしまさか一晩拘置《こうち》するとまでは、考えていなかった。

「やつらから、面白い話でも聞き出せましたか」

「そういうことはお答えできませんなあ。しかしまあ、なにか面白い話があったらお二人ともこう早くは帰れんと、そういうことですわ。とにかくここ二、三日、柚木さんとしても、黙ってうちの仕事を見ておってくれませんかね。警察への協力も市民の義務。口を出さんのも市民警察のやり方に口を出さないのが市民の義務かどうかは知らないが、坂田を相手に議論をする気分でもなかったので、礼を言って、俺は電話を切った。練馬西署の捜査も、思っていた以上に進んでいるらしい。

それから俺はシャワーで汗を流し、かんたんに身支度《みじたく》をして、正午《ひる》前に部屋を出た。

*

東京がいつからこんなに地下鉄だらけになったのか、覚えてはいないが、俺は地下鉄を霞ケ関《かすみがせき》で乗り換え、日比谷線で都立大学駅に出た。三日前の夜に歩いた目黒通りの歩道も今日は真上からの太陽で臭気《におい》がするほど炙《あぶ》られ、歩くたびに焼けたアスファルトが靴の中にまで熱気を伝えてくる。なにもかもこれは夏原祐子が天気にかけた、あの魔法のせいだ。

俺は上村英樹の郵便受けから新聞が抜かれていることを確かめ、エレベータを使って、三階の上村の部屋へ上がっていった。

部屋はエレベータを降りて内廊下を右に曲がっていった、途中にあった。チャイムを鳴らしても返事はなかったが、俺はかまわずそのままチャイムを押しつづけた。朝まで警察に留めておかれて休みもせず会社に出かけられるほど、上村もタフではないだろう。帰ってきた証拠には郵便受けから、ちゃんと朝刊が抜かれている。

そのうち部屋の中に音がして、チェーンをかけられたままのドアが外側にすこし押し開かれた。警察から帰ったあと寝てでもいたのだろう、パジャマ姿の上村がはれぼったい目でドアの隙間に顔をのぞかせた。

「俺はドア越しに話し合っても、かまわないけどな」と、不機嫌な顔で黙り込んでいる上村に、俺が言った。「君が疲れていることはわかるが、それも自分で蒔《ま》いた種だ」

上村はしばらくなにか考え、それから溜息をついて、指で髪の毛を掻きあげながらドアのチェーンに腕をのばした。

俺も上がり込むつもりはなかったので、中へ入ったところでドアを閉め、そのドアに寄りかかった。

「この前会ったとき話は済んだと思ったのに。警察に友田美紗のことを言われるとは、思いませんでしたよ」

部屋はあまり広くないワンルームのようだったが、カーテンを引いた窓際にベッドが見え、ガラスのテーブルにはビールの缶と、半分ほどに減ったウイスキーの瓶が置かれていた。

「言わないとは約束しなかった。君がぜんぶ話してくれていれば、こういう面倒も起きなかった」

「聞きたいことがあったら警察へ行ってください。知ってることはみんな話したから」

「君と早川功や島村香絵の関係まで、警察に喋《しゃべ》ったのか。そういうふうにも思えないがな」

上村が顔に浮いた脂《あぶら》をパジャマの袖でこすり、唇をなめて、部屋の様子を隠すように肩で上がり口の壁に寄りかかった。

「わかるでしょうけど、今、寝ていたところなんです。僕にだって生活を守る権利はあります」

「たっぷり眠って明日からまた予定どおりの人生をつづけたければ、俺に協力しても損はないさ」

俺はシャツのポケットから煙草を取り出し、灰皿がないことを承知で、火をつけた。

「最初に会ったとき君はなぜ、早川と香絵が知り合いであることを隠した？　君が隠していたことはそれだけではないだろうが、とりあえずそのあたりから聞きたい」

「相手が週刊誌の記者だとわかっていて、余計なことを言う人間はいないでしょう。一般的な、ふつうの心理です」

「君が俺の知りたいことを話してくれれば、今度のことは公表しない。君にとっても悪い取り引きではないだろう」

「僕に、信用しろと言うんですか」

「この前は口外しないと約束はしなかった。しかし今度は約束する。もちろん君が俺を騙《だま》そうとしなければの話だが」

上村がまたパジャマの袖で顔の脂を拭き、自分の身を抱き込むように、胸の前でゆっくりと腕を組み合わせた。素性《すじょう》の知れない週刊誌の記者が約束を守るなどと、その階級意識からも信じたくはないだろうが、立場と生活を守るためにはとりあえず、信じるしか方法はない。

「僕だってべつに、隠そうとしたわけでは……」と、視線を逸らして冷静を装う努力を見せながら、上村が言った。「だけど自分から騒ぎを大きくする必要はないし、黙っていて済むんなら、黙っていようと、そう思っただけです」

「及川照夫という学生が殺されたことは、知っているか」

「警察で言われました。二十六日のアリバイも訊かれましたよ。だけどそんなやつは知らないし、アリバイも柚木という週刊誌の記者が証明してくれる、と言ってやりました」

「及川が殺されたのは、たしかに、あの日俺と君が会っていたころだ。それについてはお互いに運がよかったが、とにかく及川が殺されたということは島村由実の事件も殺人事件だった、ということさ。もう君が黙っていて済む問題ではない。島村由実と君と、それから島村香絵は、実際にはどういう関係だった？」

「ですから……」と、指で髪の毛を掻きあげ、端整な顔をわざとらしく歪《ゆが》めて、上村英樹が言った。「関係自体は、前にお話ししたとおりで、ただそれぞれの気持ちと状況が、ちょっとだけ面倒だったと」

「それぞれの気持ちが、ちょっとだけ……なあ」

「僕が由実と婚約していたことも本当ですし、その前は香絵さんとつき合っていたことも本当です」

「そんなことはわかっている。しかし君は妹とつき合いはじめてからも、心の底では島村香絵が忘れられなかった。そういうことだろう」

写真で見るかぎり、由実も活発そうな可愛い女の子ではあるが、姉の完成された美しさに比べると残念ながら、格がちがう。島村香絵は恋人を妹に奪われてそれでも健気《けなげ》に母親がわりをつとめる内気な女とは、基本的にタイプがちがうのだ。少なくともあのマンションから一歩外に出たときの香絵は、そういう女ではない。

「君は島村香絵に惚《ほ》れていた。本当は今でも惚れているんじゃないのか」

「男なんて、まったく、馬鹿な生き物ですよね」

「手に入らない宝石は実際以上に輝いて見える」

「あなたが言うとおり、僕は香絵さんのことが諦められなかった。由実と結婚しようと決めていながら、最後まで自分の気持ちに整理がつかなかった」

「由実さんもその君の気持ちに気がついた……それから？」

「香絵さんに改めて結婚を申し込みました」

「いつのことだ」

「今年の三月」

「結果は？」

「僕は由実に対してだけ責任をとればいいと……要するに、相手にされなかったということです」

「早川功も立場としては同じようなものか」

「あいつのほうが自分を傷つけない方法を知っていましたよ。香絵さんは、高校のときから、ずっと女王様だったそうです」

「その女王様も下世話な社会で、つまらない苦労をしたらしい」

俺は吸っていた煙草を沓脱《くつぬぎ》に捨て、靴の底でていねいにその煙草を踏みつぶした。

「島村香絵の経済状態を、君なら知っているよな」

「最近のことは、僕には、わかりません」

「父親が死んだ当時のことなら？」

上村が視線を上げ、俺の顔をうかがってから、気弱なその視線をすぐにまた下へもっていった。

「あのときは、仕方なかったんです。僕にも早川にも、どうすることもできなかった」

「親父さんが死んで、島村香絵には、借金が残った」

「保険金をはたいても一千万ほど足りなかったようです。学生だった僕や早川には、そんな金、つくれるはずもなかった」

「島村香絵はその金を両角啓一から借りた」

「具体的なことは、知らないんです。しばらくしたら、香絵さん、金のことは一言も口に出さなくなりました。僕もなにかあったとは思ったけど、香絵さんには訊けなかった」

「妹の由実は自分たちの経済状態を、知っていたのか」

「由実には話さないようにと念を押されました。由実はまだ高校生だったし、余計な心配をさせたくなかったんでしょう」

「しかし君は、話してしまった」

「僕は、話してはいません。香絵さんは勘違いしてるようだけど、僕だって由実にそんな心配はさせたくなかったし、香絵さんとの約束も、破りたくはなかった」

「姉のことを妹の由実がなにも知らなかったとは、思えないが」

「それは……」

上村が指でまた髪の毛を搔きあげ、痰でもからまったように、くっと喉《のど》を鳴らした。

「それは、僕自身は話さなかったけど、由実もどこかで、気がついたようでした」

「その、どこかでというのは？」

「具体的に誰かに聞いたとか、そういうことではなかったと思います。ただ二人だけの姉妹ですから、由実だって不自然さは感じたんでしょう。由実のほうから、なにか知らないかと訊かれたことがあります」

「島村由実がそれを君に訊いたのは、いつごろだった」

「今年に入ってからでした」

「君は最初に会った日、由実は両角啓一を知っていたはずだと言ったが、彼女の口から直接その名前を聞いたことがあったのか」

「僕は、その、よく覚えていませんけど、なんとなく、当然由実は知っていただろうと、そう思っただけです」

「君はあのとき、三月の初めに上司の娘との結婚話が出て、その月の末に由実と別れたと言った。それがさっきは、三月には香絵に結婚を申し込んだという。いったい君は、なにを考えていたんだ」

「特別なことなんか、考えていませんよ。香絵さんのことが諦めきれなかっただけです。部長のお嬢さんとの話は、前からあったやつです。でも今は、本当に、そういうふうに結婚してサラリーマンとしてそういうふうに生きていくのも、いいかなって、本気で考えています。香絵さんはけっきょく、僕なんかのかなう相手ではなかった……彼女、近ぢか、独立するらしいですよ」

「島村香絵が、独立？」

俺は自嘲ぎみに眉を寄せている上村の顔を、下からのぞき込んだまま煙草に火をつけ、その煙を相手の胸に向かって、ふっと吹きつけた。

「独立というのは、自分で広告代理店をつくるということか」

「彼女ならそれぐらいはやるでしょうね」

「その話はどこから出たんだ」

「業界の噂だそうです。早川も自分で広告代理店をやっているから、話は耳に入るわけです。もっとも早川のほうは、親父さんが死んで跡を継いだだけですけど」

「君としては、ただの噂だとは思わないわけだな」

「本当であっても、おかしくはないと思うだけです」

「それはいつごろ出た噂だ」

「せいぜい、ここ一ヵ月ぐらいでしょう。もともと彼女の就職は、大手の広告代理店に決まっていたんですよ。それがお父さんのことからすべてが狂ってしまったわけです。もちろん、たとえ狂わなくても、僕と結婚することはなかったでしょうけどね」

上村英樹が口を結んで溜息をつき、視線を面倒臭そうに漂わせてから、片方だけ眉を上げて俺の顔をうかがった。

俺はもう一度上村の胸に煙を吹きつけ、寄りかかっていたドアから背中を離して、煙草を挟んだままの手を上村に向かって、ひらっと振ってやった。

「心配しなくてもいい。君が昨夜《ゆうべ》寝られなかったことは知っている。もちろん君の人生観なんかに、俺も興味はない」

なにか言いかけた上村を目で制し、自分でドアを開けて、外に出ながら俺が言った。

「たしかに手に入らなかった宝石は実際より輝いて見える……どうせ素人《しろうと》に本物と贋物《にせもの》の区別は、つかないだろうけどな」

俺のするべきことは、俺にはもうちゃんとわかっている。事件にけりをつけなくてはならないし同時に、『島村香絵からの依頼』という個人的な仕事からも、俺自身を解放してやることだ。

俺は上村のマンションを出たところで香絵の会社に電話をし、七時に会う約束をしてから自分の部屋へ引き返した。本当は日比谷あたりで映画を見てもよかったのだが、暗い映画館の椅子に一人で腰を下ろすことは、なんとなく遠慮したい気分だった。それに考えてみたら明後日《あさって》は月末で、俺は『女子高校生バラバラ殺人事件』の原稿を石田のデスクに、なんとか揃えてみせる必要がある。

*

こういうふうに時間がたち、こういうふうに歳をとっていく。

俺は机の上に原稿用紙を投げ出したまま、意味もなく灰皿に吸殻の山を積み上げていた。頭の中には行ったこともないフィジーだかモルジブだかの風景が浮かんでいたが、こういう勝手な空想が頭の中に紛れ込むこと自体、人生に気合いが入っていない証拠だろう。だからといって、どこか知らない南の島で一生を終えるという人生が、俺に我慢できるはずもない。こうやって毎日毎日、人殺しだの家出人だのを追いかけて東京中を歩き回り、そしていつかは歳をとることに慣れ、歳をとることを諦めて老いぼれて、腐るように死んでいく。別な生き方があるかもしれないとは思いながらけっきょくは毎日毎日、時間が頭の上を通りすぎていくのを漫然《まんぜん》と眺めている。毎日毎日歩き回るということと、自分が自分の人生に参加することとは、たぶん、別な問題なのだろう。

五時には原稿を書くことを諦め、島村香絵に会うための着替えをして、早めに部屋を出た。新宿へ出てからは紀伊國屋に寄り、そこで三十分ばかりオーストラリア関係の旅行案内書を立ち読みした。動物図鑑でカモノハシとかいう生き物とご対面もしてみたが、なるほど加奈子の言うとおり顔はアヒルそのもの、躰《からだ》はカワウソというよりアザラシを小さくした感じで、ごていねいにビーバーそっくりの尾に水掻きのついた足まで持っている。こんな動物が世の中に生存すること自体信じられないが、それが可愛いというのは、いったい知子は加奈子に、どういう教育をしているのだ。

指定された新宿通りぞいの喫茶店に着いたのは、約束どおり、きっちり七時だった。島村香絵は先に来ていて、一番奥の席で膝に大判の女性雑誌を開いていた。女の服装に対する蘊蓄《うんちく》はないが、香絵が着ている服は柔らかそうな生地の青いワンピースで、髪型も化粧も含めて昨日の印象よりも、悲しいほど鮮やかになっていた。それが香絵の意図したものか、俺の気のせいか、判断はつかなかった。

向かいの席に座った俺に、雑誌を脇に置き、軽く会釈《えしゃく》をしながら香絵が嫌味のない微笑《ほほえ》みを送ってきた。世の中には一言で『美人』と片づけるより仕方のない女がいるものだが、これではたしかに同級生の早川や上村では、試合《ゲーム》にならなかったろう。

「今日は経過報告かしら、それとも最終報告？」と、レモンティーらしい華奢《きゃしゃ》なカップを取り上げて口に持っていきながら、目を細めて香絵が俺の顔をのぞき込んだ。

ウエイターに馬鹿の一つ覚えのコーヒーを注文してから、座り直して、俺が言った。

「前世のおこないが悪いのか、どうも君とは、酒が飲める状況になってくれない」

「わたしのほうはかまいませんわよ。これから食事にでも参りましょうか」

「話が済んでからにしよう。話が済んだあと、君がその気になればだが……」

「柚木さんが約束を忘れないでくだされば、わたしのほうはそれでけっこうですわ」

「俺も『結果については文句を言わない』という君の約束は、覚えている」

ウエイターが運んできたコーヒーを無意識に取り上げ、口をつけてから、やはり無意識に俺は煙草に火をつけた。

「昨日、及川という学生が殺されたことは話したはずだ。由実さんの事件がただの交通事故ではなかったことも」

「警察が殺人事件として捜査を始めた、ということでしたわね」

「捜査を始めて、近いうちに結論も出すという。俺のほうの結論は警察より、すこし早いだろうが」

香絵の切れ長の目が気のせいかすこしまん中に寄り、頭の中で言葉を探すように、唇が静かに波をうった。

「由実のことについて、どんなことがわかりましたの？」

「すべてわかったとも言えるし、なにもわからないとも言える……少なくとも由実さん個人に関しては殺人事件の被害者になるような条件は、見当たらなかった」

「どういうことでしょう。由実の事件はただの交通事故ではなかったと、そうおっしゃったはずです」

「その前に一つ提案がある」

煙草を灰皿でつぶし、吸いたくもない煙草にまた火をつけて、俺が言った。

「俺のほうは昨日君に会った時点で、今回の仕事は終了したことにしてもいい」

「おっしゃる意味が、わかりませんわ」

「由実さんの事件が交通事故ではなかったことは、はっきりした。警察も動きだした。それに君がなにかの勘違いで恨んでいるらしい上村英樹も、警察で油をしぼられた。君は昨日、『自分の気持ちの問題だ』と言ったが、気持ちの問題だけなら、これでぜんぶ解決したことになる」

「わたしは事件のすべての結果を、柚木さんの口からお聞きしたいと言ったはずです。それに上村くんのことは、まだなにも聞いておりません」

「君の依頼どおり、俺が上村のアリバイを崩したということですよ」

「アリバイが、嘘だったんですか」

「少なくとも早川と六本木のバーで飲んでいたというやつは、嘘だった」

「由実を殺したのは、それでは、上村くん？」

「そこまで単純だったら、こんな回りくどい言い方はしない。最初のアリバイは偽証《ぎしょう》だったが、上村には別なアリバイがあった。由実さんのことは別にして、上村と及川照夫には事件についての接点もない。上村が及川を殺したのでない以上、由実さん殺しも上村だとは考えられない」

「それでは由実を殺したのは、いったい……」

いくらも吸っていない煙草をまた灰皿の中でつぶし、コーヒーのカップを引き寄せて、形だけ、俺はそれに口をつけた。

「由実さんを殺した犯人がわかるのは、時間の問題だ。上村も警察にしぼられたし、上司の娘との結婚話も、へたをすれば流れるかもしれない。君に依頼された件についての仕事は、もう終わっている。だからこれ以上なにか報告するとすれば、君に対する義務からではなく、由実さんに対する俺の、個人的なサービスということにしたい」

「由実に対して柚木さんが、なぜ個人的なサービスをしてくださるの」

「調べているうちに、由実さんが写真で見るより可愛い子だったことが、わかったから」

島村由実と夏原祐子が俺の頭の中で混乱していたが、そんなことは香絵に対して言い訳をする問題では、まあないだろう。

「柚木さん、もう犯人の名前、ご存じなのではありませんの」

「そこまで優秀だと思われれば、光栄です」

「犯人が近いうちに捕まるというのは、見当がついているからでしょう」

「買い被らなくてもいいんだ。君を呼び出したのはさっきの提案を受け入れてくれるかもしれないと、期待しただけのことで」

「調査料が足らなければ、上積みしてもかまいませんわよ」

「ありがたいけど、やっぱりここから先は、サービスにしておく」

島村香絵が俺の顔に視線を据えたまま紅茶を飲み干し、ベージュ色のハンカチで唇を押さえながら、ゆっくりと脚を組みかえた。

「柚木さんのおっしゃり方、最初から気に入りませんわ。わたし、気に障ることを言ったでしょうか」

「君はなにも言ってないさ。問題なのはむしろその、なにも言わなかったことのほうだ」

「わたしが、なにを、『なにも言わなかった』んでしょう」

「君は最初から事件の核心を話さなかった。俺をばかにしたわけでもないだろうが、プロの仕事を過小評価していた。所轄《しょかつ》の刑事を見て捜査そのものに高を括《くく》ったんだろう」

「おっしゃる意味が、よくわかりませんわ」

「上村のアリバイが崩れた話をしたとき、君はなぜ驚かなかった？　アリバイが崩れたのに、それでも俺は、上村が犯人ではないと言った。君は最初の日、上村が犯人らしいとにおわせたじゃないか。その上村のアリバイが崩れたというのに君は動揺もしなかった。君は上村が犯人でないことぐらい、最初から知っていた」

「わたしが……」

「上村は今でも君に惚れている。由実さんとつき合っている間も本当は君のことが忘れられなかった。上村と由実さんの婚約が解消になったのも、原因は上村の君に対する未練だ。上司の娘との結婚話なんて、そんなものは口実でしかなかった。由実さんもそのことはわかっていた。だから上村から一方的に婚約を解消されても、それほど混乱はしなかった。そしてそのことは君だって知っていた。上村と由実さんの間には、殺したり殺されたりというトラブルはなかった。上村が結婚の邪魔になった由実さんを殺すという理屈は、最初から成り立たない。それを知っていたから上村が犯人ではないと聞いても、君には意外でもなんでもなかった」

「断定的に言いますのね。わたしや由実の個人的な気持ちが、どうして柚木さんにわかりますの」

「俺は、君や由実さんの気持ちが理解できると言ったわけじゃない。事件の事実関係がわかった、と言っただけだ」

「そんなことがわかることの、どこがプロなのかしら。由実の事件が事故でなかったとしたら、そして殺した人間がいるとしたら、その犯人を捜すのがプロではありません？」

「回りくどく説明しているのは、俺が手抜き仕事をしたわけではないことを、君に理解してもらいたいからさ」

俺はコーヒーを口に含み、胃にこみあげてきた吐き気を抑えるために、コップの水を半分ほど、一気に飲み込んだ。

「由実さんにかけていた生命保険のこと、なぜ、君は言わなかった？」

香絵の弓形に揃った左右の眉がバランスを崩し、目に表情がなくなって、絵に描いたように奇麗な顔が肩と一緒に、ゆっくりとシートの背に引かれていった。

「君が俺に調査を依頼した理由は事故でも殺人でも、とにかくこの事件に結論を出したかったからだ」と、吐き気がするのを承知でまた煙草に火をつけて、俺が言った。「君が言った状況とはちがって、警察は由実さんの事件を交通事故で処理はしていなかった。轢《ひ》いたクルマが発見できなくて、警察は事故とも故意の殺人とも決めかねていた。その警察の結論が出ないのをいいことに保険会社は五千万円の支払いを拒んでいた。君は由実さんの事件は事故でも殺人でもいいから、とにかく早く金を手に入れたかった。俺が調べて殺人の決め手が摑めなかったときは、それを事故であることの根拠として保険会社に圧力をかけるつもりだった……だいたいは、そんなところかな」

「勝手に決めないでいただきたいわ。わたしの気持ちがあなたに、わかるはずはないんです」

「君の気持ちを理解したいわけじゃないことは、最初から言ってる」

島村香絵の切れ長の目が遠くのほうではっきりと見開かれ、店のうす暗い照明を映して、いやな光を反射させた。

「理解できないのなら、他人の気持ちになんか入ってこないでよ。そういうことは大きなお世話なの。わたしがあなたに頼んだのは、由実の事件を解決することだけ」

「サービスだと、これも最初から言ってる」

「それではそのサービスも、大きなお世話だわ。あなたがするべきことは、わたしが払うお金に見合ったぶんの仕事だけなのよ」

「俺は良心的に仕事をすることで有名なんだ。それを知らなかったのは、君のほうが悪い」

「わたしが……たった一人の妹を殺されたわたしの気持ちが、あなたにはわからないの？　お金のためだけに仕事を頼んだと、本当に、あなたはそういうふうにしか考えないの」

「君は独立して広告代理店をつくるために、一日も早く保険金を受け取りたかった。それを否定するのもしないのも、もちろん、君の勝手だ」

「否定しなかったら、どうだっていうのよ。最初から保険金のことを話したら、あなた、仕事を引き受けてくれた？」

「金がらみでも愛情がらみでも、俺にとってはただの仕事だ。ただそれならそれで、最初からわかっていれば、君に対して幻想は抱かなかった」

「幻想を、わたしに対して？」

「君自身は理解していないのか、知っていて利用しているのか、俺にはわからない。だけど君は君と関係する男にある種の幻想を抱かせる……君には世の中の男という男が、馬鹿に見えて仕方がないだろう」

島村香絵が座席からハンドバッグを引き寄せ、細身の煙草と銀色のライターを取り出して、黙って火をつけた。

「上村も早川も、どこかの時点で自分の幻想には気づいた。だけど気がついたときには手遅れだった。やつらには君を憎むことができなかった。男がそういう馬鹿な生き物であることを、君はちゃんと知っている」

うなずきも、首を横にふりもせず、香絵が煙草の煙を長く、ふーっと俺の顔に吹きつけた。

「君が俺を早川功に会わせたくなかったのは、早川が高校生のときから君に惚れていたからだ。早川は誰よりも君のことを知っている。君は早川を事件に巻き込みたくなかったのではなく、早川に自分の過去を喋られるのが怖かった」

「関係ないわ。わたしが、今まで、どういうふうに生きてきたか……」

「親父さんの借金を抱え込んでしまったことは、君の責任ではない。妹の由実さんに隠していたことも、妹に対する愛情だ。しかし俺に言わせれば、由実さんの人生まで君が抱え込む必要はなかった。由実さんだっていつかは気がつく。気がついた時点で、重荷に感じる。愛情ってのは押しつけられると、悪意がないぶん、押しつけられたほうの逃げ場がなくなるもんだ」

「そんなの、奇麗ごとだわよ。わたしが守ってやらなかったら、由実を誰が守ってくれたの。親戚が、父の友人が、会社が？　とんでもないわ。由実はわたしが守ってやるより、仕方なかったのよ」

「それなら君自身は誰に守ってもらったんだ。塾の教師だった、両角啓一にか」

島村香絵の指から煙草の灰が折れるように落ち、ワンピースの膝に汚れをつくって、リノリュームの床に音もなく零《こぼ》れる。

「それも、みんな、大きなお世話……」と、あわてもせず、無表情に膝の灰を払って、島村香絵が言った。「自分のことは自分で解決してきたわ。そしてこれからも、そうやっていくつもり」

「君がどういう主義で生きていくのか、そんなことに興味はない。俺が知りたかったのは君と両角の関係を、由実さんがどこまで知っていたのか、ということだ」

「由実が……」

「一千万の借金を君は両角啓一に肩代わりさせた。両角はそのころ手広く商売を始めていたから、それぐらいの金はどうにでもなったろう。だからといって両角も善意で金を貸したわけじゃない。君と両角の間にどういう合意があったか、言われなくても見当はつく。君にしても役に立たない早川や上村より、金もあって仕事もできる両角のほうが、あの時点では頼りになった。一千万の借金はなくなっても、君にはまだ大学が残っていたし、毎日の生活や由実さんのこともある。君としては両角と関係をつづけるより、仕方がなかった」

「他人に、そんなことを非難する権利はないのよ。わたしは誰にも迷惑をかけていないし、由実を大学にだって行かせてやったわ」

「しかし由実さんは、そのことをどう思ったろう。君にとって妹が大事だったように、由実さんだって君のことを慕《した》っていたはずだ。親がわりに頼りにしていたかもしれないし、ある意味では尊敬もしていたろう。その君が、実際には、売春婦まがいの生活をしていた」

「なにもわかっていない。柚木さん、あなた、わかっていないわよ。親がいないというだけで、わたしは志望した会社にも就職できなかった。親の借金を抱えて、マンションも追い出されそうになって、高校生の妹と二人だけでどうすればよかったわけ。スーパーのレジかなにかで働いていれば、それでよかったの？　そうしていたらあなたは、感動してくれた？　冗談を言わないで。それが他人のことなら、わたしだっていくらでも感動してやれるわよ」

「君は一つ、勘違いをしているな」

「そうかしら。わたしのどこが、どういうふうに勘違いかしら」

「スーパーでレジを叩いているおばさんたちは、君のように自尊心の切り売りはやらない」

島村香絵が煙草を吸う手を止め、ついでに息も止めて、言葉を呑み込んだまま、目の端で俺の顔を睨みつけた。

「柚木さん、あなた……」と、呟き込むように笑いだして、香絵が言った。「あなた、本当に刑事をやっていたの？　今まで本当に、そんな甘い理屈で生きてきたの。そんな正義感をふり回していたら、奥さんに逃げられて当然だわ」

「俺は君と人生観の議論をしたいわけじゃない。君の実像を知って妹の由実さんが、どれほど傷ついたかを言っただけだ」

「由実はなにも知らなかったのよ。さっきからあなた、わかったようなことを言ってるけど、由実のことに関してはぜんぶ見当違いだわ。由実は自分がどういうお金で暮らしていたか、最後まで気がつかなかった」

「そうかな。君がそう思い込みたいだけではないのか」

「一緒に暮らしていた妹のことが、わからなかったはず、ないでしょう」

「由実さんだって二十一だ。君が考えていたほど子供ではなかった。由実さんがどういうつもりで石神井の自然を守る会に参加していたのか、それは知らない。でもあの会は両角啓一が会長をやってる。君と両角の関係を由実さんは、当然知っていたはずだ」

「仮にね、そんなことはないと思うけど、仮に由実がわたしと両角の関係を知っていたら、だからどうだというの。由実が世をはかなんで自殺でもしたというの？　由実が子供ではなかったと言ったのは、あなたでしょう。男と女のことぐらい、由実にだって理解できたはずだわ」

「理解はできたかもしれないが、由実さんにとってはつらいことだった。君も知っているだろう、彼女は人一倍正義感の強い性格だった。そんな由実さんが、君と両角がホテルから出てくるところを見たら、どう感じたか。甘い正義感をふり回しているお陰で、俺には理解できる」

最後の煙を長く吐き出し、灰皿の中にその細身の煙草を突き立てて、香絵が強く向き直った。

「ばかばかしい。いったいあなた、なにを言ってるの。わたしと両角が、いつ由実に見られたというの」

「五月の連休すぎさ。偶然に、由実さんは君と両角が井の頭公園近くのホテルから出てくる場面にぶつかってしまった。あのとき両角のクルマが赤いスターレットと接触事故を起こしたろう。君も両角も気がつかなかったが、相手のクルマの助手席には、由実さんが乗っていた。由実さんのほうはもちろん、君たちに気がついた。両角は場所が場所だったし、区長選挙のこともあるし、相手の若い男に十万円を払って示談《じだん》にした。そのときの若い男が及川照夫だったことは、言うまでもない」

「ばかばかしい。そんな妄想、どこで考えてきたのよ。わたしはあなたに、由実の事件を解決するように頼んだのよ。その結果が今の妄想なわけ。そんなでたらめを聞くために、わたしは一日十万円も払わされるの」

「でたらめかどうかはすぐに結論が出る。日当の十万円は、君には高くついたかもしれない」

「ばかばかしい……」

三度めのそれを言って、テーブルから煙草とライターをひったくり、島村香絵が手荒くハンドバッグへ放り込む。

「自分が言ってること、あなた、わかっていないんでしょう。あなたの今の言い方、まるでわたしが由実を殺したように聞こえたわ」

「君が殺したとは、言ってない。ただ君は、俺なんかに調査を依頼する必要はなかった。君は最初から犯人の名前を知っていた。ただ君が犯人を知っていることを、自分の口から警察に言うわけにはいかなかった。ただ君が犯人を知っていることを、自分の口から警察に言うわけにはいかなかった。両角との関係が知られれば共犯だと疑われる。君としては誰か利害関係のない人間から、犯人の名前を明らかにさせる必要があった」

香絵がばね仕かけの人形のように立ち上がり、ハンドバッグを胸の前に抱き込みながら、ほとんど俺の真上に、その尖《とが》った顎《あご》をつき出した。

「調査料、ぜんぶで何円《いくら》になるのかしら」

「三日ぶんだけもらっておく。三十万プラス、経費として二万円だ」

「でたらめな調査料としては、ずいぶん高いですわね。でも約束したことだけは守らせてもらいます。家のほうへ請求書を送ってください」

「請求書も領収書も出せない。最初の日にそう言ったはずだ」

俺は目で、待つように合図をし、取り出した手帳に銀行の口座番号を書きつけて、ページをやぶいて島村香絵に手渡した。

「君、カモノハシって動物、知っているか」

もう席を離れていた島村香絵がテーブルの横で立ち止まり、顔だけ、髪を掻きあげながら俺のほうへふり向けた。

「鴨の足？」

「カモノハシ。顔がアヒルで躰がカワウソ。そいつはビーバーそっくりの尾っぽに水掻きのついた足を持ってる。おまけに卵まで産んで、孵《かえ》った赤ん坊は自分の乳で育てるそうだ」

島村香絵が口の端に力を入れ、俺に顔を向けたまま、一歩だけ出口のほうへ後ずさった。

「残念だけど、あなたにはもう、二度と会いたくないわ」

「後学のために言うと、俺の娘はそのカモノハシって動物を可愛いと感じるそうだ」

「だから、それがいったい、なんだっていうのよ」

「人間にも見ただけでは正体のわからない生き物が、いるものだってことさ。君に比べたらカモノハシのほうが、たぶん俺には、理解しやすい」

*

最初からわかっていたが、けっきょく島村香絵は俺と夕飯を食う気にも、酒を飲む気にもならなかった。俺は俺で香絵がいなくなったとたんに胃の不快感が治まり、しかしそれでもすぐに動きだす気にはならなかった。俺は怒りをもてあましたまま二十分ばかり、うんざりと喫茶店の椅子に腰かけていた。

現役の警官だったときもそうだが、事件にはかならず、あと味がある。殺人や自殺に『いいあと味』なんてめったにはないが、それでも捕まえた犯人が単純な凶悪犯だったりすると、事件に関係した人間のそれぞれの心情を考えて、ほっとした気分になることもある。それに比べると今度の事件は、なんとしても、やはりあと味が悪い。なりゆきではあったが、俺が香絵に吐いた非難がましい台詞《せりふ》は、俺自身赤面するほど意味のないものだった。香絵の置かれていた状況が俺にだって、わからなくはないのだ。彼女は彼女なりに精一杯生きてきた。最初は母親に死なれ、父親には借金を遺《のこ》され、一人だけ残っていた妹も自分の生き方が原因で死なせてしまった。その責任をすべて香絵一人に背負わせるのは、責任の質があまりにも重すぎる。人間がそれほど強い生き物でないことぐらい、俺だってちゃんとわかっている。

俺が木戸千枝のライブを思い出したのは、まったくの偶然だった。腕時計で時間を確かめたときその八時という時間に、一昨日《おととい》千枝が電話で言った『ライブは八時ごろから』という言葉が思い出されたのだ。どっちみち最後は行きつけの飲み屋にでも転がり込むのだろうが、それにしても八時では時間が半端すぎる。特に今日は早い時間に部屋へ帰って身過ぎの原稿なんか、書く気分ではない。

俺は伝票をつまみ、立ち上がって、その店を出た。新宿通りにはクルマが溢《あふ》れ、排気ガスと人の息が混じり合って空気がすえたような、なにかいやな臭気《におい》に染まっていた。今日がこの夏で一番暑い日だったことは、たぶん、間違いないだろう。

ＪＲの代々木駅に近いピン・スポットというライブハウスは、たいして捜しもせずに、かんたんに見つかった。この類《たぐい》の店がほとんど地下に押し込められている理由は、構造上の問題ではなく、騒音対策上の必然からだろう。俺は階段を下りていったところで受付の女の子に五枚ぶんのチケット代を払い、防音扉を開けて、すでに渦巻いている煙草の煙と絶叫の中に憮然《ぶぜん》とつっ込んでいった。一万二千五百円というチケット代は誰も経費として落としてはくれないが、これで何年か先に武道館に招待してもらえるとすれば、安いものだ。

演奏のつづいているステージを遠くに眺めながら客席のうしろを回り、そこだけ小さい明かりがついているカウンターへ行って、俺はチケットと引き換えに缶ビールを受け取った。それから近くの壁に寄りかかって明るく浮き上がっているステージを、改めて見直してみた。もともと音楽に興味はないし、ましてロックなんてこれまでは人生の外側に、ぴたりと締め出してきた。しかし今こうやって空気全体が震える圧倒的な音量の中に身を置いてみると、その音量全体を引っぱるボーカルのすこし粘っこいリズムは俺の神経にも、それほど不愉快な共鳴はしなかった。歌手としての木戸千枝の才能なのか、それとも千枝に対して俺が感じている説明しにくい魅力のせいか。しかしいずれにしても今はそんなことを、分析する気分ではない。

曲が終わり、木戸千枝にだけ当たっていたスポットライトがステージの奥にまで広がって、バックメンバーの顔が遠くに浮かび上がった。客の数は百人足らず。みな予備校の教室をそっくりここへ移してきたような年恰好だ。その客たちに向かってステージのまん中へ出てきた木戸千枝が、なにやらバンドの活動状況らしきものを話しはじめた。演奏の合間のトークタイムというやつなのだろう。千枝の衣裳は銀色のタイツに赤いハイヒール、それに袖にひらひらがついた赤い上着という、かなり衝撃的なものだった。他のメンバーがみなジーンズと安物のシャツであるのに比べると、千枝の衣裳だけはさすがに、金がかかっている。たとえ今はアマチュアでもスターは最初から、スターなのだろう。

ビールを飲み干し、ふと横を見ると、池袋の貸しスタジオにいた髪のうすい男がやはり俺と同じように壁に寄りかかって、一人で煙草を吹かしていた。この雰囲気の中では俺もいい加減に場違いだったが、そいつのほうも年齢的には俺に負けないぐらい場違いだった。

俺はカウンターへ歩き、また缶ビールを二本もらって、壁に寄りかかっている男の前に一本を差し出した。

男が煙草をくわえたまま顔をふり向け、二、三秒目の端で俺の顔を眺め回してから、にやっと笑った。

「おたくも千枝にチケットを売りつけられた口かい」と、俺の差し出した缶ビールを気楽に受け取って、男が言った。

「ちょっとした先行投資さ。武道館のコンサートには招待してくれるそうだ」

くっと喉を鳴らしてから男がビールをあおり、煙草を吸って、その煙を長くステージのほうへ吐き出した。

「ひょっとすると、ひょっとするかもなあ。あのドラムさえ入れ替えりゃあ、音楽的には文句はねえもんな」

「プロデュースする気になったのか」

「そりゃ話が別。ああいう連中に人生なんかかけられねえよ。いっそのことおたくが自分でやってみたら」

「彼女が演歌でも歌う気になったら、考えてみるさ」

男がまたくっと笑い、煙草を床に放って、その禿げあがった額の辺りを掌《てのひら》で一拭きした。

「十五年もこんな商売やってるとなあ、たまには、こいつはって思うやつもいるもんさ。だけど本当にものになったやつは、今まで一人もいなかった」

「彼女もやっぱり、こいつはと思わせてるんだろう」

「千枝がバンド始めたときから、ずっと目をつけてたのさ。いいものもってるんだよなあ。だけどいいものもってて売れなかったやつなんて、腐るほどいるんだよなあ」

「俺には彼女の歌もスタイルも、文句はないように見えるが」

「素人はみんなそう思うよ。だけどあんた、歌がうまくてスタイルも顔もいい女、この世界に何人いると思う?」

「十人ぐらいか」

「まさか。何千だか何万だか、数えきれねえほどさ。そいつらを掻き分けて世に出るってのの、素人が考えてるほどかんたんじゃねえわけ」

「でもあんた、彼女はひょっとしたらひょっとすると、そう言ったじゃないか」

「そりゃあ千枝はそのぐれえのもの、もってるもの。それに俺は知らなかったけど、スポンサーがついたらしいんだ。あの一番うしろの席の右側に座ってる二人、知ってるかい」

「さあな」

「あいつら、バウンドプロのディレクターさ。金だかコネだか知らねえけど、あんな大手のプロダクションから二人も人間が来るってのは、よっぽどでかいスポンサーがついたってことさあ」

「それなら彼女、デビューできたようなもんだな」

「どうかなあ。賭けに出るかどうか……デビューさせてテレビに出したらまるで受けねえってこと、いくらでもあるからなあ。デビューだけして終わりっての、腐るほどいるんだよなあ」

「賭けたっていいさ、彼女はまだ二十一だ」

「あんた、やっぱり素人だよなあ。この世界のこと、なにもわかってねえんだよ。賭けるのは千枝じゃなくて、プロダクションのほうだってこと」

照明が急に絞られ、ステージにはまた木戸千枝一人だけが浮かび上がって、それと同時に爆発的なイントロが狭いライブハウスの空気を、これでもかというほどの音量で揺さぶりはじめた。俺はもうとなりの男と話す気にはならず、また壁に寄りかかって、音の中に疲れた神経を曝《さら》しはじめた。千枝のかすれてすこし粘っこい声が心地よく聞こえるのは、もしかしたら今俺がたんに疲れているから、というだけのことなのかもしれない。

千枝のステージはそれから三十分で終了した。お決まりのアンコールでは客の全員が立ち上がり、音楽とは無関係に轟然《ごうぜん》たる手拍子を巻き起こしたが、ステージが終わった瞬間から客たちは嘘のような静けさで、黙々と出口のほうへ流れはじめた。表のポスターには〈七時半開演、九時終了〉と書いてあったから、実質的には正味一時間のステージだったのだろう。

明るくなった客席に貸しスタジオの男の姿はなく、プロダクションの人間だという二人の男の姿も、いつの間にか見当たらなくなっていた。俺は出口の混雑がおさまるまでしばらく壁に寄りかかって待ち、それから吸っていた煙草を床に捨ててドアのほうへ歩きはじめた。楽屋へ行って千枝に声をかけようかとも思ったが、そういう気分でもなさそうだった。やっと夏らしい天気になったというのに、俺の精神状態はきっぱりと鬱《うつ》側に傾いている。千枝がステージで見せつけた若さに嫉妬を感じたのか、それとも島村由実や及川照夫が放り出していった青春に、感傷的になったのか。

「柚木さん……」

飲み屋の看板をいくつか思い浮かべながら駅のほうへ歩きだしたとき、うしろから声がして、千枝が地下からの階段を二段おきぐらいの大股で駆け上がってきた。銀色のタイツはそのままだったが赤いハイヒールはゴムのビーチサンダルに履きかえていて、上もプリントのない白いTシャツに着替えていた。

「水臭いじゃない。ライブに来たら声ぐらいはかけていくものよね」

「スターとファンが馴々《なれなれ》しくするのも、具合が悪いと思ってな」

顔じゅうを歪めて笑い、Tシャツの裾を引っぱって、千枝が顔の汗を元気よく拭き取った。

「今のステージ、どうだった?」

「俺が芸能界に詳しかったらマネージャーを買って出る」

「あいにく、もうマネージャーは決まったの。それに柚木さんにマネージャーやられたら、チケットを買ってくれるスポンサーが一人減っちゃうわ」

「スポンサーは、もうついたらしいじゃないか」

「スポンサーを見つけるのも実力のうちだもの。ただ歌うだけなら、カラオケやってればじゅうぶんだしね」

「君ならいつか武道館でコンサートを開けるさ。ステージを見て、そんな気がした」

「お世辞でも嬉しいな」

「俺のほうこそ、人生に楽しみができた。これから先、君がメジャーになっていくのを陰ながら見ていられる」

くすっと笑って髪を掻きあげ、汗の匂いのする躰を千枝が俺の顎の下に寄せてきた。

「あんた、今日はハンフリー・ボガート、やってないじゃない」

「君の歌に感動して気力がなくなった」

「ハンフリー・ボガートより今日は、ジェームス・ディーンみたい」

「チケットのほうがビールより美意識をにぶらせるか」

今度はあはっと声を出して笑い、それから首をかたむけて、千枝が目に街灯の光を強く反射させた。

「これからみんなでうちあげをやるの。柚木さん、来ない？」

「さっきも言った。スターとファンは親しくなりすぎないほうがいい」

俺は一歩だけうしろにさがり、汗と若さを無自覚に発散させている千枝の顔を見つめたまま、ポケットから煙草を取り出して、火をつけた。

地面に向かって一つ煙を吐き出し、駅のほうへ向かおうとして、ふと、その問いが俺の頭を横切った。もう決着がついたはずの島村由実の事件が気持ちのどこかで、まだ諦め悪くひっかかっている。

「そのうちあげっていうの、ライブの度にいつもやるのか」

「いつもやるわよ。みんな貧乏だから、焼き鳥屋かおでん屋だけど」

「あの日も、やったか」

「あの日って？」

「由実さんが、ボーイフレンドと君のライブに行った日」

「もちろんやった。あの日はたしか、新宿の居酒屋だったかなあ」

「由実さんとボーイフレンドも、うちあげに出たんだろうな」

「出た。ライブのときは由実、いつも最後までつき合ったもの」

「それで、由実さん……」と、首をかしげて立っている千枝の顔に、煙がかからないように煙草を吸って、俺が言った。「どんな様子だった？　へんなふうに、落ち込んでいなかったか」

「へんなふうに、由実が？」

「その日に彼女は接触事故を起こしていた」

「でもそれ、相手の男の子が起こした事故でしょう。由実が自分でやったわけじゃないもの」

「由実さんに変わった様子は？」

「由実は、そうねえ、なにか怒ってたようだけど、でも落ち込んでる感じはなかったな。相手の男の子のお喋りに、うんざりしてるみたいだった」

「悩んでる感じでは、なかったんだな」

「そういうのとはちがう。由実、へんに怒ってたけど、悩んでも落ち込んでもいなかった。あの男の子と喧嘩でもしたんじゃないかなあ」

「怒ってるだけで悩んでも落ち込んでもいなかった……そんなもんかな」

俺は親指の爪でフィルターを弾き、煙草の灰を下の舗道に落としてから、千枝に手をふって駅へ歩きかけた。

「うちあげ、本当に、来られない？」と、顔の汗をふり払うように肩で息をして、千枝が言った。

「好きな女の子を遠くから見守るのも、男のロマンだ」

「決まった。今の、リチャード・ギアだね」

「俺はハンフリー・ボガートのつもりだった」

「次のライブもチケット、頼んでいいかなあ」

「それはリチャード・ギアに言ったのか」

「ハンフリー・ボガート」

「ボギーのほうならもちろん、チケットぐらいで吝嗇《けち》なことは言わないさ」

俺は木戸千枝にもう一度手をふり、煙草を捨てて、人通りの少なくなった舗道を駅へ向かって歩きはじめた。生きていれば島村由実もこのライブに顔を出し、それから夜中までうちあげとやらで騒ぎ回れただろうに。しかしどうでもいいが、男のロマンてやつも、けっこう高くつく。

9

疲れて気分が滅入ることで一つだけいいことがあるとすれば、それは躰《からだ》が深酒を受け入れないことだ。前の日はめずらしく十二時前に部屋へ帰り、テレビの面白くもないバラエティー番組と面白くもない深夜映画を見て、そのまま正午《ひる》ちかくまで寝込んでしまった。二日酔いをせずに目をさます度に酒を慎むことがどれぐらい躰にいいかを認識するのだが、その認識が人生にとってたいして意味のないことも、同時にまたすぐ、俺は認識してしまう。

誰にも邪魔されずに眠れたことの充足感を自嘲ぎみに味わってから、軽く気合いを入れて、俺はよっと起き上がった。一昨日《おととい》突然戻ってきた夏は相変わらず窓の外に居座り、カーテンを通して光と熱気を自棄《やけ》になって部屋に流し込んでいた。俺はエアコンを入れてからトイレへ行って用を足し、コーヒーをセットしたあとで洗面所へ戻って、三日ぶんの洗濯に取りかかった。

今日はシーツと枕カバーを洗うから洗濯機は、二回まわすことになる。

一度めの洗濯をセットし、台所でコーヒーを注いでから、俺は壁の時計で時間が十二時をすぎていることを確かめた。この時間なら間違いないだろうし、うまくいけばもう自供も始まっている。居所が確認できている容疑者を逮捕する場合、原則として警察は夜明けを狙う。相手が混乱している間に自分たちのペースに巻き込んでしまおうという、常道的な心理作戦なのだ。

俺は机をまわって椅子に腰かけ、煙草《たばこ》に火をつけてから練馬西署に電話を入れてみた。相手は坂田でも鮎場でもよかったのだがハッタリが利《き》くぶん、若い鮎場のほうが都合はいい。

「へええ。やっぱり、いい勘してるもんですねえ」と電話に出るなり機嫌のよさそうな声で、鮎場が言った。「さすが警視庁のユリ・ゲラーと言われた柚木さんだ」

「君たちの頭の中を知るのに超能力は必要ない。それで、及川のクルマから出た塗料は、ぴったりだったのか」

「お陰様でね。それに及川のアパートから練馬区の広報紙が出てきました。どういうことだか、わかります?」

「両角啓一の写真がでかでかと載っていた、そんなところだろう」

「そんなところなんですよ。そいつがまたごていねいに、連絡先の電話番号に鉛筆で丸がついていましてね、見たときは笑っちゃいましたよ。『はい、あんたが犯人』というようなもんですから」

「両角はなにか、自供《うた》いはじめているか」

「そいつはまだです。相手は地元の名士ですから、殴る蹴るというわけにはいきませんよ」

「両角のクルマはセドリックだったよな」

「黒塗りのオートマチックです。左前方フェンダー下部に修理をした痕跡がありますから、まず間違いないですね」

「車内から血液反応とか及川の毛髪とか、出てきたか」

「鑑識の段階では出なかったようです。詳しく調べるためにクルマは科研に回しました。そっちからなにか出たら自供が取れなくても、送検できるんですけどねえ」

「両角は、要するに、全面否認ってわけだな」

「及川や島村由実との面識については認めてるんですよ。それから接触事故の件についてもね。四日前の午後、英進舎の両角のところへ及川が金を強請《ゆす》りにやって来たことも認めました。出だしとしては、こんなところでじゅうぶんでしょう」

「及川や島村由実との接触は認めたが殺人については否認している、そういうことか」

「二人殺《や》ってれば死刑の可能性もありますからね、かんたんに口は割りませんよ。うちの課長としても持久戦を決めてるようです」

「例の、島村由実殺しに使われたチェイサーは、どうした?」

「あれはまだです。とにかく二十三日間勾留《とめ》ておけるわけですから、時間をかけてじっくり吐かせてやりますよ」

コーヒーを飲み、一度煙草を吹かしてから、受話器を反対の手に持ちかえて、俺が訊いた。

「島村由実との関係について、両角はどういうふうに供述している？」

「ただ知ってるだけだと、その一点張りです。知ってるだけの人間を一々殺していたら、日本中死体の山になっちゃいますよ」

「及川が両角を強請ったのは、当然、島村由実のことについてだろう」

「訳のわからないことを言うので追い返した、と両角は言ってますけどねえ」

「島村香絵のほうは、どうした？　接触事故のとき両角のクルマに乗っていたことは、認めたか」

「なんのことです？　どうしてそこに島村香絵の名前が出るんです」

「認めていないのか？」

「認めてないって……だって柚木さん、あのときクルマに乗っていたのは、広地美代子という女ですよ」

「広地美代子？」

「英進舎で事務をやってる小娘なんですけどね。いい歳して両角もよくやるもんですよ」

「それは、その、あのとき一緒だったのは広地美代子だと、両角が言ったのか」

「両角の証言から広地美代子にも確認を取りました。本人も認めましたよ。最近の若い女ってのはいったいなにを考えてるんだか」

「なにを……」

「でも柚木さん、島村香絵がどうとかって、それ、なんのことです」

「それは、こっちの話だ。おまえさんたちの捜査がどこまで進んでいるか、かまをかけてみただけさ」

「それならいいんですけどね。ここまできてひっくり返されたら、警察の面子《メンツ》はまるつぶれです」

「警察の面子より被害者の人権だ、それと容疑者の」

「わかってますって。でも今度の事件《やま》に関しちゃ、犯人《ほし》は両角で決まりですよ。火遊びの現場を島村由実と及川照夫に見つかった。島村由実は買収に応じなかった。社会的な立場もあるし、区長選挙のこともある。両角としては島村由実の口を封じるしか方法がなかった。島村由実の口を封じたら今度はそれを嗅ぎつけた及川照夫に強請られて、それも殺してしまった。構図としてはそんなところじゃないですか」

「そんな、ところか」

「それにしてもあんな小娘との火遊びで、両角も高い授業料を払ったもんです。そう思いませんか。ねえ、柚木さん」

予定はあったとしても俺の人生における予定なんか、他人に自慢できるほどのものではない。二回の予定だった洗濯を一回で切り上げ、シャワーを浴びて、とにかく俺は部屋を出た。鮎場の台詞《せりふ》ではないが広地美代子との火遊びぐらいで人生を棒にふるとすれば、両角啓一にとってはたしかに、高すぎた授業料だ。俺も直接島村由実を知っていたわけではないが、しかしその正義感の強さからすれば由実が両角を許せなく思ったことにも、想像はつく。島村香絵の役割については俺自身、基本的な考え違いをしていたのだ。両角が及川照夫のクルマと接触事故を起こしたとき、一緒に乗っていたのが香絵ではなく広地美代子だったとすれば、昨日木戸千枝が『由実は怒っていたけど、悩んでも落ち込んでもいなかった』と言ったことの状況はそれで理解できる。島村由実は自分のアドレス帳に石神井の自然を守る会の電話番号をＳＳＫ、などという暗号めいた書き方をしていたぐらいだから、自分の姉と両角との関係は当然、知っていた。そのことに割り切れない思いはあったにせよ、現実の問題としては黙認するより方法はなかったのだろう。どういう形にしろ自分の姉と関係がある両角が他の女とホテルから出てくる場面を、目撃してしまったのだ。そのときの島村由実の心理を考えれば『悩む』というより、『怒る』というほうが相応《ふさわ》しい。まして両角は地元の名士でもあるし、次期区長候補でもある。由実の若い正義感がそういう両角の行状を許せなく思ったのも、当然といえば当然だろう。姉と関係のある両角に対する屈折した気持ちと、その正義感から、由実は両角の実像を世間に公表しようとした。両角も懐柔しようとしたが、由実は聞き入れなかった。そこで両角は由実を殺した。区の広報で両角の素性《すじよう》を知った及川照夫は、接触事故と由実の事件をからめて両角に強請りをかけた。後難を恐れた両角はその及川も始末した。鮎場に言われなくても事件自体の構図はそんなところなのだ。間に島村香絵が入ってこなければ構図としてはそれで、非常にすっきりする。殺人事件の構図なんて単純であればあるほど説得力は大きいし、そしてだいたいは、それが結論であることも多い。しかしもし構図がそのとおりであって、事件そのものがそこまで単純であったとすれば、もう一皮剝《む》いてもっと単純であったとしても、おかしくはない。

*

この前広地美代子に会ったとき、最後になって俺がその電話番号を手帳に書き取ってしまったのは、病気のせいだ。三十八年間もその病魔にとり憑《つ》かれていて、人生は不当な混乱をつづけているが、病気のほうが状況を救ってくれることも、たまにはある。電話をすると広地美代子は部屋にいて、俺が行くまで外出しないようにという拘束力のない命令を、なぜか素直に聞き入れた。

広地美代子のアパートは大泉学園の駅から線路ぞいに十分ほど保谷《ほうや》側へ歩いた、住宅地の中にあった。私鉄沿線のどこにでもある木造モルタル塗りのアパートだったが、自分でも呆れるぐらいの嗅覚で俺はそのアパートにたどり着いた。十何年間もやってきた警察官の習性は善良な市民に戻ったからといって、かんたんに抜けるものではない。

二階の五号室というその部屋は、間取りこそ夏原祐子の部屋と似たようなものだったが、壁もカーテンも畳も全体にうす暗く、そのくせばかでかい衣裳ダンスが部屋の半分を占めるかと思うほど、どーんと壁からつき出していた。エアコンはなく、壁にかかった小型の扇風機が首もふらずに忙《せわ》しなく部屋の空気を搔き回していた。

「癪《しゃく》にさわるわよねえ、こんな急に、暑くなっちゃってさあ」

デニムのショートパンツに赤いTシャツを着た広地美代子が、台所からサイダーのようなものを持ってきて、窓際に腰を下ろした俺とテーブルを挟んで座り込んだ。

「仕事、本当に、かわるつもりなのか」と、テーブルからガラスの灰皿を勝手に引き寄せて、俺が言った。

「そんなの、いやでもそうなるわよ、理事長が警察に捕まったんだから」

「英進舎自体が倒産するか」

「どうかしらね。丸山さん次第だろうけど、あたしにとってはどっちでも同じことよ」

「両角のことはいつ知ったんだ」

「今朝仕事に行こうとしたら警察の人が来たの。それで五月の九日、あたしと理事長が一緒にいなかったかって……煙草きらしちゃった、一本もらえる?」

俺は自分で一本を抜き出し、残りを箱ごと前に滑らせて、広地美代子がくわえた煙草と自分の煙草に使い捨てライターで火をつけた。

「どっちでもいいのよ。あたしは最初から、あそこはやめるつもりでいたんだから……」と、投げ出した自分の足先に向かって、長く煙を吐いてから、広地美代子が言った。

「両角とのこと、この前会ったとき、なぜ言わなかった」

「そんなこと、だって、あたしの口から言えるわけないじゃない。訊かれもしないのに、本当はあたし理事長とつき合ってますとか、そう言えばよかったわけ?」

「君は両角のことを、ただのおじさんだと言ったじゃないか」

「そりゃあ、ただのおじさんよ。だけどあたしにだって、いろいろ都合があるじゃない？　東京ってお金がかかるしさあ。ここの部屋代だって、五万三千円もするのよ」

「その……両角とは、いつごろから、そうなんだ」

「今年の初めぐらいから。でもあたし、もうやめようと思ってたんだ。最初はスリルもあったけど、なんとなく面倒臭くてさあ。だけど思わない？　丸山さんにはいい気味だったわよねえ」

金がらみとはいえ、島村香絵と関係をもっている両角啓一が広地美代子にまで手を出す必要は、常識的にはないだろう。しかしそういう常識では考えられないことをしてしまうのも、男というやつの、空しさだ。

「君は、それで……」と、広地美代子の投げ出した意外に肉づきのいい脚を、苦っぽい気分で眺めながら、俺が言った。「五月九日、本当に両角と、一緒にいたんだな」

「警察の人にも言ったわよ。ホテルから出てきたとき、赤いクルマとぶつかったことも言った。理事長あんとき、余所見《よそみ》をしてたのよねえ」

「そのとき相手のクルマに乗っていた女の子が殺されたことは、いつ知った？」

「ぜんぜん知らなかった、これは本当。だってその子、クルマから降りてこなかったし、あたしも顔なんか見なかった。その子がこの前、柚木さんが写真で見せてくれた子だったわけ？」

「彼女が英進舎へ行ったときも、事故のことは思い出さなかったのか」

「気がつかなかったわよ。向こうはどうだか知らないけど、こっちは顔なんか見ていないもの」

「男のほうは、どうだ。俺が英進舎へ行った前の日、両角を訪ねていったろう」

「そうだってね。でもそれだって、警察の人から聞いて思い出したのよ。同じような感じの男の子、塾にいっぱいいるじゃない。どこかで見たような気はしたけど、あのときは思い出さなかった」

「そいつが英進舎へ行ったのは、何時ごろだった」

「夕方だったなあ、五時にはなっていなかった」

あの日及川照夫が、夏原祐子に電話をしてきたのが五時ごろだったというから、その時点で及川は金について、なんらかの感触を得たということか。

「あの日は両角が英進舎にいて、その男には自分で会ったんだな」

「自分で会ったわよ。あたしが理事長室に取りついだんだもの」

「二人がなにを話していたか、聞いたか」

「聞くわけないわ。あたしは取りついだだけだし、男の子だって理事長室には五分もいなかった」

「五分間両角と会って、それから？」

「それからって？」

「男は、どうした」

「そりゃあ、帰ったわよ」

「両角のほうは？」

「理事長は……あたしが帰るときも、まだ理事長室にいたと思う」

「丸山菊江はそのとき、どうしていたのかな」

「丸山さん？　丸山さんが、なあに」

「その男と話をしたかと思ってさ」

「話ぐらいはしたんじゃない。男の子が来たとき、丸山さんは理事長室にいたから」

「丸山菊江は、理事長室にいたのか」

「そうよ。だって理事長は、英進舎へは丸山さんから仕事の報告を聞くために来るんだもの。それ以外に用があるときは、どうせ外で会ってるわよ」

「男が帰ったあと丸山菊江は、どうした。すぐに外出しなかったか」

「どうだったか……だけどどうして？　そんな細かいこと、一々覚えていないわよ。丸山さんのことなんか、あたしぜんぜん興味ないんだから」

広地美代子が剝きだしの腕をのばして煙草をつぶし、俺も最後の煙を吐いてから、その灰皿で煙草の火を消した。

「それより柚木さん、なにかいいバイトの口、ないかなあ」と、畳についた腕で躰を支えながら、暑苦しく息を吐いて、広地美代子が言った。「マクドナルドとかコンビニだとか、ああいうださいんじゃなくてさあ、恰好よくて面白くて、それでお給料のいいやつ」

「そういうバイトが見つかったら俺にも教えてくれ」

「テレビのリポーターとかなるの、むずかしいのかなあ」

「君ならなれるさ。君より頭の悪そうな女が、いくらでもリポーターをやってる」

「そうなのよねえ。テレビなんか見てると、たいしたことない子が楽しそうにやってるのよねえ。ああいうのみんな、コネなのかなあ。だけど今さら丸山さんに頼むわけにも、いかないしさあ」

「丸山菊江はそのほうにも、コネがあるのか」

「あれだけのお金持ちだもの、ちょっとぐらいそういうの、あるんじゃない。昔はけっこう遊んだっていうしね、嘘だか本当だか、テレビ局に知り合いがいるみたいなことも言ってた。でも今さら、ねえ？　理事長とのことだってばれちゃったわけだし、丸山さんになんか頼めないわよ」

「いっそのこと故郷《くに》へ帰ったらどうだ」

「帰ったって……福島に帰って、なにがあるわけ？」

「平凡な人生の、平凡な幸せがある」

「そんなもののどこが面白いのよ。そりゃあさ、三十になったら考えるかもしれないけど、でも一度ぐらい、あたしだって楽しい思いをしていいんじゃない。みんな楽しんでるのに、あたしだけつまらない人生をやってるの、ぜんぜん割が合わないわよ」

「俺にはそれほど、みんなが楽しんでいるようにも思えないけどな」

　俺は煙草の箱を置いたままライターをポケットにしまい、サイダーのようなものを半分飲んで、窓の外をのぞきながら腰をあげた。池袋線の線路が近いせいか、かすかな震動と一緒に、ごーっという電車の音が低く聞こえてくる。

「ねえ、雑誌関係でもいいから、なにかあったら声かけてくれる？」

「なにかあったらな」

「理事長も捕まっちゃったし、当分あたし、スナックにでも勤めようかなあ」

「どんな仕事でも君ならうまくやっていける」

会釈《えしやく》をしてドアのほうへ歩きかけた俺に、部屋のまん中につっ立ったまま、広地美代子が言った。

「柚木さん、どう思う？　ずっとあたしが理事長とつき合ってたら、あたしもやっぱり、殺されていたと思う？」

「君を殺す気になんか、誰もならないと思うが」

「そうよねえ。あたし、悪いことなんか、なにもしてないものねえ。だけど理事長、なんで人なんか殺しちゃったのかなあ。区長になりたいからって、人まで殺すこと、なかったと思うけどなあ」

まったく、鮎場の台詞ではないが、この広地美代子との火遊びぐらいのことで両角啓一も、ずいぶんと高い授業料を払ったものだ。

＊

志木《しき》から浦和《うらわ》へ通じる抜け道のせいか、見渡すかぎりの畑と工場群の中をダンプや大型トラックが、ひっきりなしに通りすぎる。あと三十分で日も暮れきる時間となればこういう田舎道でも、それなりの混雑は当然だ。汗と排気ガスと土埃《つちぼこり》にいい加減うんざりしながら、それでも性懲《しょうこ》りもなく俺は煙草に火をつけた。まだ明るさが残っている空のとんでもなく高いところを、カラスだけが気持ちよさそうに旋回をつづけている。

俺の目の前には百台ちかいクルマの残骸が廃墟を彫刻にでもしたような悲惨さで、累々《るいるい》と横たわっている。中には押しつぶされて五台も六台も一ヵ所に積み重ねられているクルマもある。腹を上にしているクルマもあれば、トランクを跳《は》ね上げたまま横向きに寝ているクルマもある。しかしどのクルマも一様にみなタイヤだけは、きれいに外されている。ほとんど無傷に見えるクルマでもクルマというやつはタイヤをつけていないと、不様《ぶざま》に見えて仕方がない。

俺はやっと見つけた十二年前のトヨタ・チェイサーを煙草が短くなるまで眺めてから、その煙草を捨て、人間の掌《てのひら》大に剝《は》げているボンネットの塗料を、直径で五センチほど指で掻き取った。それからそばに落ちていた小石を拾ってウインカーを割り、その破片とボンネットの塗料とをハンカチで包み込んだ。足がないところは人間の幽霊と同じだが、こんな廃車置き場でカラスの巣になっているぶん、クルマの幽霊のほうが気の毒な感じが、しないでもない。

10

「あなたっていつも、そういうふうに逃げるじゃない。わたしはべつに、今さらあなたを責めようとは思っていないの。そんなことを言ってるんじゃないの。ただわたしたちだって一応は夫婦なんだし、加奈子が二人の子供であることは事実なの。そういう意味で、約束したことだけは守ってもらいたいのよ」

「俺は、だから、仕事が片づいたら、本当に電話をしようと思っていた。俺だって自分が加奈子の教育に責任があることぐらい、ちゃんとわかってるさ」

「わかってるならなぜ連絡をくれないの。わたしのほうから電話するのはいやだって、この前も言ったじゃない」

「この前は、あれは本当にたまたま、彼女がうっかり受話器を取っただけなんだ。この前だってそう言ったろう」

「それでこの前は、あなたのほうから連絡するとも言ったでしょう。あれからいく日たってると思うのよ」

「いく日って、ほんの二、三日さ」

「わたしが最初に電話をした日から、丸まる五日と半日よ」

「似たようなもんだろう」

「倍ちかくもちがうわよ。だいいちあなた、わたしが今日電話しなかったら、あなたのほうから電話をしてくれた？」

「だから、洗濯でも済んだら、ちょっとしてみようかと思っていた」

「なによ、その洗濯って」

「洗濯は、洗濯さ。昨日は忙しくて、予定の半分しかできなかった」

「洗濯と加奈子の将来と、あなたにとってはどっちが大事なのよ」

「そういう問題じゃない。俺だって洗濯ぐらいするし、急に暑くなってシーツや枕カバーも……」

「あなたっていつもそうよね。そういうどうでもいいことで、いつも大事な問題から逃げようとするのよね」

「洗濯するのが、そんなに悪いか。俺だって毎日洗ってあるシャツを着たいし、気持ちのいいシーツで眠りたい。俺にはそれぐらいの権利もないのか」

「そんなこと、言ってないじゃない。あなたの唯一の趣味が洗濯だということぐらい、わたしだって知ってるわよ。あなたは昔から洗濯に執着していたじゃない。夜中でも朝でも、とにかく洗濯洗濯、洗濯洗濯……」

「俺はべつに、君に迷惑をかけた覚えは、ない」

「だからいやなのよ。仕事から帰ってきてあなたに洗濯を始められたら、わたしのほうはどうしたらいいわけ？　洗濯ぐらいわたしだってやっていたわよ。それなのにいつもあなた、当てつけがましく夜中に洗濯を始めたじゃない。そんなことをされたら、わたしの立場はどうなると思うのよ」

「だから、もう、いいじゃないか。君に洗濯をしに来いとは言ってない。昨日は忙しくて、洗おうと思っていたシーツと枕カバーが洗えなかった。だから今洗ってるだけのことだ。それがなにかの罪になるんなら、俺はいつだってこんな国は出ていってやる」

「そんなこと、言ってないでしょう？　わたしは加奈子のことを話し合いたいと言ってるだけよ。あなたはそうやって、いつも問題をすり替えようとするんじゃない」

「俺がいつ、すり替えた。だいいち君が言うほど、いつも逃げてはいないだろう」

「逃げてるじゃないの。あの事件があってから、あなたは人が変わったじゃない？　ヤクザの一人や二人撃ち殺したぐらいのことで、どうしてあなたが人生を放り出すのよ。あなたが殺さなくてもあんな人たち、どうせいつかは殺されたわよ」

「あのことは、だから、済んだことだ」

「どこが済んだのよ。あなたが投げ出した人生には、わたしや加奈子の人生も含まれていたのよ。自分一人の勝手で、わたしや加奈子の人生まで犠牲《ぎせい》にする権利、あなたにあったわけ？」

「そのことはもう、話し合ったはずだ」

「話し合ったけど、それはあなたが警察をやめたあとだったじゃない。そりゃあね、ヤクザにだって子供はいるわよ。でもその子供が加奈子と同年《おないどし》だったことが、どうしてあなたの責任なの。あなたはたった一人で、世の中の不幸すべてに責任をとれると思ってるわけ？」

「そういう問題じゃないことは、あのとき、ちゃんと説明している」

「いくら説明されたって、わからないものはわからないわよ。ヤクザの子供に責任をとって、自分の子供には責任をとらなくていいなんて理屈、わたしにわかるわけないでしょう」

「問題がちがうんだ。俺は自分の人生を放り出してもいないし、君や加奈子に対する責任から逃げるつもりもない。だからってあのことを、もう一度むし返す気にはならない」

「むし返すつもりなんか、ないわよ。わたしはただ、あなたが言ったから、言っただけ。わたしだってもう一度元の生活に戻れるとは思っていないの。戻りたいと言ってるわけでもないの。ただわたしは、あなたが神様になってくれなくてもいいから、加奈子の父親であることを忘れないでほしいって、そう言ってるだけ。約束したことだけは守ってほしいって、そう言ってるだけよ」

「電話は、だから、しようと思っていたんだ。昨日までは本当に忙しかった。今日中にはぜんぶ片づくから、今夜にでも君に電話して、できれば、明日にでも会いたいと思っていた」

「本当に、そう思っていたの？」

「本当にそう思っていた。俺の瞳は今、真実の光に輝いている」

「あなた……」

「いや、今のは、冗談だ」

「あなたって人は、いつも、そうなんだもの」

「悪かった。口が勝手に喋《しゃべ》ってしまった。だけど明日会えそうだということは、本当だ」

「だからね、それで、わたしのほうから電話したの。明日はわたし、都合が悪いのよ。講演会で仙台へ行かなくてはならないの」

「君が忙しいことは、加奈子から聞いた」

「以前は家で原稿を書いていたから、加奈子のことも看《み》てやれたの。だけど最近は外に出る仕事が多くて、あまり家にいられないのよ。そういうこともあるから、一度あなたと話し合っておきたいの」

「俺のほうは、明後日《あさって》のことまでは、わからないな。なにしろ半端仕事がつづいている」

「それじゃわたしが仙台から帰ってきてから、ということ？」

「そう、だな。都合のよさそうなとき、俺のほうから電話をする」

「ちゃんと電話してよね。わたしのほうから電話するの、本当に気まずいんだから」

「だからな、あれは……まあ、とにかく、明後日以降、俺のほうから間違いなく電話はするさ」

「本当よ？　自分の子供のこと、あなたももう少し本気になってよね。人間には逃げられる問題と逃げられない問題があること、わかるでしょう。あなたはいつだって、大事な問題を逃げて済まそうとするんだもの」

「俺は……その、加奈子、家にいるのか」

「いるわよ。居間でテレビを見てるわ」

「ちょっと、代わってくれないか。この前の、コミュニケーションのつづきがあるんだ」

「わたしが言ったこと、ぜったい忘れないでよね」

「忘れない。毎日夢の中でも確認して、朝起きたら、毎日君の家の方角に向かって手を合わせる」

ふんと知子が鼻を鳴らし、それからこつんという受話器を置く音がして、俺の電話にもやっと平和が戻ってきた。どうやら二日間は執行猶予《しっこうゆうよ》がもらえたようだし、あとちょっと努力すれば知子との頂上会談も、一週間ぐらいは引きのばせる。知子との間に話し合って解決できる問題などなにもないことはわかっていながら、それでもやはり俺たちは話し合わなくてはならない。結論を出すためにではなく、話し合うこと自体が、俺と知子の、親としての義務なのだ。

俺が煙草《たばこ》に火をつけて二、三口吸ったところへ、受話器を取り上げる音がして加奈子が声をかけてきた。

「どうした、元気にしてるか」と、椅子の背もたれで背中をのばしながら、俺が言った。

「元気にしてるよ。三日ぐらいで変わるわけ、ないじゃない」

「プール、今日は行かないのか」

「今日は行かない。今日は夏休みの宿題をやってる。パパ、今ママともめてた？」

「ママ……いや、お母さんはもめてたらしいが、俺のほうはぜんぜんもめていなかった」

「わたし、両親がもめるの見るの、いやだなあ」

「本当にもめていない。おまえも知ってるだろう、お母さんはふだんから、ああいう喋り方なんだ」

「それならいいけどさ。そうじゃなくても別居してるんだから、これ以上もめるの、子供の教育にも悪いと思うよ」

「努力は、精一杯している。それよりこの前のあれ、どうなった？」

「そうなの。それでわたしもパパに電話しようと思ってたの。あれやっぱり、やめることにした」

俺としてはオーストラリア関係の旅行案内書も見たし、図鑑でカモノハシまで調べて、それなりの覚悟はできていたのだ。しかし加奈子がやめるというのなら、それはそれで、文句はない。

「だってね、パパ……」と、空気を胸一杯に吸い込んだらしい音をさせて、早口に、加奈子が言った。「旅行会社の人に訊いたらオーストラリアって、今冬なんだってさ。地球の反対側は夏と冬が逆なんだって」

「そういえば、まあ、そうだな」

「冬になんか行ったって、つまらないよね。パパだって奇麗な女の人の水着、見られないでしょう」

「そりゃあ、俺は、そういうのに興味はなかったけど……冬に行っても、たしかに、夏休みらしくはないよな」

「だからね、今度の冬休みに行けば、ちょうどいいと思うの。冬休みならホテルも飛行機も予約できるし、パパだってお金、貯《た》められるでしょう」

「それぐらい時間があれば、なんとか、なる」

「わたし今から、ちゃんと調べて準備をする。パパもOKだよね」

「OKだと、思うな。だけどおまえ、今年の夏休みは、どこへも行かなくていいのか」

「我慢するよ。家庭環境が複雑なんだし、他の子よりそういうこと、我慢しなくちゃいけないと思うの」

「あまりむずかしく考えることは、ないんだぞ」

「むずかしく考えてるわけじゃないよ。人間ってさ、それぞれ立場があるから、他の子と比べても仕方がないと思っただけ」

「俺としては、おまえが元気でやってくれれば、それでいい」

「元気でやっていくよ。だからパパ、冬休みはオーストラリアだよ」

「オーストラリアで、カモノハシな」

「約束だよ。わたしもお小遣い、貯めておくね。パパ、もう一度ママに代わる?」

「もういい。なあ加奈子、なにか困ったことがあったら、いつでも電話していいんだからな」

「パパも父親やりたいときは、いつでも電話してきていいよ」

「俺はいつだって……おまえ、そのパパっていうの、本当になんとかならないのか」

「また遊園地で、ゆっくり話し合えばいいよ」

「また、遊園地か」

「パパだってスカイフラワー、喜んでたじゃない」

「あれは、躰《からだ》が宙に浮いて、びっくりしただけだ」

「とにかくまた電話するよ。本当にママに代わらなくていい？」

「代わらなくていい。パパもこれ以上、今日は暑い思いをしたくない」

加奈子が、冬休みには間違いなくオーストラリアへ連れていくように、と念を押し、それに答えてやってから、俺は電話を切った。親のできが悪くても子供というやつは、なにかの奇跡でまともに育つこともある。

俺はそれから洗面所へ行って途中だった洗濯を終わらせ、洗濯物を部屋の中に干して、コーヒーを新しくいれ直した。事件に結論が出たことを夏原祐子に連絡しようかとも思ったが、実際には今朝起きたときからずっと、そのことをためらいつづけていた。ここまで係わった以上、夏原祐子にもことの経緯を知る権利はある。そうは思うのだが、逆に事件が片づいた今となってまで祐子に未練を残している自分に、柄にもない不安を感じる。風邪もひきはじめならかんたんに治るし、癌だって早いうちなら患部を切除して、それで済む。

俺はコーヒーを一杯飲み終えるまでソファに座って煙草を吸い、それからとりあえずの結論として、吉島冴子に連絡を入れることにした。病気は病気、感傷は感傷、同じ理屈で、仕事は仕事なのだ。俺はまた机に戻って『都民相談室』室長への直通に電話を入れた。

「こっちのほうは、なんとか、片づいた」と、電話に出た吉島冴子に、病気と感傷を探知されないように注意しながら、俺が言った。「そっちのほうは、どうした？」

「朝の早い新幹線で大阪へ帰ったわ。わたしも草平さんに電話をしようと思っていたところ」

「いい女は今日、みんな俺に電話をしようと思うらしい」

「なんのこと？」

「いや、加奈子の電話で、同じことを言われただけだ」

その表情が浮かぶように言葉を切り、書類でも閉じたのか、吉島冴子が電話の中に低い音を響かせた。

「片づいたということは、事件が解決したということ？」

「所轄《しょかつ》の練馬西署が今朝、丸山菊江というおばさんを緊急逮捕した。島村由実殺しも及川照夫殺しも、丸山菊江の単独犯行だった」

「島村香絵の係わりは？」

「それはまたあとで話すが、直接的には無関係だ」

「その丸山菊江という容疑者は、どういう素性《すじょう》なの」

「進学塾の事務長をやっている。そこの理事長に入れ込んで、理事長のスキャンダルを自分で摘み取ろうとしたらしい」

「実際にはその女や理事長や島村香絵の関係が、面倒臭く入り組んでいるということね」

「男と女の関係ってのは、どんな関係でも面倒さ」

「そういう言い方、わたしにはしないでほしいわ」

「その……それでな、丸山は気持ちも入れ込んでいたけど、男を区長にするために相当の金をばら撒《ま》いていた。だから男の火遊びぐらいで、自分とその男の将来を棒にはふれなかった。島村由実を生かしておいたら丸山たちにとって面倒であったことは、たしかだと思う。及川照夫のほうは、まあ、ついでに殺された」

「それで、決め手になったのは？」

「島村由実を轢《ひ》いたクルマを発見しただけさ。人間だって幽霊に会いたければ墓場へ行く。クルマの幽霊も理屈は同じことだ。島村由実を轢いたクルマは幽霊だった。つまりあの時点ではこの世に存在していないはずのクルマだった。事件の二週間前に、そのクルマは廃車になっていた。だからってそれは書類上のことで、書類の上で廃車になってもクルマ自体は動く。登録がなかろうとナンバープレートがなかろうと、エンジンをかければ走りだすしそれで轢けば人も死ぬ。警察は書類の上で生きているクルマしか捜さなかったから、幽霊を見つけることができなかった」

「そんな幽霊を草平さんがどうやって発見したわけ？」

「丸山という女は進学塾の事務長をやってたけど、実際は大地主の一人娘でな、実家はガソリンスタンドとか鉄工所とか、手広く商売をやってる。商売の一つに自動車の修理工場もあって、廃車になってもまだ動くようなクルマがいつも二、三台はころがっていた。もちろん俺が幽霊を発見したのは、埼玉にある廃車置き場だった」

「事件は、それでは、みんな解決ね」

「一応は、そういうことだろうな」

「そのことを島村香絵には?」

「俺が言わなくても警察から連絡がいく。俺がクルマを見つけてやったのは香絵にではなく、妹の由実に対する個人的なサービスだ」

「よくわからないけど、そのへんのところは今夜にでも聞いてあげるわ。あなた、今夜は部屋にいる?」

「たぶん、な。外をふらふらする気分には、ならないと思う」

「仕事が終わったらそっちへ回る。ワインでも買っておいてほしいわね」

「ふんぱつするさ。君のお陰で来月もなんとか、食いつなげそうだ」

「来月ねえ、そういえばもう、八月なのよねえ」

「八月が?」

「わたしたちがこうなってから、来月でちょうど三年だなあって、そう思っただけ」


部屋に掃除機をかけてベッドメイクと台所の片づけを済ませてから外へ出たときは、もう午後の三時になっていた。吉島冴子には外出する気分ではないと言ったものの、事件に関係したすべての人間に対する礼儀として、けじめだけはつけておく必要がある。

俺の上着のポケットには最初の日に島村香絵から預かった、由実のアドレス帳と写真が入っている。新宿の喫茶店で香絵に会ったとき返すのを忘れたやつだ。住所を調べて郵送してもよかったが、直接届ける気になったのはやはり、けじめの問題だった。だからって俺は香絵に会いたいわけではなく、写真とアドレス帳だけをマンションの郵便受けに放り込んでやればいい。たとえ香絵の調査依頼が妹に対する純粋な愛情からのものであったとしても、あるいは五千万円の保険金が両角との関係を清算し、そして自分の人生を立て直すための資金であったとしても、妹を死なせてしまった誘因が香絵本人にあったことは、事実なのだ。そしてそのことは、俺なんかが口を出すまでもなく、香絵自身がわかっている。

*

石神井まで行って島村香絵のマンションに封筒を届けてから、また西武線で池袋へ戻ってきたのは街に夕方の賑わいが出はじめた、午後の五時だった。夏原祐子が無理やり連れてきた夏は今日もどっかりと東京に居座り、ビルも駅前のロータリーもアスファルト道も、その道路の上を無方向にうごめく人間たちも、みなちょっと朱《あか》っぽい、遅い午後の夏色一色に染め上げていた。明日からは八月で、梅雨《つゆ》が長かったぶん今年の夏はどうせ、悪魔的に暑くなる。

俺は明治通りの日陰側を十分ほど新宿方向へ歩き、ジャムという貸しスタジオの前まで来て、そこで煙草に火をつけた。この五年間でもう十二回も禁煙を試みているが、どれも一週間とはつづかなかった。原因はもちろん意志力の弱さなのだが、自分の習慣を意志力で変えることに俺の美意識が、どこかで抵抗している。

地下に通じるジャムの階段はうらぶれ方もうすぎたなさも、壁中に貼ってある素人《しろうと》バンドのライブ案内も、最初に来たときとまったく変わっていなかった。壁のちらしだけはもしかしたら内容が変わっているのかもしれないが、変わったところで俺には同じことだし、それは世間にとっても、やはり同じだろう。

スタジオは外の熱気のせいか以前よりも蒸し暑く、換気の悪い空気と煙草の臭気《におい》が響き渡る楽器の音と一緒に、不愉快な和音を渦巻かせていた。カウンターにもスタジオのどこにも髪のうすい男の姿はなく、ステージの上で木戸千枝とそのバンドのメンバーだけが、暗い照明を受けて気怠《けだる》そうな練習をつづけている。

俺はフロアを横切り、カウンターまで歩いて丸椅子に腰をのせ、上着を脱いで首筋の汗をハンカチで拭きはじめた。若いころより汗の量が多くなったのは、腹についた脂肪のせいか、それともたんに、ビールの飲みすぎか。

五分ほどで楽器の音がやみ、ステージのほうから千枝が頭からタオルを被って、ぶらぶらと歩いてきた。前とちがうのは千枝が俺の顔を見つめる猫のような目に、飼い主に出会ったときのような親しみが浮いていることだった。

「ドラム、替えたらしいな」と、一つ置いたとなりの椅子に腰を下ろした木戸千枝に、俺が言った。

「今日が初練習なの。前の子より勘はいいみたい。でもメンバーの音に馴染むには、もうすこし時間がかかりそう」

「ライブが終わったばかりなのに、大変だな」

「勢いがあるときは走りつづけるの。人生って、そういうものじゃない」

「ビールを奢《おご》りたいけど、あの禿げたやつが見当たらない」

「今日はいいわよ。あたしたちもそろそろ切り上げるから。柚木さん、近くに用事でもあったの」

「君の家へ寄ったら、お袋さんにここだと言われた」

「あたしの家、知ってたっけ?」

「昨日近くを歩いていて、偶然見つけた。門から玄関まで赤いカンナが咲いていていた」

ふーんというように口を尖《とが》らせ、カウンターに肘をかけながら、千枝が遠くから俺の顔をのぞき込んだ。

「由実さんを殺した犯人が捕まった。それを君に、教えてやろうと思ってさ」

上着のポケットから煙草と使い捨てのライターを取り出し、わざとゆっくり、俺は火をつけた。

「由実のこと、やっぱり、ただの交通事故じゃなかったの」

「最初にそう言ったろう。それに一昨日《おととい》は言わなかったけど、由実さんと君のライブへ行った及川というやつも殺された。そのことは、知っていたか」

「あの男の子が、殺された?」

「犯人は同一人物、丸山菊江というおばさんだ」

木戸千枝が口の中でなにか言い、顔全体を包み込んでいる量の多い髪を、タオルでばさっと掻きあげた。

「当然、知っているよな。丸山菊江のあのばかでかい家は、君の家から五軒しか離れていない」

千枝の顔に掻きあげたばかりの髪が落ちてきたが、千枝は肩で息をするだけでしばらく、カウンターについたしみの模様を、じっと見つめていた。

「犯人は、丸山さんだったの……」

「犯人は丸山菊江だった。丸山が犯人だということを、君はいつから知っていた」

「だって、そんなこと、たった今柚木さんが……」

「君が最初に気がついたのは、いつかと訊いたんだ」

「あたし……」

「由実さんがあの夜のあんな時間に、なぜかんたんに呼び出されたのか……両角啓一という男は知ってるだろう。由実さんを呼び出したのが両角であっても丸山であっても、夜中にも近い時間にそいつはどうやって由実さんを呼び出したのか。それがずっと、わからなかった」

しばらく千枝の呼吸に耳を澄ましてみたが、その乱れが練習でのものか気持ちの動揺なのか、判断はできなかった。

「島村由実は両角の浮気現場を、偶然に目撃してしまった。及川と彼女が君のライブへ行った、あの日のことだ。そして由実さんはそのことを丸山に話した。すべてはそこから始まった。俺が知りたいのはそれを君が、どこまで知っていたのか」

「そんなこと、あたし……」

椅子の上で足を組みかえ、俺のほうに目を細めて、千枝が鼻水をすすった。

「あたし、そんなこと、なにも知らなかった」

「しかしあの夜、君が電話で由実さんを呼び出したことは、事実だろう？」

「あれは、丸山さんに頼まれただけ。由実と大事な話をしたいけど、自分が呼び出しても来ないからって」

「それを頼まれたとき、おかしいと思わなかったのか」

「丸山さんは、子供のときから知っている人だもの。ライブのチケットだっていつも、たくさん買ってくれていた」

「由実さんが死んだあとは、どうした？　君だって丸山が怪しいと思ったはずだ」

「丸山さんは、偶然の事故だと言ったわ。駅前のスナックで待っていたけど、由実は現れなかったって」

「それを信じたのか」

「丸山さんがそう言うんだもの、そうだと、思ったわよ」

「そうかな。君は丸山と取り引きをしたんだろう。丸山が島村由実を殺すことを、君は知っていた。君は最初から知っていて資金援助とプロダクションを動かすことを条件に、電話で由実さんを呼び出した」

「そんなこと、あるはずがないわ。由実は高校のときまで、ずっと親友だったのよ」

「しかし君はデビューのためなら、どんなことでもした。君はなんとしても武道館のステージに立ちたかった」

「たしかにあたしは、音楽にかけてる。遊び半分でやってるんじゃない。でも知っていて親友を殺す手助けなんか、ぜったいにしない。信じなくてもいいけど、電話をしたときには本当に、なにも知らなかった」

「それでは、そのあとはどうだ。君は丸山を疑わなかったのか。君みたいに頭のいい子がそんな単純なことに、気がつかなかったはずがない」

木戸千枝が肩の中に首を落とし、顔にかかった髪を、長い十本の指でゆっくりと掻きあげた。

「それは、本当いうと、少しはおかしいと思った。でも新聞にも事故だと出ていたし、由実は帰ってこないわけだし、丸山さんにスポンサーになってもらって、あたしがデビューできるなら、それはそれで、いいんじゃないかと」

俺は吸っていた煙草を下に捨て、つづけて新しい煙草をくわえてみたが火をつける気にならず、吸ってもいない煙草を、指でぱちんと床に弾き飛ばした。ステージの上ではバンドのメンバーが手持ち無沙汰な様子で、それぞれに勝手なフュージョンのようなものを始めていた。どこかでエアコンは動いているらしいが聞こえるのは低い咳《せ》き込むような音だけで、かんじんの冷房のほうは、まったく効《き》いてこない。

「ロックって、そんなに、いいものか」と、しばらくステージのほうを眺めてから、千枝の顔は見ずに、俺が訊いた。

「いいか悪いか、そういうこと、関係ないのよ」と、カウンターに肘をついたまま俺と一緒にステージの上を見つめながら、千枝が言った。「あたしはもう、賭けちゃっただけ。だからあたしは、死ぬまでずっと賭けつづけて、死ぬまで走りつづけるの」

「俺も昔、ちょっとだけギターをやったことがある。ベンチャーズって、知ってるか」

「聞いたことは、ある気がする」

「パイプラインという曲がはやってな、みんながそれをやりたがった」

カウンターの上から上着を取り、煙草とハンカチをポケットにつっ込んで、俺は椅子から腰を上げた。

「どっちでもいいけど、またスポンサーを探さなくてはな」

ドアのほうへ歩きだした俺についてきて、横から木戸千枝が俺の顔をのぞき込んだ。

「あたし、罪になると思う？」

「どうだかな。警察はなにか言ってくるかもしれないが、そんなもの、知らないと言い張ればいいさ」

「腐っちゃうなあ。せっかく運が向いてきたと思ったのに」

「運ぐらい君ならいつでも摑める。君が武道館を諦めたら俺の楽しみが、なくなる」

「今のそれ、また、ハンフリー・ボガート？」

「今のはポール・ニューマンだ。ポール・ニューマンもだいぶ、くたびれてはいるけど」

千枝が立ち止まり、首にかけたタオルの端を両手で引っぱりながら、舌を出してウインクをした。そして千枝はうしろ向きに歩いていき、ステージの前まで行って俺のほうへ、腰の横に構えた手で小さくVサインをつくって見せた。

俺はそのままドアを押し、外に出て、階段を上りきったところで一つ深呼吸をした。千枝が丸山菊江の殺意を知りながら島村由実を呼び出したのか、あるいは本当に知らなかったのか、そんなことはもう千枝一人にしか、意味はない。俺の仕事は終わったし由実に対するサービスも、まあ、こんなものだろう。いくらサービスでも度を超せばやはり、大きなお世話なのだ。

＊

デパートへ寄ってシャトー・マルゴーを一本ふんぱつし、部屋に戻ったのはまだ日の暮れきらない七時前だった。六月の一番昼の長い季節から比べるといくらか日も短くなった気もするが、それでも明るさの余韻は思わせぶりに、時間をかけて退《ひ》いていく。冬よりも夏のほうがいくらかましに感じるのはこの曖昧《あいまい》な時間の長さが、俺の人生観に合っているせいだろう。吉島冴子ではないが明日からはもう八月で、本当なら今日の正午《ひる》には『女子高校生バラバラ殺人事件』の原稿を雑誌社まで届けにいくはずだった。俺も忘れていたが、石田からの催促電話もどういうわけか、かかってこない。俺がさばを読んでいるのと同じように締め切り日なんて、どうせ相手もさばを読んでいるのだ。原稿は今夜徹夜をして、誤魔化せばいいだろう。

俺は買ってきたワインを、ワインクーラーに放り込み、シャワーを浴びてから、つまみ用にジャガ芋のピザをつくりはじめた。それはジャガ芋をピザふうに焼くだけの素直なものだったが、俺がつくった料理の中では知子も加奈子も、これにだけは文句を言わなかった。知子が俺の全存在中ただ一つ賛辞《さんじ》を呈したのは、たぶん、ジャガ芋のピザだけだったろう。

まずバターを塗った耐熱皿にスライスしたジャガ芋を並べ、玉葱とベーコンとチーズを敷き込んでまたジャガ芋を重ねて、その上にもう一度玉葱とベーコンとチーズを敷く。作業中に塩、胡椒、ガーリックと味つけをしていくわけだが、今日は状況を考えて、ガーリックの代わりにナツメッグを使うことにした。俺自身はどっちでもかまわないが冴子と二人でニンニク臭い息を吐き合うのも、冗談としては大人げない。

支度《したく》のできた皿をオーブンレンジにセットし、久しぶりにテレビのナイターをつけて缶ビールを一本開けたとき、部屋のチャイムが、ぴんぽんと鳴った。あと十分もすればピザも焼き上がるし、タイミングとしては、ちょうどいい。俺はバスローブのまま歩いていってドアを外側に、軽く押し開けた。

そこで俺は、不覚にも叫び声を上げてしまったが、ドアの前に立っていた夏原祐子まで俺と一緒に叫んだ理由までは、理解できなかった。

「近くへ来たのでついでに寄ってみました」と、一瞬とぼけたような顔をしてから、背伸びをするように笑って、夏原祐子が言った。「友達とホテルのプールへ行ってきたんです」

夏原祐子は膝の前に白いスポーツバッグをぶら提げているから、なるほどその中にはこの前買った例の、ものすごい水着が入っているのだろう。しかしいったい、この子はなにを考えて、俺の部屋なんかへやって来たのか。

「ここの場所、よく、わかったな」

「名刺をくれたじゃないですか、最初の日」

「それは、そうだ。それはそうだけど……君、今、なにか叫ばなかったか」

「柚木さんこそ、へんな声を出しましたよ」

「俺は足が滑って、倒れそうになっただけだ」

「わたしは柚木さんが叫んだので、お連れで、声を出しただけです」

俺につき合ってくれたのはありがたいが、ドアの前での議論に相応《ふさわ》しい相手でもなかったので、なんとなく不安ではあったが、とにかく、俺は夏原祐子を中へ入れることにした。なんだかよくわからないがついでに寄ってみただけなら、どうせすぐ帰るだろう。

俺が案内したソファに膝を揃えて座り、不思議そうな顔で部屋を眺め回している夏原祐子に、俺が訊いた。

「ビールでも、飲んでみるか」

「そうですね。泳いだあとだから、ビールがいいですね」

俺はテレビを消し、それから台所へ行って冷蔵庫からビールを取り出し、グラスを一つ追加して夏原祐子の前に戻ってきた。

「一つ、訊いてもいいですか」と、膝を揃えたまま白いコットンパンツの尻を居心地悪そうに動かして、夏原祐子が言った。「この部屋、柚木さんの仕事部屋か、なにかですか」

「仕事部屋でもあるし、ここで寝泊まりもしている」

「自宅っていうのは、どこですか」

「そういうのは、ない」

「それじゃ奥さんとかお子さんとかは？」

「二人とも出かけている。三年ほど、帰ってきていないが」

ソファに浅く腰をのせていた夏原祐子の躰が大きくうしろへ倒れ、ピンク色のソックスが、ひらりと浮きあがった。

「そうですよねえ。わたし、ぜったいそうだと思っていた」

「ぜったいそうだなんて、思われたくもないけどな」

「わたし、そういうことの勘、ものすごく当たるんです」

「俺が女房に逃げられたことが、そんなに嬉しいか」

口を開けて笑っていた夏原祐子が躰を起こし、真面目な顔に戻って、むっつり頰《ほお》をふくらませた。

「だって、わたしだってね、一応は悩んだんです」

「君に悩むことがあるとも思えないけどな」

「そういうものでもないです。わたしだって気は使います。奥さんがいたら部屋に入るのはやめようとか」

「女房がいてもいなくても、変わりはないさ。俺のほうは二度と会うまいと決めていた」

夏原祐子が目を見開き、鼻が曲がってしまうほど、口の端に強く気合いを入れた。そしてしばらく思考の方向がわからない目つきで俺を睨んでから、歯を見せないで、にやっと笑った。

「柚木さん、今のはすこし、恰好つけすぎじゃないですか」

「いや、俺は……」

「そこまで言ったら気取りすぎですよ」

「べつに、気取ったわけでは、ない」

「最初から思ってたけど、柚木さんて、歳のわりに恰好をつけすぎるところがあります」

「そういう問題では、ないと思うけどな」

「真面目な顔で『二度と会うまいと決めていた』なんて言われたら、わたしの立場がないです」

「俺にだって、いろいろ、都合はある」

「誰にだって都合はあります。でも会うたびに気取られたら、わたしのほうが疲れます」

「君がそんなに疲れているとは、思わなかった」

「はぐらかさないで、ちゃんと話を聞いてください。本当はわたしが来ること、知っていたんでしょう」

夏原祐子の目がワインクーラーに入ったワインの瓶をしっかり見つめていることに気がついて、思わず、俺は咳き込んだ。

「その、あれはまだ冷えてないから、ビールのほうがいいと思う」

俺は忘れていたビールを急いで夏原祐子のグラスに注ぎ、前から出ていた自分のグラスにも、もっと急いで注ぎ足した。

「柚木さん、あれからまた一人でこそこそやりましたよね」と、ビールを三分の一ほど空け、口の前でグラスを構えたまま、夏原祐子が言った。

「俺は、こそこそなんか、なにもやってないさ」

「隠しても無駄です。わたしだって新聞ぐらい読みます」

「若い子が新聞を読むのは、いいことだ」

「とぼけても駄目です。あのこと、知っていたんでしょう?」

「あの、なにを……」

「由実を殺した犯人が捕まったこと。新聞の夕刊にちゃんと出ていました」

丸山菊江の逮捕は今朝の八時だったというから、夕刊紙なら間に合ったところはある。

「それで今日は、どういう言い訳をするんですか」

「君に言い訳をする必要は、ない」

「知っていたことは認めるんですね」

「一応は、そうだな」

「わたしに連絡をしようとは、思わなかったんですか」

「したほうがいいかもしれないと、思わなくは、なかった」

「それならなぜ、電話をくれないんですか」

それは、俺にだって中年男なりの複雑な心理はあるわけで、だがどうも夏原祐子は俺のおかれている状況を、基本的に理解していない。

「俺としては、事件の結論に、もう一つ確信がもてなかった」と、ビールを飲み、内心の恐慌を悟られないように、俺が言った。「だからあれから、そのことの確認に歩いていた。確認できたらもちろん、君に報告するつもりだった」

「本当ですか」

「だいたいは、まあ、本当だ」

「柚木さんて無理に恰好つけるし、意味もなく秘密主義なところがあります」

「それは君の考えすぎだ」

「それじゃさっき言った、『二度と会うまいと決めていた』というのは、あれは、なんですか」

「あれは、だから、事件に関して、君のことが心配だっただけだ」

「事件が終わるまでは二度と会わないという、そういう意味ですか」

「そういう意味だったと思うな」

「この前アパートへ来たときも、そういうことを言いたかったんですか」

「俺はちゃんと、そういうことを言ったつもりだった」

「信じていいのかなあ」

「信じていいと思う」

「それじゃそういうことに、しておきます」

「そういうことにしておいたほうが、いいと思う」

「柚木さん？」

「なんだ」

「いい匂いがしますね」

「いや、かんたんに、食うものをつくっている」

「柚木さんもいい勘をしてますよ」

「そう……か？」

「プールで泳いでわたし、お腹《なか》がペコペコなんです」

もうこうなったら、ピザが夏原祐子の腹に納まることは宿命みたいなもので、そういう宿命に対して俺に、どんな抵抗ができる。

俺は台所へ行って焼き上がったピザを大皿に出し、小皿とフォークも二組ずつ出して、またソファのところへ戻ってきた。

「わたし、わかってましたけどね」と、テーブルに置かれたピザに流し目のような目つきで微笑《ほほえ》みながら、夏原祐子が言った。「柚木さんみたいなタイプ、見かけによらず料理は上手なんです」

「言われたことは、なかった」

「それは柚木さんが、気取っているからです」

「反論するわけじゃないが、俺は君が言うほど気取っても、恰好をつけてもいない」

「でも自分の気持ちを、素直に言わないじゃないですか。自分の性格に自分で疲れること、あるでしょう？」

「それは、なくもないような、気がしないこともない」

「それより柚木さん、あのワイン、いつから冷やしてるんです？」

「七時、ちょっと、前」

「それならちょうどいいですよ。シャトー・マルゴーって、冷やしすぎないほうがいいですからね」

俺もべつに自棄《やけ》を起こしたわけではないが、こうなったらもう、運命にはどこまでもつき合う。シャトー・マルゴーだろうがなんだろうが、ワインぐらいあとで近所の酒屋へ行って、買い直してくればいいのだ。台所からワイングラスとコルク抜きを持って戻ってきたときには俺の気持ちの中から、もう罪の意識は消えていた。

「八五年ものまで奢るなんて、意外に贅沢《ぜいたく》なんですね」

俺が注いでやったワインを呑気そうな顔ですすってから、夏原祐子が日に焼けた鼻の頭を、小さく動かした。

「由実さんを殺した犯人が捕まった、お祝いみたいなもんだ」

「だけど犯人の丸山菊江という人、どういう人ですか。ぜんぜん知らない人だった」

「例のイベントホールに反対している団体の、実務責任者だった女さ」

「その女の人がどうして由実や及川くんを？」

「新聞には、どういうふうに出ていた」

「愛情関係のトラブルが原因での犯行だって、そう書いてありました。由実がその人とトラブルを起こしていたなんて、信じられませんよ」

「新聞に載るとそういうことになるんだ。週刊誌では詳しく書くところが出てくるだろうが」

「柚木さんが書くんですか」

「俺は書かない。君に約束したし、頼まれても俺自身、書く気にはならない」

書く気にはならないが、殺された島村由実の親友としての夏原祐子に、事件の概略を説明してやるぐらいの義理は、俺にもある。

「香絵さんが高校のときに通っていた塾の教師で、両角啓一という名前、覚えてるか」と、ワインのグラスをテーブルに置いて、俺が訊いた。

ジャガ芋のピザを頬《ほお》ばった口をもぐもぐやりながら、背筋をのばして、夏原祐子がうなずいた。

「詳しく言っても仕方はないが、香絵さんと両角は以前から深い関係にあった。両角は丸山菊江の援助で個人塾の教師から地元の名士にまで出世していた。かんたんに言うと、事件の発端は両角の浮気現場を由実さんが目撃したことだった。及川くんと由実さんがクルマの接触事故を起こした相手が、その両角だった。由実さんも自分の姉と両角の関係は知っていたし、両角は自然保護団体の会長でもあった。だから由実さんとしては、両角の行状が許せなかった。由実さんはその自然保護団体を通じて両角を糾弾しようとした。でもそれを最初に話した相手は、両角ではなく丸山菊江だった。由実さんは両角と丸山の関係を知らなかったらしい。丸山も両角の浮気に腹ぐらいは立てたろうが、それよりも今は両角を区長に仕立てようとしている時期で、スキャンダルで両角や自分の立場が失われることのほうが、ずっと怖かった。丸山も香絵さんと両角の関係を、うすうすは知っていたかもしれない。そうだとすればその妹である由実さんを、よけいに生かしておく気にはならなかった。丸山の香絵さんに対する憎しみが由実さんに対する憎しみを、一層大きくした。今度の事件の人間関係は、基本的に、そんなところだと思う」

よほど腹が空いていたのか、ピザを頬ばったままうんうんとうなずき、それからやっとワインに口をつけて、夏原祐子が肩で息をついた。

「そうすると、及川くんは、どういうことですか。及川くんも両角という人が、許せなかったのかなあ」

「俺には及川くんがそれほど殊勝《しゅしょう》なやつだったとは、思えないけどな」

「わたしもまあ、そうですね」

「俺の話を聞いて、及川くんは両角に小遣いをせびりに行った。両角には断られたが、運悪く丸山に捉まった。一度思い込むと男より、だいたいは女のほうが怖いもんだ」

「そういうもんですかねえ」

「そういうもんだと、思うな」

「そうなんですよね。女の人って、思い込むと、怖いんですよねえ」

なぜかはわからなかったが、そこで夏原祐子は深くうなずき、腕を組んで、気合いを入れながら鼻の穴をふくらませた。俺にしてみればそういう祐子のほうがずっと怖いわけで、空になっていたそのグラスに、あわててワインを注ぎ足した。

「由実も一言ぐらい、わたしに言えばよかったのになあ」と、感慨にふけっているわりには忘れずにグラスを取り上げて、夏原祐子が言った。「わたしって、そんなに頼りなかったのかな。由実も由実のお姉さんも、可哀そうな気がする。人間て、やっぱり、みんな大変なんですよねえ」

「だいたいは、そうなんだろうな」

「だいたいは、そういうものなんですよねえ」

「君もやっぱり、なにか、大変なのか」

「わたしだっていろいろありますよ。わたしなんか細かいことに、ぐずぐず悩む性格ですから」

「朝起きてすぐにコンタクトが入らないとか」

「なんですか」

「こっちの話だ」

せっかく社会心理学を勉強しているのに、自分の性格分析については、夏原祐子の勉強も役には立っていないらしい。それとも瓶のワインがもう半分以上なくなっているから、あるいは、そっちのせいか。

「事件も解決したし、お天気も夏らしくなったのに……」と、グラスを空け、俺が新しく注いでやったワインのほうに大きくうなずいてから、夏原祐子が言った。「わたし、気持ちが、なんとなくはっきりしないんですよね」

「そんなふうにも見えないが」

「いろいろあるわけですよ。女の子が一人で東京に生きてると、やっぱり、いろいろあるんです」

「いろいろ、まあ、あるんだろうな」

「特にこんなことがあると、人生ってなんだろうかとか、女としてどういう生き方をするべきかとか、そういうことも、考えるわけです」

「悩まないほうが、いいんじゃないか」

「わかってはいるんです。わかってはいるけど、つい考えてしまいます」

そこで夏原祐子はまたワインを空け、グラスをテーブルへ戻して、腕を組みながら俺の膝のあたりに息を吐きかけた。

「うん？」

「やっぱり、おいしいなあ」

「このワイン、さすがですよねえ」

「それはまあ、そうだ」

「ジャガ芋のバター炒めも、なかなかの味じゃないですか」

この子がいつ、どこで人生を立ち直らせるのか、どうも俺には理解できない。それにしてもこのジャガ芋のピザがどうして祐子には、バター炒めにしか見えないのだろう。

「柚木さんの仕事って、夏休み、あるんですか」と、俺の混乱を無視して、そのなんとも不思議な目を大きく見開きながら、夏原祐子が言った。

「あるような、ないような、そんな感じだな」

「どこか南の島へ行って、一週間ぐらいぼーっとできたら、いいですよねえ。いやなこと、みんな忘れると思いますよ」

そこまでして忘れなくてはならないほどいやなことが、この夏原祐子の、どこにあるのか。女子大生だからやっぱりなにかはあるんだろうが、しかしそのことと俺の夏休みと、どういう関係があるのだ。

「友達のお兄さんで旅行会社をやってる人がいます。その人に頼めば、今からでも間に合うと思います」

「いろんな友達がいて、幸せだな」

「ハワイとかグァムとか、ああいうところじゃなくてね。今は東南アジアがお洒落です」

「オーストラリアが今冬だということは、知ってる」

「柚木さんは、いく日ぐらい休めます?」

「俺? 俺は……」

夏原祐子がなにやら不気味に微笑みながら、空になったグラスを、そっと俺の前に差し出した。だいぶ精神に破綻《はたん》はきたしていたが、それでも精一杯気を静めて、俺はそのグラスにワインを注ぎ足した。

「セブとかペナンとかタイのプーケット島とか、あの辺り、いいと思いますよ」

「いいことは、いいだろうな」

「行くとしたらお盆のころですか」

「俺に、そういう予定は、ない」

「わたしなら大丈夫です。アルバイトをしたからお金はあります」

「それは、よかった」

「柚木さん、お金、ないんですか」

「俺は……なあ？　一つ、訊いてもいいか」

　またワインを口に含んで、こっくんと、夏原祐子がうなずいた。

「君は、酔っ払って、大人をからかう癖があるか」

「友達には言われたこと、ないです」

「自分で社会心理学的に分析しては、どうだ」

「わたしはもともと、人をからかったり冗談を言ったり、そういう性格では、ないです」

　ワインを飲み干し、ついでにグラスに残っていたビールも飲み干して、俺が言った。

「君の言い方は、なんとなく、俺を旅行に誘っているように聞こえる」

「なんとなく、ですか」

「なんとなく、さ」

「わたしはちゃんと、一緒に南の島へ行って、一週間ぐらいぼーっとしたいなって、そう言いましたよ」

「そう、言ったか」

「聞いていませんでした？」

　聞いていなかったはずはないし、祐子が言った言葉の意味も大筋では理解していたが、俺が訊いたのは、それが冗談か本心か、ということなのだ。たしかに目のまわりはかなり赤くなっているが、祐子の言葉にも表情にも、どうも冗談らしい雰囲気がない。しかし本当に冗談でないとしたら、これは大変なことなわけで、それはもう『いやなことをぜんぶ忘れられる』どころの話ではない。不覚にも俺はペナンだかプーケットだかの光り輝く海辺で、祐子と一緒にぼーっと寝そべっている自分の姿を、頭の中にきっぱりと思い描いてしまった。しかもとなりで横になっている祐子の水着は、例のあの、ものすごいやつときている。

　そのときだ。部屋のチャイムが呑気そうな音で、ぴんぽんと鳴り渡った。一瞬俺の頭に静電気が走り、そして次の瞬間には、たぶん、俺はソファの上に、十センチほど飛び上がっていた。すっかり忘れていたが、こっちが忘れていようといまいと、来るものはちゃんとやって来る。

「誰か来たみたいですねえ」

　言われなくても誰かが来たことぐらい、俺にだって、わかっている。そしてその誰かが誰であるかということだって、俺には、ちゃんとわかっているのだ。

「今、チャイムが鳴りましたよ」

「そうだったか」

「わたしが出ましょうか」

「いや……」

「柚木さん？」

「なんだ」

「もしかして、借金取りとか、そういうのですか」

「借金取りとか、そういうのでは、ないと思う」

祐子がとぼけたような顔で目を見開き、首をかしげて、俺のほうににっこりと微笑んだ。この状況を吉島冴子に、いったい俺は、どう説明したらいいのだ。

二度めのチャイムがまたぴんぽんと鳴って、もう完全に仕方なく、俺はえいっと立ち上がった。立ち上がってはみたものの脚のほうは、やはり、すぐにドアへは歩こうとしなかった。

俺は、誓って言うが、夏原祐子の『ぼーっと』に同意したわけではないのだ。ものすごい水着姿だって、ただちょっとだけ、倫理とは無関係に頭の中を通りすぎただけなのだ。俺がいったい、どんな悪いことをしたのだ。居留守を使おうにも部屋の明かりは台所の窓から洩れているし、冴子は部屋の合い鍵だって持っている。生き別れになっていた実の妹が二十年ぶりに訪ねてきたと言ったら、俺の言葉は、どれぐらいの信憑性をもってくれるか。

ぴんぽーんと、さすがに苛立《いらだ》たしそうな音で、三度めのチャイムが鳴り渡った。

向かいのソファではへんに色っぽく脚を組んだ夏原祐子が、ワインのグラスを持ったまま、相変わらずその不思議な目で俺に微笑みかけている。

今年初めての蟬《せみ》が、俺の耳の奥で、じーんと鳴きはじめる。

創元推理文庫版あとがき

「おめえさん、プロとしてやっていくにゃあ、シリーズ物を持たにゃいけんぜえ」と、これは私のデビュー時、岡山の友人がくれた助言です。息の長い作家は皆さん人気シリーズをお持ちですし、ふーん、それもそうだな、と思って書き始めたのがこの柚木草平シリーズ。本作は当初からシリーズ化を念頭において書いた唯一の作品で、ですから登場人物中、愛人の吉島冴子、娘の加奈子、電話出演のみの別居中の妻といったところは、後々にも使える設定にしてあります。後続の作品では刑事や編集者なども常連になりますが、基本的には主人公を含めたこの四人が常に、物語の核になります。もう一つ種明かしをすると、電話でしか登場しない妻の知子は、『刑事コロンボ』の「うちの女房《かみ》さん」をパクリました。

もともと私はミステリ作家志望だったわけではなく、若いころは純文学オタク。いつかは芥川賞を、と妄想を抱いて小説を書き続けていたのですが、現実は惨憺《さんたん》たる結果の連続でした。そこで自棄《やけ》を起こして書いたのが『ぼくと、ぼくらの夏』という青春ミステリで、これでどうにか作家デビュー。そうはいっても本質的にミステリの素養はなく、編集者に「樋口さん、デビュー作と同レベルの作品を年間に四作発表しないと、すぐ世間から忘れられますよ」と言われたって、そんな離れ業、できるはずはありません。デビュー作だって秩父《ちちぶ》の山にこもり、五年もかけてやっと書き上げたような次第で、それを年間に四作、まして素養も知識もないミステリを、というのですから、呆れるやら途方にくれるやら。で、仕方なく毎日のようにテレビの二時間ミステリを見て、ほーう、ミステリというのはこういうものなのかと、付け焼刃というか、泥縄というか、とにかく情けない毎日でした。

そんな俄《にわ》かミステリ作家がいつまでも小説を書き続けられるはずはなく、五作目ぐらいでバタリと昇天。こうなると喚いても泥酔しても、押しても引いても一行の文章すら出てこなくなり、正直、自分はもう終わりなのかな、と思ったものです。そういう時期に助けられたのがこの柚木草平で、なにしろ主人公と主要登場人物のキャラクター設定はできているのですから、唸りながらも二作目、三作目と、なんとか仕事らしきものをさせてもらえました。そういう意味で柚木草平は私にとって、命の恩人みたいなものなんですね。

本文庫への再収録にあたり、文章の整理は試みましたが、ストーリーその他、大筋では当時のスタイルを残してあります。まだ携帯電話が普及していなかった時代の物語なので、柚木草平もくそ暑い東京をあっちへ行ったり、こっちへ行ったり。それはそれで読者にとっても、懐かしい気がするかもしれません。

なお主人公柚木草平の年齢が三十八歳である理由は、当時の私が三十八歳だったから。シリーズが進むにつれて少しずつ時代は変わりますが、柚木草平は歳をとりません。

草平ばかりが何故モテる？

大矢博子

ええっ、ここで終わりなの?!

……と、そう思ったでしょ。今アナタ、そう思ったでしょ。

本書『彼女はたぶん魔法を使う』が十六年前（そんな前になるのか！）に出たときも、そしてそれが講談社文庫に入ったのを読んだときも、そして今回、解説を書くためにあらためてゲラを読ませてもらったときも、その都度その都度（話の結末はわかっているというのに）、あたしゃ「ここで終わるのかよぉ！」とノタウチまわったもんです。講談社文庫版なんて、「さあ、どうするどうなる」とワクワクしながらページをめくったら新保博久氏の解説が始まっちゃってて、「まだ出てこなくていいのに！」と見当違いな怒りを新保氏に対して抱いたものでした。ああ、その読者の怒りが今は自分に向けられているかと思うと……。人を呪わば穴二つ。新保センセイごめんなさい。

でも「この続きが読みたい」っていう気持ちは分かってくれるでしょう？　だってさあ、ど

んな美女を相手にしても小憎らしいほど二枚目な（あるいはスチャラカな）弁舌で飄々《ひょうひょう》とい
なしてきた柚木草平が、容疑者と対峙するような事態にも動じない草平ちゃんが、ラストで初めて窮地に陥るんだもの。まさに前門の虎、後門の狼。ってゆ〜か、前門の女子大生、後門の人妻。柚木草平、絶体絶命。この事態を果たして草平はどう切り抜けるのか。この後をこそ、読みたいってもんじゃありませんか、ねえ？

なぜそんな意地悪な気持ちになってしまうかというと、それはもうひとえに、「草平ちゃんがアタフタするところを見てみたい」からに他ならないわけで。常にかっこよくあるべきハードボイルド・ヒーローなのに「困った顔が見てみたい」と女に思わせる。それが柚木草平というヒーローの魅力を語る上での鍵になります。

先に外枠を固めておきましょうか。

『彼女はたぶん魔法を使う』は、樋口有介作品の中でも人気の高い柚木草平シリーズの第一作です。初出は一九九〇年。柚木草平は三十八歳で、妻と十歳の娘がいますが、七年の結婚生活を経て現在は別居中。趣味は洗濯。料理の腕もなかなかのようです。以前は有能な刑事でしたが、ある事件が原因で職を辞し、現在は刑事事件専門のフリーライターとして生計を立てています。と同時に、警視庁のキャリアであり恋人でもある（このあたりがチトややこしい）吉島冴子の仲介で、探偵めいた仕事もやっているわけです。

柚木草平シリーズは十年以上に亙《わた》って続いており、現在のところ単行本が五冊と、単行本未収録の短編が四本ありますが、その大半に共通するのは事件に絡んでやたらと美女が登場すること。それも、揃いも揃ってなんとなく草平を憎からず思うような展開になるのね。その一方で草平はと言えば、こっちはこっちで美女に会ったら惚れずにいられない宿命（というか病気というか）の持ち主。本人曰く「いい女がからんだ事件には妙に闘志が湧く体質」（本書120頁）なんだとか。だけど草平には冴子がいるわけで、そしてもちろんまだ正式には離婚していない妻もいるわけで、おまけに難しい年頃の娘までいるわけで、美女と出会ったからといって、そうそう簡単な展開にはならないんだな、これが。

草平を好きになるのは女性ばかりではなく、（本書にはまだ登場しませんが）バー《クロコダイル》のマスターであるゲイの武藤健太郎《むとうけんたろう》からも「夜明けのコーヒーを一緒に飲もう」と誘われるほど。なお、健太郎の楽しい口説きはシリーズ三作目『探偵は今夜も憂鬱』や四作目『誰もわたしを愛さない』（ともに講談社→講談社文庫→創元推理文庫近刊）にてどうぞ。

でも――草平ばかりが何故こんなにモテるの？

一目見たら恋に落ちずにいられないくらいハンサムだとか？　でも、草平のルックスに関する記述は皆無（ホントにないのよ、隅々まで読んだけど）。それに草平に出会う女性は皆、最初はちょっと胡散臭《うさん》そうにしているのよね。いきなり胸襟《きょうきん》を開くケースは稀。それが会話してるうちに傾いていくとなると、これはやはり見た目ではなく、その会話やキャラクターに秘密があると考えるべきでしょう。

「歯を磨いてきて正解だった」
「なんのこと？」
「君みたいに奇麗な子とこんな近くで話ができるとは、思わなかった」（本書42頁）

うわ――――。初対面の女にこんなこと言うか普通！ それも、この台詞の真意は、話に熱中して思わず身を乗り出した女性に、顔が接近し過ぎていることを教えるためなのよ。「顔、近いよ」でいいじゃん、ねえ？ つか、何も言わずに自分がちょっと下がればいいだけじゃん。なのに柚木草平って男は、こゆことをさらっと言っちゃうのだ。

でもよく考えてみると、「顔が近い」と告げたのでは、相手の失礼を咎《とが》めているようにも聞こえる。けれど「奇麗な子とこんな近くで話ができる」と言えば、「なに気障《きざ》なこと言ってんの」と思われても、それでマイナス評価になるのは自分であって、女性の側が引け目を感じるようなことにはならない。つまり、こういった草平の言葉は単に気障なのではなく、女性に気を遣わせないという効果があるのです。

長い付き合いの恋人には「君に会ってから、俺には他の女がみんな糸瓜《へちま》に見える」と告げ、バンドをやっている女の子には「一人ぐらいおじさんのファンがいても、いいだろうしな」と言ってチケットを買う。聞き込みに行った先の事務員にも「君を一目見て忘れられなくてな」と声をかけるし、妙に厚化粧で妙に太っている花屋のおばさんにまで「おばさんに、赤い薔薇を贈ろう」なんて言う。まあ、このときはおばさんから「馬鹿かいあんた、あたしゃ花屋だよ」

と至極真っ当に切り返されるんだけどね。

もちろん、基本的に女好きではあるんでしょう。でなきゃここまで歯が浮くような台詞は到底言えまい。でもここで大事なのは、「気障な台詞」や「しゃれた言い回し」という印象ばかりが先に立つが、よく読むと、自分をかっこよく見せるための台詞はひとつもない、ということ。すべて女性を褒めたり好意を示したり、あるいは相手を責めることなしに事態を収束させるための台詞なのよ。心の中ではけっこう容赦ないことを考えてても、言葉となって出て来る台詞は、常に優しい。女子大生でも、恋人でも、依頼者でも、花屋のおばさんでも、事務員でも、別居中の女房でも、小生意気な娘でも、こと女性に対しては決して自分が上に立った物言いをせず、相手をリラックスさせる。だからこそ、初対面でもつい取材に答えていろいろ喋ってしまうのね。

モテたいと願う男は、自分を良く見せるためにレトリックを弄します。けれど草平は、女性のために言葉を紡ぐんです。これぞ草平マジック。彼はたぶん魔法を使うのよ。

草平は、かなり壮絶な過去を背負っています。刑事時代に体験し、妻子と別居するきっかけとなったある事件。そして二作目の『初恋よ、さよならのキスをしよう』（スコラ→講談社文庫→創元推理文庫近刊）で明かされる、彼の両親にまつわる事件。詳細はここでは語りませんが、それはどちらも人生観を一変させるに充分な出来事です。意地悪な見方をすれば、小説の主人公なら絶好の「売り」になるような出来事。過去を背負い、過去と闘いながら毎日を生きる、寡黙でクールで陰のある男というキャラクター造形にもってこいのエピソード。

けれど草平は（あるいは、作者は）そうしなかった。傷と呼ぶにふさわしい背景を持ちながら（作りながら）、草平はそんなことをまったく匂わせず、常に飄々と人を食ったような言動を繰り返します。そればかりか、そんな過去を背負った男だとは思えないくらい、「抜けてる」んです。

ハイレグのビキニを買ったという女子大生の台詞にドギマギしたり、弁の立つ妻にやり込められたり（女性には大抵やりこめられてる）、責められたらすぐ謝ったり、十歳の娘にいいように操られたり、花屋のおばさんに馬鹿よばわりされたり。それに何より、探偵なのにときどき推理をはずすんだもん。本書でだって、カッコつけて得々と語った推理が大はずれだったでしょう？　これはもう、探偵として恥ずかしいなんてもんじゃないよ。あんな凄絶な過去を背負ったハードボイルドな男が、こんなに抜けてていいのかって思うくらい。そのギャップがタマラナイ。

そのギャップを生んでいるのは、とりもなおさず「強さ」なんだよね。過去の傷は傷として、自分の中だけで昇華できる強さ。気の強い女性陣に口でやりこめられるだけの「隙」を作れるのも、それは草平の「強さ」と「ゆとり」の現れなんじゃないかしら。傷の重さに耐えて悲劇のヒーローになるより、傷などなかったかのように明るく軽く飄々と過ごし、そして女性には笑いながら負けてみせる方が、ずっと強いしかっこいい。

負けてみせる、と書きました。

それこそが柚木草平という男の最大の魅力。彼の周囲に集まる気の強い美女たちは、気が強いがゆえに、彼との付き合いでイニシアチブをとり口喧嘩で勝ち、優越感を味わえます。けれど女だって馬鹿じゃない。心のどこかで分かってるのよ。自分は勝たせてもらってるんだ、って。冴子も祐子も知子も（もしかしたら加奈子ですら）、彼が負けてくれるから巧くいってるんだってことに、ちゃんと気づいてる。それが嬉しくて、それに甘えてて、だけどやっぱり、ちょっぴり悔しい。いつも負けてくれてるからこそ、たまにはホントに負かしてやりたい。

だからこそ（ここで話は冒頭に戻ります）、草平が窮地に陥ってマジでアタフタするところを見たくなるのです。

さて、「どうするどうなる」と私をヤキモキさせた草平の窮地だけど、二作目以降を読んだ限りでは、冴子との仲に変化はないようです。ってことは、巧く丸め込んだ（どっちを？）んでしょう。でもね、冴子は（そして読者も）ちゃんと分かってるんだよね。草平は確かに女好きだけど、そりゃもう筋金入りの女好きだけど、そして相当にモテるけれど、実はものすごく誠実だってことを。

だって、これだけの美女に囲まれ迫られながら、冴子以外とは一度も「そういうこと」にはならないんだもの！　気障で、女を喜ばせるのが上手で、もしかしたら自分に気があるのかもなんて夢を見させてくれて、なのにストイックで決して手は出さない。ああもう、なんてステキで、なんて憎たらしいの。うーん、こりゃモテるのも当然かあ。

本書は一九九〇年、講談社より単行本刊行され、九三年講談社文庫に収録された。

検印
廃止

著者紹介　1950年群馬県生まれ。國學院大學文学部中退後、劇団員、業界紙記者などの職業を経て、1988年『ぼくと、ぼくらの夏』でサントリーミステリー大賞読者賞を受賞しデビュー。1990年『風少女』で第103回直木賞候補となる。他の著作は『林檎の木の道』『初恋よ、さよならのキスをしよう』など。2021年没。

彼女はたぶん魔法を使う

2006年7月28日　初版
2021年11月19日　15版

著者　樋《ひ》口《ぐち》有《ゆう》介《すけ》

発行所（株）東京創元社
代表者　渋谷健太郎

162-0814/東京都新宿区新小川町1-5
電話　03・3268・8231-営業部
03・3268・8204-編集部
URL　http://www.tsogen.co.jp
暁印刷・本間製本

乱丁・落丁本は、ご面倒ですが小社までご送付ください。送料小社負担にてお取替えいたします。

ISBN4-488-45901-3　C0193